伪爱情

温亚军 著

北京出版集团公司
北京十月文艺出版社

一

潘多娜是带着一百个不情愿的情绪来到师范学校的。

潘多娜从来没想过自己今后要当老师。她向往的是北京的电影学院。从很小的时候开始，她的美丽就被大人们夸赞着，她是父母的骄傲。她看过很多她喜爱的电视、电影明星和节目主持人的档案，她从他们的履历中获取了这样一个信息：他们很多都是从北京电影学院里毕业或者进修过的。潘多娜一直认为以她的长相和气质，将来应该是个活跃在屏幕上的影视演员或者节目主持人，她应该被许多人通过电视、电影这样的传媒来认识、来熟悉、来喜爱。所以，上北京电影学院这个念头根深蒂固地种植在了她的心里。

但潘多娜做梦也没有想到，自己在中考过后踏进的不是市里那几所漂亮的高中，而是这座坐落在市郊，颇有些历史，看上去像个孤僻、沧桑老头的师范学校。

潘多娜不愿上师范，她在家里大哭大闹，试图用泪水打动一直宠爱着她的爸爸妈妈，让他们答应她不上师范的请求。

爸爸看着她可怜的样子，心就软了，差点儿就答应了她。

但妈妈却很坚决，那坚决就像一堵墙，挡住了爸爸的动摇。

妈妈说："小娜，爸爸妈妈知道上电影学院是你的愿望，但我们也听人说了，就算是电影学院的高才生，如果没有很多的钱去走路子，铺关系，也不一定就会成为演员，也是很难出头的。北京电影学院每年都招那么多学生，也毕业那么多的人，出名的又有几个？出名是要靠机遇的。你能断定你一定有这样的机遇吗？”

潘多娜哭着说：“可是你们不给我这样的机会，我永远都不会有这样的机遇！”

妈妈现实地说：“如果你考上高中，一直考进电影学院，我也无话可说，可现在的事实是你考取了师范。上师范出来有什么不好？别人上完三年高中开始上大学的时候，你已经参加工作，拿上工资了……”

爸爸也劝道：“小娜，妈妈的话也有道理。再说了，你上师范并不是以后就没有机会了。上师范也是学习嘛。爸爸以后会更加好好工作，多替我的宝贝女儿赚点钱，攒给你以后上电影学院。好不好？”

潘多娜见抗争不过爸爸妈妈，也只好擦干眼泪，带着满心的委屈来到师范学校。

二

教室窗子上的玻璃一点都不透明了，蒙上了一层岁月的灰尘，变成了灰色，还被刮出许多痕迹来，于是就有了明明暗暗的对比，像是一张有了年龄厚度的老人那撑不开的脸，皱巴巴的样子。潘多娜就靠在这个窗子边，心不在焉地听着历史老师讲着世界的近代史。历史老师有一张长得很白的脸，那种白，是白皙而且稍带些红润的那种颜色，很年轻很生动，一点也不像是个该向他们讲述被时间埋没了过去的人。潘多娜耷拉着眼睑想，老师应该是个带着他们坐在阳光下的草地上温文尔雅地一边弹着琴一边给他们背着情诗的人。

可是这个年轻而且很耐看的老师却在讲台上把历史讲得沉重而悲痛，似乎不讲出悲痛的情绪来，就不能完整地向这一群刚进师范的学生们阐述世界近代历史对他们的深刻意义。老师的声音在静静的教室里显得很空洞，潘多娜抬抬头，便看到老师的唾沫在讲台前肆意横飞着。坐在中间第一排的同学拿书挡着自己，已经很香甜地进入梦乡了。

潘多娜无聊而无奈地看着老师不停地张张合合的嘴，她不知道他们这些声乐系的学生干什么还要学历史，历史和声乐是那么迥然不同的学科。难道让他们一边弹着琴唱着歌跳着舞，一边去说什么“滑铁卢之战”“十月革命”？那真是无聊透顶！潘多娜一边想着一边冲老师很是怜惜地笑了笑。她知道老师陶醉在时间长河中的目光是无论如何也看不到她这一笑的，但她觉得这一笑总还是包含了她对老师的歉意。

阳光很招摇地在窗外明媚着，十分诱人地游荡在潘多娜的视线中，就像是一个妖媚的妇人，在男人的注视中尽展着丰腴的身体。那无比的魅力终于让潘多娜忍不住，干脆合上书本，目光穿过灰灰的窗玻璃，专注地看着窗外，将她的那颗有些惆怅的心浸泡在这初秋的阳光里。

窗外除了大片大片的阳光之外，就只有绿色了，各式各样的绿，轻淡的、浓郁的、苍翠的、羞羞涩涩的、大大咧咧的，在阳光中展尽了风采。轻柔的风像个孩子似的，悄悄地在绿树绿草中穿梭，于是那些颜色就不由自主地摇晃着，将阳光摇得醉了一般，也晃动起来。

校园是静悄悄的。这种静不像黑夜里的静那样平滑和空洞，让人一下子就感觉它的存在；它是沉闷的，却又是振荡的，是一点一点不动声色地渗入人心里去的那种，能让人产生敬畏的寂静。

潘多娜的思维随着那阳光那绿色慢慢地走远了。

终于听到下课铃的声音。教室里像被捅开的马蜂窝，轰的一声，各种声音都裂开了，整个教室密密麻麻的都是声音。

历史老师收起了他的声音，朝已经按捺不住的学生们挥了挥手：“下课吧！”

一阵噼里啪啦的声音响过，同学们都夹着书潮水一样朝门口涌去。

潘多娜坐着没动，眉眼处却满是笑意。

方小华已经跑过潘多娜的桌子，却又踅了回来，奇怪地看着她：“有病啊？莫名其妙地笑什么？”

这一说，潘多娜倒是笑得直不腰来，她指着坐在她前面的一个男同学说：

“你看陈小平的裤子，像个老头似的。”

方小华转过头去看，正随着人群往门口走的陈小平，他的牛仔裤上不知从哪儿弄上了两摊墨迹，像两个朝天的鼻孔，两道折痕就像是笑眯眯的眼睛，而屁股上被磨白的地方就如同大片的白头发。确实像极了一个和蔼慈祥的老头。

方小华也指着陈小平大笑起来。

走在前面的同学都莫名其妙地回过头来看着她们。

两人已笑成了一团。

方小华不怀好意地推了潘多娜一把，说：“你真色啊，那样的地方你怎么都去观察了。”

潘多娜一脸坏笑：“纯属无意！不过这也从另一方面证明了我的观察能力和想象能力是一流的吧？”

方小华猛地一拍桌子，朝潘多娜竖起大拇指：“是一流的，真的是一流的！不过是流氓的流啊！”

潘多娜一把推开方小华的手："你才流氓呢。"

两人一边说笑一边站起来往外走。

来到师范学校已经快半个学期，潘多娜觉得自己开始长大了。这里虽然还是学校，可他们已经不再是那个在中学里无忧地奔跑，放肆地大笑，跳着皮筋的少年了。她过的是另外一种迥然于初中生活的生活。她住学生宿舍，吃食堂，不会随便把自己的心事坦然地告诉同学，也不会一下课就尖叫着抱着同学蹦跳……潘多娜看着自己一天天在长大，抗拒着自己一点一点地从过去的状态中剥离出来，远离现实中的自己，但也只能眼睁睁地看着，无能为力。她说不清这是一种什么样的感觉，她觉得茫然，却又有些欣慰，欣慰自己终于和当初走进师范学校的那个小女孩有点儿不一样了。她在学校的图书馆里借了一些心理学知识的书籍，懵懵懂懂地明白了自己的变化正是迈向成熟的阶段。于是，她开始沉默，不再像以前在初中时那样整天叽叽喳喳地爱说话了。她自己也觉得奇怪，明明内心有很多的话想要和谁说，可是又不知道怎样去说，该与谁说。她们班考进师范的有两个，可另外一个是个男生，而且和她也不在同一个系里，见了面压根儿就不说话，就像从来没有认识过没有做过同学一样。当然也有别班的同学，虽然彼此见了面也都认识，可就因为以前很少说话，又不是一个系里面的，所以大家碰了面也只是淡淡地笑笑，就算是打过招呼了。

潘多娜在班里唯一能谈得来的就是方小华。

潘多娜的漂亮是声乐系公认的，有很多男生看到潘多娜时都会忍不住多看她几眼，有些胆子大的，就像社会上的阿飞，冲着她打上一个口哨。潘多娜当然瞧不上这些没有一点内涵的男生。她的成熟不仅是在身体上的，还有心理上的。因为内心里揣着一个要上电影学院的梦，所以潘多娜更是有意无意地在形象和气质方面塑造着自己。这使得她的高傲就像一层薄膜，挡住了许多女生对她的好感和亲近。即使她有心想要和哪个女生表示一下自己的亲热，好融进那个集体，也没有人愿意接她的茬。这实在是潘多娜身上散发出来的气质太逼人了，不管是什么样类型的漂亮女生，只要跟她在一起，突出的总是潘多娜。

但是方小华是个例外。

说方小华是个例外，不仅仅是因为方小华的个头和潘多娜一样突出，长得漂亮，还因为她为人坦率真诚的性格中还有一份冥顽不化的粗朴。这使她无论是在男同学还是女同学当中都极有人缘，她似乎从来不知道看别人的眼色，想说什么就说什么，说完了就完了，绝不会在心里揣着那些话过夜。方小华爱说话，叽叽喳喳，走到哪儿说到哪儿，纯粹是下意识地说。用潘多娜的话来说，就是絮叨，但是她的多话并没有一点是非的成分，而且还轻松随意，所以也极少招人烦。方小华对潘多娜没有别的同学那样的压力，她坦荡随意的性格也使潘多娜很自然地就接纳了她。

对潘多娜来说，最重要的是方小华还是潘多娜刚进师范时，第一个认识的同学。

报到那天，潘多娜拒绝了爸爸妈妈和她一起进学校，她独自一个人拎着东西在爸爸妈妈的目光注视中走进校门。潘多娜觉得自己是独立的，在许多同龄人当中，也是勇敢的。但走进学校大门之后，在密密麻麻的人群中，潘多娜却沮丧地发现自己拒绝爸爸妈妈实在是一个极大的错误。她拎的东西实在是让她无所适从，她不知道是先找宿舍把自己的东西放下来，还是拎着这一大堆的东西先去找新生报到的地方。

潘多娜在阳光中满头大汗地东张西望着，焦急的情绪使她的脸看上去就像快要哭了似的。

忽然，有人轻轻地碰了碰潘多娜的胳膊。潘多娜回过头来。

这是一个长相清秀，比她还要略微高一点的女生，她的手上拎着两个装得满满当当的塑料袋，背上还背着一个大的旅行包。她清脆的声音让潘多娜急躁的心一下子静了下来："同学，你也是一个人吗？"

潘多娜拼命地点着头："是，是！我是一个人。你也是吗？"

女生看着潘多娜的样子，扑哧一下笑出声来："我看好多人都是自己的爸爸妈妈陪着一起来的，还以为满世界就我一个人是孤单单的呢，拎着这么多东西，都不知道该怎么办，心里又紧张又着急，还好，我找到了一个和我一样的。不过刚才看你站立的样子很镇定哦。"

潘多娜也不好意思地笑着："其实我在这里也紧张得要死，都快要哭出来了。我正发愁怎么拎着这些东西去报到呢，又不知道自己的宿舍在哪里，东西也放不下。"

女生很快乐地说："我们俩搭个伴吧。我叫方小华。你呢？"

"我叫潘多娜。"

"潘多娜？你的名字好怪哦，但真的是很好听，很洋气的。"

"是吗？你的名字也好啊！"

方小华不以为然地说："咳，好啥呀，土死了，像个男生的名字。都是我老爸，想要个儿子，偏偏老妈生了我这个丫头，他就连给我取个名字的劲都没了，不管三七二十一地把他给儿子取好的名字给了他闺女。"

潘多娜就笑了："方小华也很好的，我们以前写作文，就老用小华、小明这样的名字。"

方小华说："我们也是啊。要不我怎么说土呢，好像除了这样的名字就再也想不出别的名字来了。"

两人都大笑起来。

方小华四处张望了一下，说："人还这么多。要不我们一起去报到吧，我报到你给我看着东西，你报到我给你看着东西，你看行不行？"

潘多娜很爽快地答应道："好，咱们先到那边报到处报到。报完到我们再一起去找宿舍！先找你的，再找我的。哎，我是声乐系的。你呢？"

方小华一听，惊叫了起来："哇，我也是声乐系的耶！潘多娜，咱们真有缘啊！"

潘多娜也高兴起来："是吗？哈哈，真好呀，第一天来就碰上一个……同行！"她装着大人的口吻说。

两人越谈越投机，都是一副乐不可支的样子。

师范学校的女生多，男生少。声乐系的男生就更少，不到女生的三分之一，女生宿舍相对就比别的系宿舍要多。开始时，潘多娜的宿舍和方小华的宿舍不在一起，两人因为都没有要好的朋友，而她们又很能谈到一起，就跟管宿舍的老师磨了半个多小时，老师看两人关系这么铁，以为是从一个学校出来的，就只好给她们与别的同学调换了一下，把两人换到了一个宿舍。老师说，看在你们是一个学校来的，就通融一下吧。

两人交换了一下眼神，嘻嘻哈哈地笑了起来。

方小华说："老师，你看走眼喽，我们才认识的。"

老师惊讶地说："才认识就这么黏糊？那以后还得了，两人在一个宿舍同吃同住，还不得贴到一起了？"

方小华口不择言地说："老师，那样我们是不是就成了同性恋了？"

老师"呸呸呸"地朝地上吐着口水："什么恋不恋的，才多大，小孩子家，懂得什么，可不要乱说话啊。"

方小华伸着舌头冲潘多娜扮着鬼脸。

在班上其他同学看来，潘多娜和方小华关系好是天经地义的事。两个人都是班上女同学中长得最高的，又都同样长得好看，不管是潘多娜不可接近的美丽，还是方小华不经雕饰的漂亮，反正她们俩不管走到哪儿都是最夺目的一对，同时，又是声乐系里最灿烂的一对。潘多娜的舞跳得好，方小华的歌唱得美，两个人歌舞在一起，简直把整个师范学校都轰动了。潘多娜和方小华本就是两个对各种色彩的目光都具有磁性的美女，如今再加上有了名气，简直红遍了整个师范学校。

潘多娜的心不在毕业以后去安安稳稳地当个音乐或者舞蹈老师，她的天地应该在师范学校以外更广阔的世界里。所以，不管她在学校多么的红火，多么的耀目，她也浑然不觉，或者说她不是不觉，而是无动于衷，因为她丝毫也不认为自己在这个狭小的空间里，展示出来的一部分才华是值得炫耀和令人瞩目的。她的潜能并没有发挥出来，她要等到将来的某一天，在一个更大的舞台上，更需要发挥的场合，倾其所能地把自己的才华展现出来，震慑更多的人，赢得更多的精彩。

潘多娜的沉着冷静让方小华吃了一惊，但方小华自己是快乐的，她简单的人生经历和生活愿望使她快乐而幸运。她觉得自己的生活是丰富多彩的，她喜欢这种被许多人注视着的感觉，并为此而陶醉着。

潘多娜笑话方小华太容易满足，仅仅是被学校的这一群人关注了一下就受宠若惊了。方小华说："为什么不呢？不管是被多少人关注，被什么样的人关注，我只要知道有人关注着我，就开心！"

潘多娜看了方小华老半天："哎呀，方小华同志，想不到你的想法竟这样简单。"

方小华猛地蹿到潘多娜的身边，双手水蛇似的游上潘多娜的肩膀："简单并快乐着！"

潘多娜手一指方小华的脑门："没追求！"

方小华无辜地看着潘多娜："当老师就是我的追求！我喜欢有一个稳定的工作，一份不多也不会太少的收入，然后嘛，再过着简单而幸福的生活！"

"我是一定要上北京电影学院的！"潘多娜的目光静静地看着远方说，"我最大的追求就是当一名演员或者节目主持人。我相信我的愿望会有实现的那一天！"

方小华拍了拍潘多娜粉饼似的脸，说："唉，一个愿望把一个美丽又可爱的女孩子压迫得像个老太太。我听人说你以前可是十分活泼和开朗的哟，怎么到了师范，没有了以前的那种学习压力，你反而变得沉默呢？"她又拍了拍自己白皙的脸："幸好，我没有那么远大的理想，我只要每一天都过得开开心心就行了。"

三

潘多娜是夺目的，这种夺目在她心里不能说没有一点波澜，只是一想到自己迟早会是一颗冉冉升起的星，自己的将来应该要在屏幕前被更多的人所知晓，她的心就会在波澜中慢慢地平静下来。师范只是一个小舞台，甚至还算不上一个小舞台，至少在她潘多娜的心里。潘多娜固执地这么认为。

潘多娜一开始并不是有意要与班上的同学拉开距离的，她像在初中时一样，也是很无忧无虑地和大家在一起谈天说地，但慢慢地她发现自己的观点总是和大家不一样，比如说，大家都喜欢的一首歌，别人会说那歌词动人，那曲调优美，或者唱那首歌的人长得好酷，样子好帅哦。潘多娜则说，那歌词里包含了词作者的一种什么特别的心态，那歌星唱那首歌时缺了一种感觉，让人看上去在作秀似的。大家就都眨巴着眼很沉默地看着她，潘多娜在大家都散了之后就品出了那目光中的含义：大家觉得她在尽显自己的与众不同，以为她在有意表现自己。潘多娜虽然清楚这是一种误解，她只是在实话实说地阐述自己的观点，就像她们也在表达自己的看法一样，但她还是受到了这种误解的影响。大家都不太爱与她在一起说话，好像和她一说话，立马就会将自己比下去似的。

没有一个女生是不爱美的，也没有一个女生不希望自己是最美的。偏偏潘多娜的美是那样的独特，就像一朵带着露水亭亭玉立含苞待放的荷花，聚集了所有的美丽，却又是新鲜动人、娇柔可爱的，更是——清凉的，这就使每个和潘多娜走在一起的女生，即使对方也一样是美丽动人，都会不自觉地被她夺去光芒。

十六七岁的孩子还不懂得过多掩饰，所以，与大家显得有些格格不入的潘多娜在班里是孤独的。这种孤独慢慢造就了她的孤傲。

潘多娜并不在意别人怎么看她，她心里记着的是爸爸在她上师范之前说的要赚更多的钱送她去上北京电影学院的话。她要努力学习，唯有努力才能让自己更有机会。所以潘多娜更多的时间都是在图书馆里泡着。图书馆是安静的，也是平静的。潘多娜的心在大量的书籍里面行走着，吞食着书里面的营养。

方小华有时会在潘多娜的劝说下和她一起去泡图书馆，但方小华没有潘多娜的平心静气，她总是看了几页书就耐不住寂寞了，东看西看，然后捅捅潘多娜，悄悄地说：

"小娜，这么安静的地方像不像坟墓？"

潘多娜用眼睃了一下四处，见周围的人都各自为阵地埋着头，忍不住笑了：

"方小华，你怎么尽说古怪的话？真是对先人不敬，对知识不恭啊。这是多么神圣的地方，你应该崇拜它，敬仰它才对。”

方小华撇着嘴：“谁说有书就神圣？那还得看什么人在这里。我看并不是每个来这里的人都是为了看书吧。”

潘多娜奇怪地看着方小华说：“不看书学习，来这里干吗，这又不是吃饭喝酒唱歌跳舞的地方。”

方小华叹了口气，说：“你真笨，你没看电视电影里面就有到图书馆谈恋爱的嘛！有你我这两个美人，我敢肯定有人会宁愿丢下书不看，来偷偷摸摸地看我们。”

潘多娜深吸了一口气，忍着不让自己的笑声绽放出来：“方小华啊方小华，看你平时老老实实的孩子，怎么思想这么复杂，这么……”

方小华兴奋地打断潘多娜的话：“别不信，你可以向你的后面看看！”

潘多娜疑惑地说：“看什么？你又想使什么招？”一边回过头去看。这一看，差点儿没晕过去。

图书馆的老师正站在她的身后，一脸皮笑肉不笑地看着她们两个人。

老师说：“两位同学，图书馆需要安静，你们要聊天的话请到外面去聊！”

潘多娜眼角的余光就看到周围的同学都朝这边看了过来。她的脸“唰”地一下就红了，她赶紧低下头装着看书。

方小华倒十分不满地冲老师嘟囔开了：“图书馆里就不允许讨论啊，有讨论才能有进步嘛……”

潘多娜用手扯了扯方小华的衣服，低声说：“快别说了，不对就不对，还强词夺理干吗。”

老师倒是让方小华的话给逗笑了：“讨论当然可以，但即使讨论也应该尊重一下别人。何况你们刚才讨论的问题好像与你们看的书不是一个内容吧。一个好的环境是需要大家来维护的，希望你们也自觉一点。”

说完，老师目光很威严地看了一眼潘多娜和方小华，转身走了。

方小华冲潘多娜扮了个鬼脸，抬头看了看周围，已经有人停下翻书在看她们了。

方小华收回目光，皱着眉头说：“对面有一个人，在幸灾乐祸呢。”

潘多娜向方小华示意的方向看去，果然对面有一个人正饶有兴趣地看着她们。

潘多娜白了那人一眼，很坚决地冲着方小华说：“以后坚决不要你跟我来图书馆!”

方小华也很坚决地说：“以后我坚决不要跟你来图书馆!”

两人又是一阵窃窃的、挤眉弄眼的笑。

对面的那个人丝毫没有受潘多娜白眼的影响，一直看着她们，好像这两个人正在上演着一场精彩纷呈的戏曲，他正作为唯一的观众全神贯注地欣赏着。

四

又到了周末，潘多娜正在宿舍里收拾着东西。

方小华与华丽手挽着手走进来。方小华一见潘多娜又在忙着收拾东西，就说：

“小娜，又要回家了?”

潘多娜高兴地说：“是呀，又可以见到爸爸妈妈了，想到这个，我就很开心。”

方小华放开华丽，一头倒在自己的床铺上：“哎，我都一个月没回家了，也没什么感觉，你每个星期都回家还这样高兴，我真想不通你这么个很独立的人，怎么还能有这么强的恋家情结呢？”

华丽插话道：“回家当然好呀，我每次回家，我爸爸妈妈都要给我准备好多好吃的东西。剩下的还要我带到学校来。潘多娜，你爸爸妈妈是不是也这样啊？”

潘多娜点了点头。

方小华说：“那是因为你难得回一趟家，家里人很少看到你，当然把你当客人一样侍候着了。你以前每天都在家时，有没有这样的待遇？”

潘多娜直起身子：“唉，可怜天下父母心，可见天下父母爱自己孩子的方式都是差不多的。”

方小华撇了撇嘴：“瞧你们俩那点出息，除了吃就没别的追求了？”

潘多娜看着方小华说：“哎，方小华，你家离学校远，回趟家不容易，要不，你今天跟我一起回我家里度个周末怎么样？”

方小华耸了耸秀挺的鼻子说：“我？不怕我把你们家闹翻了天哪？！算了吧，你知道我这个人不安分的，说不定还没等过完一天，就把你爸爸妈妈烦的想要赶我走呢。我呀，还是待在学校里吧。”

潘多娜好奇地问：“方小华、华丽，你们星期六星期天都是怎么过的呀？”

华丽说：“还能怎么过，找几个人一起去市里闲逛呗。”

方小华瞪了华丽一眼，说：“未来的准家庭妇女，都闲成这样了。”

华丽不服气地说：“这满街都是家庭妇女啊？哎，方小华，难道你还能有什么打算呢？”

“我？”方小华忽地从床上坐起来，指手画脚地说，“我想我是咱们班上把时间安排的最满的一个人。我的打算是……上午睡觉，睡完了再打饭；下午嘛，接着睡觉……然后……”

潘多娜没等听完方小华的话，就已经笑得直不腰来了，“然后再去打饭……方小华，你果然……把时间排得很满……那，那你晚上干吗?”

“晚上?”方小华用很纳闷的眼神看着潘多娜，“晚上做梦啊，难不成你让我晚上出去唱歌跳舞去?”

华丽也歪在床上笑声浑身乱抖，她听完方小华后面的话，一边笑一边说：“方小华，你可真能睡，不过，”她坐直了身子，“我们倒真的可以唱唱歌跳跳舞的。”

方小华和潘多娜都看着她。

方小华说：“你总不会想到要去舞厅吧？小姐呀，想想你有多大，你还未成年呢。”

华丽说：“我没说去舞厅啊，咱们自己可以组织嘛。我们是声乐系的学生，班里哪个同学拉出来不会摆弄几下乐曲，哪个不会唱几支歌踢踏几下舞呢？尤其是你和潘多娜，可是我们师范学校有名的黄金搭档呢。”

这一说，方小华可来精神了：“哎，这倒是个好主意。小娜，干脆你也别回家了，咱们自己弄个小型的晚会吧。”

潘多娜说：“那可不行，我要是不回家，我爸爸妈妈会想死我的。”

方小华撇了一下嘴，说：“不就一个周末嘛。不行的话，让你爸爸妈妈他们也过来参加我们的晚会得了!”

华丽也劝道：“就是，潘多娜，你平时就不太跟班里的同学在一起玩，我们自己组织个活动你可不能不管不顾。何况，你的舞跳得那么好。”她从床上站起来，双手合在胸前，身子向前微微地倾着，用话剧的对白说，“噢，潘多娜，我的同学，我的美人，没有你那优美的舞姿，没有你那姣美动人的容颜，我们将感到生活多么无聊。你就像是春天里绽开的玫瑰花，楚楚动人，芳香四溢；你就像……”

方小华接着站起来说：“你就像那池水里的鱼儿，没有你，那池水将是毫无生机的；你是我杯子里的水，没有你，我将怎么解除我的干渴；你是我脸上的那颗美人痣，没有你，我的脸怎会生动可爱……”

潘多娜实在憋不住了，笑得倒在床上乱滚。华丽指着方小华的手指也是不停地乱颤：

“你，你，你……方小华，挺美的意境，硬是叫你给我破坏了！”

方小华很无辜地看着两个人：“怎么了，是我的动作不好看，还是我说得不动听？唉，我也知道，我朗读的表情还不到位，以后我会努力的，一定！”她举起右手，“我向党宣誓，向人民宣誓，我方小华……”

方小华自己也没忍住，张开嘴大笑起来。

每个周末的回家，对于潘多娜来说，是以前在中学时从来未曾感受到的一种慰藉。虽然学校离家并不是太远，坐公共汽车也就一个多小时的路程，但在潘多娜的心里，这一个多小时的路程就把她与爸爸妈妈分割开了，这中间就是浓浓的想念，爸爸妈妈想她，她想爸爸妈妈。潘多娜也奇怪，她在家并不是一个对父母很依赖的女孩，甚至她的性格当中还有一些叛逆的东西，时常让妈妈极为生气。但爸爸对潘多娜却很宽容，他总说潘多娜是懂事的，只是每个人在他成长的道路上都会经历一段无法让人理解的心路历程，只要对孩子大度些，好好引导孩子的行为，慢慢地就会好的。

潘多娜不知道爸爸的话有没有道理，但她十分感激爸爸对她的宽厚，不像妈妈那样，动不动就训斥，还喜欢用怀疑的眼神去看待她，总好像潘多娜每做一件事都会走上邪路似的。

虽然方小华和华丽用尽了办法想说服潘多娜留下来，和她们一起筹划周末晚会，潘多娜还是没有答应，她说不明白自己为什么不接受这样的挽留，其实她自己也知道，回家对她来说是随时都可以的，而且她也并不是就真的在乎这一个周末不回家。但她还是走了，和方小华、华丽告别的时候她的心里很奇怪地有些空落的感觉，就好像是有谁从她心里掏了一把似的。

这种感觉一直延续到潘多娜坐上公共汽车才慢慢地消失。

到家的时候天已差不多黑了。潘多娜一下车就看见一个人朝她走过来，是爸爸。

潘多娜往爸爸身上一扑："爸爸!"

爸爸乐呵呵地抱住女儿："嗯，这么大的丫头了，再过两年就该参加工作，怎么还跟个孩子似的。"

在爸爸面前，潘多娜所有的孩子气都释放了，她挽着爸爸的胳膊，撒起娇来："在爸爸面前，小娜永远都是个孩子嘛。"

爸爸高兴地拍着潘多娜的手："对，对，在爸爸眼里，小娜永远就是个孩子，是爸爸的宝贝闺女!"

父女俩边说边往家里走。

家里妈妈已经弄好了饭菜在等着潘多娜。潘多娜把手中的袋子往沙发上一扔，扑过去抱住妈妈亲了一口："妈妈，我想你!"又扑到桌子跟前："哇，多么诱人的饭菜啊！色香味俱全，家里的饭就是比学校的好吃。我们学校的饭别说香味，连颜色都分不清楚，哪是人吃的啊，简直就是猪食。"

妈妈笑着嗔道："瞎说，什么猪食，这一说，你不就成了小猪了，学校又不喂猪。不过大锅饭嘛，想要弄出点滋味出来，也是比较困难的。"

潘多娜挽起袖子正要去洗手，回过头来说："你看，你也这么认为吧。所以我觉得我真是幸福，能每个星期都回家来改善伙食。我们班上有好多同学家在外地，想回趟家真是不容易呢。”

吃饭的时候，爸爸捏着筷子不停地往潘多娜碗里夹菜，直到潘多娜碗里的菜堆成了小山一样，再也没办法吃饭了，在潘多娜的强烈抗议下才罢手。潘多娜指着碗里的菜，笑着说：

“爸爸，你真把我当小猪了，恨不得我一下子能吃得又壮又肥。”

爸爸也笑了，说：“我女儿可不是小猪。小猪多好养，随便弄点什么一吃就可以不用管了，养女儿不行，养女儿是要用心去养的。不过，看我女儿这么懂事，又可爱，爸爸用这一辈子去养女儿也愿意啊！”

潘多娜说：“爸爸，最近出车多不多？”

爸爸忽然想起什么来似的说：“哎，小娜，爸爸告诉你，我调到大车班去了。是我主动要求调过去的。”

潘多娜吃了一惊：“爸爸，为什么呀？在小车班不是挺好的吗，又轻松又自在。”

爸爸说：“在小车班是轻松些，可是除了每个月那么一点工资之外，拿的出车费也少。在大车班就不一样了，每天的出车补助也高，出一趟长差还有出差补助。爸爸说过的，要多赚点钱，以后要送小娜上北京去读电影学院。”

潘多娜说：“可是，开大车很辛苦的。爸爸你……”

爸爸微笑着说：“为了我女儿，爸爸辛苦点也是应该的嘛。其实也没什么，也就是在外面跑的时间长点，可能以后在周末能跟女儿在一起的时间少一点。”

潘多娜说：“爸爸，那你一定要小心点，不要太苦了自己。”

妈妈过来冲着父女俩：“哎呀，瞧你们父女，总像没时间说话似的，吃过饭有的是时间。”

爸爸往嘴里扒了一口饭："哎，就是，小娜，快吃菜！一会儿菜都凉了。"

五

自爸爸告诉她到了大车班，一直到坐上返校的车，潘多娜心里都还是沉甸甸的。她说不清楚自己的这种情绪为什么老也挥散不去，她知道爸爸以前是不喜欢开大车的，可是为了多挣点钱将来送她去电影学院，爸爸却主动要求到大车班去。唉，电影学院，那个遥远的梦无时无刻不萦绕在潘多娜的心里，她的全部生活都是为了这样一个梦的实现。而爸爸，也在为她的梦而努力着。

潘多娜坐在车上昏昏欲睡着。

车停站的时候潘多娜没有睁开眼睛，感觉到一个人在她旁边的座位上坐了下来。那人在坐下来的时候还很惊讶地"咦"了一声。潘多娜勉强地微微睁了睁眼，看到一张似曾相识的脸。她模模糊糊地想，这个并不大的城市之中，人和人相遇是太频繁了，频繁到不认识这个人却认识这张脸。

潘多娜听到售票员报站的声音，她的意识里明白已离她下车的地方不远了，她强迫自己睁开眼，可又很侥幸地以为自己可以在车到达师范学校那一站时醒来。她就那样沉沉地睡过去了。

潘多娜被人推醒的同时听到一声："醒醒，你到站了！"她睁开眼朝外面一看，看到车正好停在学校的门口。她赶紧起身，坐在她旁边的人很温和地说：

"别急，下的人挺多，我也是要在这里下的。"

潘多娜听出这个声音正是刚才喊她的那个声音。她有些不好意思地朝他笑笑，轻轻地说了声："谢谢你把我叫醒！"

那人笑笑："举手之劳！"

下了车，潘多娜往学校里面走时，发现那人也在往学校里面走。

潘多娜用疑惑的目光看着他："你……"这时她才看清楚他的脸，这是一张很年轻很帅气但是看上去却又比她的那些男同学要成熟的脸，在初冬的阳光下，这张脸上绽满了笑意，像一朵盛开的野菊花，灿烂而又生动。

"咱们见过面的，你忘了？"这人看着潘多娜，说，"是在图书馆里。"

潘多娜想了想，摇摇头。

这个人的脸上掠过了一丝失望，但很快又重新绽开了笑容："不记得没关系。不过现在我们认识了，是吧。我叫况儒，是刚分到这个学校的老师。你呢，你叫什么名字？是哪个系的学生？"

潘多娜犹豫了一下："我……我叫潘多娜。是声乐系的。"

况儒高兴地说："原来你是声乐系的学生，难怪你的气质这么好。"

潘多娜也笑了："老师，你真有意思！"

况儒偏过头来说："是吗？我倒觉得你们真好，虽然是在师范，但一个个仍像个孩子，有着孩子的天性，真好玩！哎，上次和你一起在图书馆的那个女孩是你的同学吧？她也很有趣的。"

这一说，潘多娜忽然想起来面前的这个人了，他就是那个被潘多娜瞪了一眼的人。想起这个来，潘多娜反而觉得不好意思了。她问况儒：

"老师，你是教哪个班的呀？"

这下，轮到况儒不好意思了："我……我还没有正式任课呢。我现在就在教务办做些琐碎的工作。可能要到下个学期，学校才会正式确定我授课吧。不过到下学期，我可能又不在学校了，那时我也许已经到市里的报社去上班了。"

潘多娜一听，心里更好奇了："老师，他们为什么不让你授课呀？你又为什么会到报社去呢？"

况儒笑了笑，说："我在大学里本来就是学新闻的。原来想毕业以后留在北京不回来了，可是我家里人觉得我在北京没有固定的单位，一个人在北京又很孤单，非要我回来不可。我就只好回来了。学新闻的当然要去搞新闻了，那样才有意思嘛，你说是吧，所以我在努力往报社调。"

潘多娜问："那你怎么到师范来了呢？为什么不一开始就直接到报社去呀？"

况儒挠挠头，很为难的样子："这个……跟你一时也说不清楚，这种人事关系是很复杂的，我自己都还没有搞明白，就更不知道怎么跟你说了。"

潘多娜对人事关系方面的事更是一窍不通，所以，她也不好再往下问什么了。

潘多娜是从方小华的口中知道有人传她有了男朋友的。

乍一听到这话，潘多娜还是愣了一下，随即笑得眼泪都出来了，她在学校很少跟男同学说过话，也从来没有单独跟哪个男孩子待过，怎么莫名其妙地就传出了她有男朋友了呢？

方小华一见潘多娜光顾着笑，也不说清楚情况，就急了，她推着潘多娜：

"笑什么呀，快说，究竟是怎么回事？以前都没听你说过，你竟然还对我保密，不够朋友，不够哥们！"

潘多娜止住笑："方小华啊方小华，咱们可都还未成年呢，哪里就有什么男朋友。再说了，我从来都没有跟男生联系过，哪儿就蹦出来个男朋友来，我到哪里去谈恋爱？真是无稽之谈！"

方小华紧盯着潘多娜，怀疑地问道："你真的没有男朋友？"

“当然没有!”

“那你回校的时候，是不是和一个长得很帅很酷的人在一起?”

潘多娜平静地说道：“是啊，那个人叫况儒，是分到咱们学校不久的老师。”

方小华：“我说嘛，无风不起浪，你还不承认，咱班都有人看到你们了。”

潘多娜：“你记不记得咱们在图书馆被老师过来干涉那回，你叫我看坐我们对面，有个人老盯着我们笑，那个老笑的人就是况老师。”

“噢，就是那个傻呵呵的人，我倒忘了那人长什么模样了。他真的很帅吗?”

“哈，这才是你的目的吧？方小华，你真的很色哦。”

“爱美之心，人皆有之——不对，我只是好奇，我问下都不行啊?”

六

似乎是一夜之间，秋天就匆匆隐退了，满树满树干枯的树叶还没有来得及完全脱离枝丫，一场雪就突如其来地降临了。雪不大，薄薄地覆盖在大地上，整个城市就像一幅淡淡的水墨画，东一点西一点地露出一些墨色来，虽没有那种令人震惊的极致之美，可也叫人看了总有些心旷神怡的感觉。一场雪之后，寒冷就像打过招呼一样堂而皇之地侵袭而来。真正意义上的冬天就来了。无论是繁华热闹的市区，还是冷静寂寞的市郊，都显现出了冬天的景象。

在方小华的劝说下，潘多娜终于参加了他们班上组织的周末晚会。说是晚会，其实不如说是聚会，大家只是在教室里拉上几道彩条，在中间挂了几个从女生宿舍搜罗过来的洋娃娃，还有男同学买来的一些彩色灯泡也挂在墙壁上，明明暗暗地闪烁着。

第一回参加晚会的潘多娜，在大家的要求下跳了一支傣族的孔雀舞，那优美而迷人的舞姿赢得了全班同学的掌声。作为主持的方小华最后又拉着潘多娜给她伴舞。方小华唱的是《真的好想你》。

真的好想你，
我在夜里呼唤黎明，
天上的星星哟，
也知道我的心，
我心中只有你
…………

潘多娜即兴的舞蹈深情而忧郁，用她的舞姿充分表现着一个在深夜思念爱人的女子的情深义重。方小华的歌唱得深情婉转，潘多娜的舞跳得温婉深情，当乐曲还在余韵之中时，掌声已如潮水一般响了起来。

潘多娜让这掌声给镇住了。在这种没有经过任何排练，完全是即兴的场合里，她赢得了这热烈的掌声，一种十分熟悉的感觉慢慢地溢满了她的胸口，她忽然意识到这样的掌声其实就是她所需要的，虽然她还不是明星，但她却是有观众的，尽管这观众只是她的一些同学。

虽然潘多娜在这个师范学校里是耀目的，但那种耀目总带有许多的刻意，就像有一个小品里说的是“包装”出来的。包装出来的东西不一定不好，但也不一定就好，往往会让当事人迷失在其中。

潘多娜慢慢地坐回座位上，她为自己参加了这样一次简陋却生动的聚会而激动。

这是一次改变潘多娜很多想法的聚会。

有不少女同学向座位上的潘多娜围拢过来。

“潘多娜，你跳得真好！”

“是呀，你的感情好真哦，我都感动了。”

“潘多娜，你长得漂亮，气质也好，又这样有才气，以后肯定会比我们强很多的。”

…………

潘多娜的心一直在升温，她都害怕自己在这一团热情中会融化掉。她开心地和这一群平时并不怎么交往的同学聊着，她忽然想到，假如将来她去北京电影学院学习出来成了演员或者节目主持人，她也一定要当个平民演员或平民主持人，只有贴近平常的人，那心才是快乐的。

十七岁的潘多娜在真挚的情感面前，就这样想通了一个许多成年的明星和节目主持人都不会想通的问题。

潘多娜很久没有看到那个叫况儒的老师了。就在她已经快把他忘记的时候，她在图书馆里又遇见了他。

那时，潘多娜正在埋头苦读法国一个叫萨特的作家的书，她十分费劲地理解着书中的一些文字，但是这个有些莫名其妙的外国人的话实在是太难懂了，对于只有十七岁的潘多娜来说，她只能把“存在的就是合理的”这样的观点与“谎言重复一百遍就成了真理”等同起来认为。潘多娜最后看得头都大了，也没搞清楚那个萨特究竟想说什么。

就在潘多娜要扔开萨特离开图书馆的时候，她看到了况儒。况儒敞开着羽绒服，戴着一顶蓝线帽子，与一个女孩子有说有笑地走了进来。

看到潘多娜时，况儒的目光一亮，他很高兴地冲着潘多娜打招呼：

"潘多娜，你好！好长时间没见到你了。"

潘多娜想起班上同学说她有男朋友的事情来，就有了戒备，只淡淡地朝况儒一笑，轻轻地喊了一声"况老师"，便从他和那女孩跟前走了过去。

况儒很奇怪地看着潘多娜的背影，他实在是摸不透女孩子的想法，愣在原地想了想，朝旁边的女孩说了一声"你先进去"，就朝潘多娜追了过去。

"潘多娜！"

潘多娜回过头来，见是况儒。她站住：

"况老师，你有什么事吗？"

况儒说："潘多娜，你没有遇到什么事吧？"

"我能遇到什么事？"潘多娜莫名其妙地看着况儒说道。

"噢，那就好，我看你好像不大高兴的样子，以为你遇到了什么事呢，真是庸人自扰。"况儒很不好意思地笑了笑。

潘多娜的心里却有了一些感动："况老师，谢谢你的关心！"

"有什么好谢的，我挺喜欢你这样有气质又有内涵的孩子。以后你要有什么事，可以来找我。我没有授过一天课，你就别况老师况老师地叫了，你要是不好意思叫我况儒的名字，就叫我大哥吧，我比你大好多呢。以后我们可就是朋友了。哎，对了，把我的电话给你吧，今后好联系。"

况儒说完从口袋里掏出一支笔，伸手从潘多娜的手里抽过她的笔记本，在上面写了一个手机号码。

"有事没事都可以找我。"况儒说。

"我会的！况老师再见！"

"好，再见啊！"

况儒像刚才跑出来一样又跑了进去。

潘多娜看着笔记本上的手机号码，觉得很好玩。这个老师，怎么像个孩子似的，一点也不成熟。她想。

当潘多娜告诉方小华况儒给了她手机号码时，方小华很警惕地看着她说：

“小娜，那个况儒是不是有什么不良企图啊？”

潘多娜看方小华一副很警觉的模样，就想笑：“平时老说我复杂，我看你更复杂。是不是平时看言情剧看得多了，对什么事的发生都以为结果会是想象中的啊？”

潘多娜不以为然的样子引起了方小华的抗议：“有一句话叫什么来着？防患于未然，对，你应该防患于未然。”

潘多娜伸出手一把钩住方小华的肩膀：“行了，我们不管这事了，在没有证据之前，一切猜测都置之度外。这样才活得轻松嘛。你说是不是？”

方小华一耸鼻子，得意地说：“那当然，我就比你活得轻松和快乐。”

潘多娜说：“谁说的，我也快乐和轻松啊！”

方小华说：“那就是咱们都快乐和轻松嘛。”

潘多娜说：“这还差不多。”

学校的饭菜越来越难以下咽了，在方小华的强烈要求下，潘多娜和方小华、华丽，还有班上另一名同学古云云借了几辆自行车，来到了离学校两公里处的一家小饭馆。这家饭馆最有名的是炒面，四个女孩子正是慕名来吃炒面的。

在等待面端上来的时间里，四个女孩叽叽喳喳个不停，方小华说在学校是菜难吃，咱们应该多补点菜才是真的，菜里面才具有维生素嘛。她要求再炒一盘菜，但潘多娜、华丽、古云云都不赞同。

潘多娜说："炒面里头就要放菜的，你还要什么菜呀，纯属多此一举。你没听说过在南方的一些地方，炒面本身就是一盘菜嘛。"

方小华说："没听说过。就是有这种事那肯定也是很早以前的事了。"

华丽接过来说："一盘面你都吃不完，再来一盘菜，这不是赤裸裸的浪费是什么？"

方小华反驳道："一听你这话就落后了，这不叫浪费，这叫消费！国家都在鼓励老百姓消费呢，不消费国家怎么扩大内需？扩大内需也是经济发展的需要。这个你们懂不懂？啊？"

古云云说："一盘炒面五块钱，咱们四个人就得二十块钱，好贵的。再来一盘菜，怎么着也得七八块钱吧？哎，真是吃在我肚，痛在我心呀。"

方小华说："行了，行了，炒菜的钱我掏行不行？"

潘多娜、华丽、古云云互相看了一眼，异口同声地说："不行！"

方小华看了看她们一阵，才迟疑道："那……要不，咱们四人就要三盘面，另要一个炒菜，这样总算是经济实惠了吧？"

三个女孩都愣了，对呀，其实她们四个人的饭量都不大，吃三盘炒面也绰绰有余，她们争了半天，怎么一开始都没想到这个中肯的办法呢。几个人大笑起来，赶紧跟饭馆老板商量用一个炒面换一个菜。但饭馆老板说已经换不了了，面已经煮出锅了。四个人面面相觑。

潘多娜试图跟老板商量："老板，你能不能将面留给下一位顾客啊？"

老板一笑，说："要是现在有别的顾客来，我倒也可以通融，但你们看，哪有啊？"

四个人往周围看了看，也确实是，除了在吃的，也只有她们四个在等待吃面的人。

四个人都为难了。

方小华咬咬牙，颇有些悲壮地说，算了，只好这样了，谁让我们四个人都笨呢，要早想到这办法也不至于弄得这么被动。

这一说，潘多娜倒心软了，她迟疑地对华丽、古云云说：“要不，咱就再要个菜吧。便宜点的。”

华丽、古云云也犹豫着点点头。

就在四个女孩商量着点什么菜时，又进来了一位顾客。

“老板，来盘炒面。”

潘多娜忽然觉得这声音很耳熟，她抬起头来一看：是况老师！

况儒一看是潘多娜，高兴地说：“哎，潘多娜，怎么是你，你们也是来这里吃面的吗？”

潘多娜说：“是呀！”就看到方小华不停地向她使眼色，赶紧又说，“哎，况老师，我们还多出一份面来，要不你就和我们一起吃吧。”

况儒倒也不客气，坐了过来：“也行，碰上了算我们有缘，今天我请客，你们还要吃什么，尽管点。”

四个女孩不好意思了。

“不用了，谢谢况老师！”

况儒说：“咦，你们声乐系的女孩子怎么都这么爱害羞呀？没关系，这吃不了我几个钱的，再说我是拿工资的。”

大家一听况老师这么说，就不吭气了。况儒看着几个人都不好意思，就随口点了几个家常菜。随后又征求大家对菜的意见，谁也不好意思说什么，一时间竟冷场了。

愣了一阵，还是方小华机灵，她很认真地看了看况儒，没话找话地说道：“况老师，你怎么也跑这么远来吃饭？”

况儒说：“这里虽然离我们学校偏远了点，不过我还是喜欢来这儿吃炒面，味道很好的。我有时候和我的同学还从市里跑到这里来吃呢。”

方小华很唐突地问道：“况老师，你说的是女朋友吗?”

况儒笑了：“小孩子家，懂什么，问这么复杂的问题。”

方小华看了潘多娜一眼，才对况儒说道：“我们才不是小孩子呢，再过两年我们就跟你一样是老师了。不过，嘻嘻，我们可是小学老师。”

况儒挠挠头：“看样子还非得回答你们啰，那——我就说了，我……还没有女朋友，不过以前在大学里曾经谈过一个，后来一毕业就分手了。”

潘多娜瞄了一眼方小华，方小华正悄悄地向她吐着舌头。

潘多娜说：“方小华，况老师对我们可是扶贫济困呢，你怎么还净捡老师伤心的话问呀。”

况儒大度地说：“没关系，就当是朋友之间互相了解一下吧。”

方小华说：“看，老师就是老师，大度得让人佩服!”

这时，饭菜都已经端上来了。

华丽看了看大家，小声说道：“别贫了，再不吃快点，上课就该迟到了。”

几个人果然不再说话，埋头吃了起来。

况儒看得很惊奇，看着几个女孩子的吃相，倒觉得她们身上有一种不经雕饰的纯朴和可爱。

七

透过车窗看，所有的楼群就像在一条河里流动着似的。在潘多娜的眼里，这些水泥钢筋的混合物是以一种逼人的气势冷冷地傲立着的，它们构成了一个城市的主体，如果没有这些楼群，城市可能就不叫城市了。尽管这些楼群是冷漠的，但它给予人类的却是栖身的温暖之处，在它们的怀中蓄满了人间的亲情和关爱。

天上飘着些零星的小雨，小雨让气候越发的寒冷起来。坐在车上的潘多娜忍不住抱紧自己的身子。车窗外已是黑夜，但城市的街灯使黑夜变得并不彻底，雨丝穿过灯光，像一条条晶莹细致的链子，让夜色有了一种清冷的寂寞来。

坐车的人不多，车厢里很安静，除了汽车发动机和汽车在凹凸不平的路面颠簸振荡的声音之外，几乎再也没有别的声音了。潘多娜是靠窗坐着的，窗户也不知道是哪儿不严实，总有细细的冷风钻进来，又慢慢地渗透到她的身体里面。潘多娜只好尽力把身子往前趴着。坐在前排的人很紧地靠在座椅上，往前趴的潘多娜离前排的人头就很近了，一股浓重的头油味让她不得不又往后靠着，那细细的冷气就又细细地渗入她的身体。

潘多娜四处看看，忍了忍，还是起身换了个座位。

潘多娜简直烦透了。她烦这样的天气，烦这样寂寂的夜晚里坐上一辆同样是寂寂的车。当然更烦的还是她的包里装着一封信，准确地说，是一封情书。

潘多娜以前不是没有收到过情书。从上初一开始，她就收到过情书，但那时只是觉得好玩，当然还莫名地有一种少不更事的虚荣。到师范后，因为不想当老师，一直梦想着要去北京电影学院上学，现实与梦想的差距使她的心一直处在一种忧伤之中。这时的她在学校里除了看书、学习，是无暇顾及外界的。

潘多娜并不在意这样的一封信，她烦的是信中提到的那个人：况儒。

信中说，连况儒老师都觉得你是个很优秀的女孩子。就这样一句话令潘多娜愁肠百结。

从吃炒面那天偶遇之后，况儒就成了方小华和潘多娜之间的话题。相对于潘多娜，方小华似乎对况儒有着更大的兴趣，她不停地向潘多娜打听有关况儒的情况，比如况儒究竟有多大，他为什么要到师范来，又为什么要调到报社去；又比如他和他以前的女朋友怎么会分手，他的女朋友是不是长得很漂亮……

面对方小华的问题，潘多娜烦不胜烦，她跟况儒又没有正式接触过，怎么会知道这么多问题。有次，她邪乎乎地看着方小华说：

“方小华，你是有点不太正常哦。”

方小华毫不在乎地说：“有啥不正常，我就是对况老师好奇嘛。保持对一种事物的好奇心就是你进步的基础。”

潘多娜对方小华的强词夺理有点无奈，她只好说：“噢，只是好奇呀。我对况老师也不了解，以后碰到他，再帮你打听一下好了。”

潘多娜以为这只是一句托词，她和况儒认识的时间不长，而且也只是泛泛之交，她哪里会真的去打听他的那些很私人的事。可是，从此以后，她每次去图书馆，或坐上回家和返校的车时，总会下意识地四处观望一下，寻找那一张很阳光的笑脸。

有那么一回，潘多娜在校园里远远地看到况儒时，竟有点儿心跳的感觉，但当她看清他旁边的是上次在图书馆的那个女孩时，心里又有那么一点惆怅。她避开了他们，当然更没有想到去帮方小华打听什么了。

倒是方小华，对况儒的情况越来越了解清楚了，她告诉潘多娜，况儒的父亲原来是市里的一个副书记，这个师范学校的校长是况儒的叔叔。况儒本来是要到报社去的，可他的父亲说报社是个是非之地，不如师范学校清静，硬要他到师范来。可况儒的专业在师范实在是无用武之地，他又不愿专下心来当个师范老师，所以他父亲答应先待一年，实在静不心来再让他去报社。

潘多娜听得都有些呆了，原来这个况老师还是这个城市里的高干子弟呢。潘多娜神情很索然，况儒在她心里本来就已经有了距离，这下离她是更远了。

潘多娜很少去图书馆看书了，她总是借了书拿回宿舍里看。宿舍里是很嘈杂的，但这嘈杂于她似乎很遥远，就好像她与那份嘈杂之间是隔着一条宽阔的河流，她能看到河那边的动静，却听不到那边的声音。她看似平心静气的，但又是恍恍惚惚的，她在这种状态中一直临到学期的结束，学校很快就放寒假了。

寒假里的潘多娜才真正从那惆怅中解脱了出来，况儒这个名字才不再困扰着她了。

初中时的很多同学都已经上了高中，高中的生活和师范的生活多少是有些不一样的，尽管潘多娜倒没觉得师范的生活有什么特别，可是对于她的那些同学来说，却是有些神秘，他们要潘多娜说他们的课程，他们的老师，他们平时的生活。潘多娜就跟他们说方小华她们筹办的每一个周末晚会，说那晚会上的每一个节目，她还跟他们说方小华，说华丽、古云云，还有陈小平的裤子，当然，还有不辞辛劳去吃的那顿炒面。她的叙述是连比带划的，她的神情是眉飞色舞的，而听的人也是满脸好奇和神往的。潘多娜并没有意识到在师范学校里的潘多娜和寒假里的潘多娜是不一样的。

潘多娜当然也会探听上高中的这些同学们的生活，但高中生活和初中生活很相似，依旧是循规蹈矩，依旧是埋头苦读。

有同学已经在各类报刊上发表文章了，潘多娜拿着印有同学名字的报纸或书刊，忽然心中像是有一扇门被打开了，很多的想法拥了进来，她想，她原来也是可以用这样一种方式来讲述她的师范生活和她心里纠缠不去的梦想的。

这个寒假和从前过的假期一样，在不知不觉中就过去了，当新的一年开始的时候，新的学期也很快开始了，潘多娜的生活又在时光的页面上翻开了新的一页。

八

一个有着十分温和阳光的天气，其实还是冬天的景象，校园的树木神情肃穆地凝视着天空，草坪仍是一片枯黄憔悴的模样。唯一的绿就是忍冬，挣扎着在冬天的气候里守候住了它那油亮的苍翠色，总算给校园增添了一丝平静和安谧的色彩。

潘多娜进入校园时有些激动，她兴奋地与她看到的每一个同学打着招呼，只要她能叫上名的，不管男女，那情形，不像是度了一个寒假，倒像是彼此之间相隔了好几年的时光似的。听到潘多娜的招呼，有些男同学竟然很诧异地望了她老半天，然后才犹犹豫豫地回应了她。潘多娜的这份热情和主动实在是让他们太不可思议了，以前的潘多娜是高傲的，那种拒人千里之外的高傲，让很多同学都不敢接近她。也听说过时光能改变一个人，可是，仅仅一个寒假就能改变潘多娜吗？

潘多娜在宿舍里见到了方小华、华丽和其他几个女同学，几个同学兴奋地拥抱在一起，跳着笑着，一个寒假的距离反而让她们心的距离贴近了。

开学的几天过去，课程按部就班，生活重新归于了平静。

有一天，方小华很神秘地对潘多娜说，她在校门口碰到了况儒，况儒的样子好像是在等什么人，不停地看表，不停地打电话。话音一转，方小华忽然问道：

“小娜，你不是有况儒的电话吗？”

潘多娜对况儒的印象已经很淡很淡了，淡得在她心里面几乎从来未曾有过这个人，更像是未曾对这个人有过那么一丝异样的感觉。经方小华一提醒，潘多娜才想起况儒来，想起他曾在自己的笔记本上留下过一个手机号码。在方小华的撺掇下，潘多娜找出了那个手机号码。方小华很兴奋地说：

“咱们给他打个电话吧！”

就像是深埋在心之深处的一根弦，无意中被方小华拨动了。潘多娜极力平静着那弦动，她淡淡地说：

“他可能都已经不记得我们了。”

但是没过两天，况儒却来找她们了。

已经是三月的天气了，在江南此时已是草长莺飞、花红柳绿、山清水秀的景色，而在这个北方的小城市里却依旧是冬天的景象，树是光秃秃的树，草是枯黄的草，但细细看时，却又比冬天多了一些东西：树枝上的叶苞正努力地挣开外壳，怯怯地向外面的世界张望着、试探着；那大片大片的枯黄的蓬草之间，间杂着的正是一缕一缕的翡翠一般娇嫩的绿色；更有那被冷落、寂寞了一个冬天的水面上，开始泛起了细柔的波纹，温柔得像一个正在哺乳期的少妇。

况儒穿着一套绒运动外衣，神态飞扬地站在潘多娜教室对面的不远处。潘多娜正随着几个同学从教室往外面走，华丽看到了况儒，捅捅潘多娜说：

“看，那不是况老师吗？”

潘多娜、方小华等人同时看过去，况儒正一脸笑意地向她们走来。

况儒有个同学开了家电脑公司，过两天就要开业，想请几个迎宾小姐，把任务交给了况儒。况儒就想到了潘多娜和方小华几个人，刚好那两天也是休息日，就过来征询她们的意见，看她们愿不愿意帮他这个忙。

“给每个迎宾小姐的报酬是一天一百块钱。当然，要站上两天的时间也是很辛苦的一件事。”况儒介绍完情况之后说。

方小华兴奋了，她说：“我去我去，我愿意用我一天的辛苦去赚那一百块钱。”她转过头对潘多娜说，“小娜，你也一起去！”

潘多娜没有吭声，但她的心里却已是十分的愿意了，对这群只有十六七岁，从来没有打工经历的女孩子们来说，能一天挣上一百块钱，两天那就是二百块钱呢，那是多么巨大的诱惑和收获啊！

华丽和古云云也答应一起去。

晚上，几个女孩兴奋得睡不着觉，总觉得这天上掉馅饼的好事是个梦，华丽还狠狠地掐了自己一把，疼得她忍不住喊叫起来才相信这是真的。她们躺在铺上，裹着被子在黑暗中翻过来转过去，方小华干脆坐了起来：

“咱们也睡不着了，不如就起来聊天吧！”

华丽、古云云首先响应地坐了起来。潘多娜磨蹭了一会儿，想到自己的大脑确实也处于高度的兴奋状态，反正也睡不着，不如聊聊天。她也就坐了起来。

“真想不到我也会赚到钱。”古云云倒是直奔主题。

“看你这话说的，什么叫想不到呀，等你从学校一毕业，不就要挣钱了吗？”华丽不满地说。

“我没想过在学校还能挣钱呀。”

“我也是！”“我也没想过！”方小华、潘多娜也老老实实地说。

“我现在才知道原来钱是很好挣的。”

“鬼话，没有门路到哪里去挣钱？”

“我们应该谢谢况老师。”

“是呀，去年况老师还请我们吃过炒面，现在还对我们这么够意思！”

潘多娜没有说话，她忽然想起她的爸爸来，为了多挣点钱，满足她将来上北京电影学院的愿望，爸爸从小车班调到大车班，每天起早贪黑，辛辛苦苦，就是这样，一个月也才不到两千块钱。而她只要在门口站上一天，就能赚到一百块钱。这是多么大的差距啊。潘多娜想着想着，那份兴奋一下子就没有了，心里的难过瞬间就把她淹没了，她的鼻子酸涩涩的。她愣愣地坐着，看着黑暗中方小华等人模糊的身影发呆，至于后面她们说的什么话，她一句也没有听进去。

两天的时间在女孩子们的意识里是从未有过的漫长，她们几乎是数着每一秒度过的。那种很快就要依靠自己赚到钱的兴奋情绪一直包围着她们。

两天终于很快就过去了。潘多娜打电话回家时，妈妈告诉她爸爸昨天出差去了，可能要到两天后才能回来。听到爸爸出差了，潘多娜对回家一下子感到很疲倦，她庆幸自己这个休息天有了安排。她告诉妈妈她不回家了。妈妈什么担心的话也没有说，她只是很轻淡地回应了一句：哦，你这个周末不回家了，那就下个星期回来吧。然后就挂了电话。潘多娜有些茫然，第一次对家有了和以前不一样的感觉，她知道，那不一样的感觉是来自爸爸的出差，来自妈妈的冷淡。

在况儒的引领下，潘多娜和她的同学换上了迎宾小姐穿的旗袍。女孩子们长这么大没穿过旗袍，当那窄窄的旗袍紧紧地贴近她们穿着薄薄毛衣的身子时，她们那刚刚成熟起来的身子立刻被衬得十分秀美，用成人的眼光来看，她们的身体还都称不上丰满，可是却是轻盈、活力四射的。她们刚穿上旗袍时还扭扭捏捏的，但是对服装天生的喜欢很快就让她们适应了这种传统的服装。她们穿着旗袍在更衣室里扭着腰肢，学着T型台上模特的姿势庄重而优雅地走着，当然那姿态是有些笨拙的，但这丝毫没有影响到她们的欣喜。旗袍的颜色是桃红色的，前胸是用大红与金黄及翠绿的丝线织缀的牡丹花，虽有些艳俗，却使女孩子们的脸更显得清纯可爱。

女孩子们揣着喜悦又有些惶惶不安的心情来到了大厅，况儒的同学看了，作出一副大惊的神情来，问他从哪里找来的这些女孩子，一个个都长得这样的漂亮。况儒一拳捶了过去说："收起你那色眯眯的样子来，这些都是我的学生。全是声乐系的高才生。"

潘多娜等人就笑了，方小华快人快语地说："况老师在学校还没授过课呢。"

况儒的同学说："喔，你这是不授课的老师啊。"

况儒的同学一边开着玩笑，一边告诉了她们该做的事项和姿势，几个女孩分别站到了属于自己的位置上。

刚开始站的时候，潘多娜并没有什么不适的感觉，但时间一长，她才发现这样的站立也是一种痛苦的煎熬，脸上的微笑也有些僵硬了，在没人时拼命地拍打、搓揉自己的脸。她向相距不远的方小华看过去，方小华也正搓着脸望着她那副带着苦笑的鬼脸惹得她忍不住笑出声来。方小华左右看了看，见四周一个人也没有，就跑到潘多娜的身边来和她说话，华丽、古云云也跑了过来。

华丽一边轻轻地揉着脸，一边感慨道："天啊，我从来都不知道，原来连站着笑着都是一件很辛苦的事情啊！"

方小华也说："什么职业就有什么样的要求，我今天才知道，职业的微笑竟然是如此的不易。难怪我们出去买东西时有些售货员的脸上是冷冰冰的，原来笑也是会笑累的。我发誓，以后对他们一定是理解万岁！"

古云云说："想想以后我们就是要这样站着给学生们上课的。"

华丽说："那是不一样的。当老师是不必要这样站着不能随便乱动的，再说了，上一节课四十分钟讲着课也就过去了。"

潘多娜却忽然说道："我反正是不去当老师的。"

其余女孩都看着她。潘多娜很坚决的样子又说了一遍：

“不管怎么样，我都不会去当老师！”

古云云说：“可是不当老师我们能干什么呢？我……”

方小华伸手拉住了古云云，阻止她再说下去。方小华说：“算了，反正我们都已经答应况老师了，再怎么辛苦咱也得把这两天坚持下去，你们说是不是？为了这二百块钱，我们一定要坚持到底！”

四个女孩又各就各位，但已不似刚才那样的中规中矩了，她们互做怪脸，打手势，离得近一些的，还交谈着，气氛已然让她们自己调节得热火朝天起来。一旦有人走进来，她们又迅速调整过来，脸上绷着笑，娉婷地站在那里迎接客人。

没有人来的时候，潘多娜就打量着这个电脑公司的大厅，这时她才发现，这个大厅是很别具一格的。它不算太大，也就不到七八十平方米的空间吧，装修却十分强调艺术性，它不像家居的普通装修缺乏拓展空间的想象。大厅的上方吊着一个类似立体三维的东西，这个东西似乎把大厅的空间割裂得很凌乱，但置身其中，却又没有空间狭小的感觉。潘多娜很敬佩设计的人，在没有切身感受之前，他怎么会知道这种设计不会给人压抑感呢？她想这个设计的人一定是个搞电脑设计的人，他说不定就受雇于这个电脑公司呢。潘多娜不懂电脑，她对电脑唯一的认知就是会用拼音打几个字，对她来说，电脑世界是神秘莫测的，电脑网络也是深不可测的，但那一切离她的世界很遥远，所以她对自己不懂电脑不懂网络一点也不感到是件憾事。也许将来的某一天，她需要懂得电脑，需要对网络世界的了解，那个时候，一定是她的梦想走向现实的时候，一定是她成功的时候。那时，她出现在银幕或电视屏幕里，她的形象是光彩照人的，她的角色或节目也是受人欢迎的。

在这个初春的这一天里，穿着旗袍替别人当迎宾小姐的潘多娜，对自己的前途充满了信心。

站完了两天时间，四个女孩子的脚都肿了，这个时候，即使那二百块钱的报酬也不能使她们振作起来。况儒看着她们一个个一脸的哭相，十分抱歉地说：“你看，都是为了替我帮忙，让你们受了这份罪。这样，为了表示我的谢意，我请你们吃饭。”

女孩子们不叫唤了，她们你看看我，我看看你，谁也不搭腔。

况儒笑着说：“怎么了，都不给我面子？”

潘多娜低声说：“我们是该谢谢你的，怎么反倒要你请我们吃饭。”

方小华等人也都附和着。

况儒说：“明明是你们帮我的……不说这个了，我是你们的老师，请你们吃一顿饭也不为过。说吧，你们想去哪儿吃饭？哎，得除过香苑、丽宛饭店以外，那地方我可是请不起的。剩下的就由你们挑了。”

一听这话，几个女孩都笑了，香苑、丽宛都是这个城市最大的饭店，一般人倒是很少能吃得起那里面饭菜的。

“况老师，你好小气，最好的饭店都不让我们进去。”

“是呀，老师也怕我们把他吃穷了呢！”

“我要吃火锅，你们说哪里的火锅好吃？”

“火锅有什么好吃的，咱去吃海鲜吧！”

…………

女孩子们一边打趣着况儒，一边商量着要去吃什么。

“商量好了吗？”况儒问。

“我们都觉得这次要把你吃得太狠，以后你就不再请我们吃了，所以，我们决定，就去对面的小饭馆炒几个菜行了。”方小华说。

“潘多娜，你也是这样想的吗？”况儒看着潘多娜说。

“当然喽，这可是我们集体的决定。”

“哇，真是一帮又善良又可爱的学生。老师真的是非常非常谢谢你们能替我节省。”况儒装着感激涕零的样子说。

女孩子们都笑开了。

况儒大手一挥：“走，咱们现在就朝对面出发！”

九

当方小华告诉潘多娜她很喜欢况儒时，潘多娜大吃了一惊。她用一种很陌生的眼神看着方小华，这个平时大大咧咧的女孩，这会儿看上去却一点都不像是开玩笑。潘多娜盯着方小华愣看了一阵，方小华奇怪地看着她说：“怎么？我说错什么了吗？”

“没……没有，我是想知道，况老师知不知道你喜欢他？”潘多娜掩饰着自己的慌乱，内心颇有些复杂地说道。

“我不知道。我也是才发现我自己喜欢他的。”方小华有些不好意思地说。

“那你这就是单恋了。单恋可不好。”潘多娜说。

“可是，我还是学生，我总不能跟他说我喜欢他吧？再说，谁知道他有没有女朋友啊。”

潘多娜差点把她看到况儒和那个在图书馆遇到的女孩在一起的事说出来，但她还是忍住了，她也不能肯定那个女孩是不是况儒的女朋友。想到自己对况儒曾经有过的那份异样的感觉，潘多娜的心里充满了忧伤。她看着方小华，她很羡慕她的这个好朋友，她没有心事，有什么事也从来不埋在心里，她的快乐就像春天发了芽的小草，吐了绿的嫩叶，随时随地在绽放着，更像成熟的柳絮，有风无风都满世界地飘啊摇啊。她潘多娜却做不到，她从走进师范学校大门的那一天起，就把自己当个成人了，一想到自己是为了家庭而走进师范，她的委屈就会被自己强制压下去。是的，她不再是个那个不谙世事的初中生，她懂得为家里分担困难了。从小到大，潘多娜都是爸爸妈妈的骄傲，她没受过多少委屈，虽然她的家庭条件并不是很好，可也不算坏，爸爸是小车司机，妈妈是一家幼儿园的老师，爸爸和妈妈很相爱，生活和谐，这个普通家庭拥有的是足够的幸福。当然喜欢唱歌跳舞的潘多娜有些虚荣，可是哪个女孩子不会有虚荣心呢？何况潘多娜是那么的漂亮，那么的具有艺术气质。

其实严格说来，潘多娜的虚荣简直称不上是虚荣，她以自己的漂亮为荣有什么错呢？她觉得自己应该去当演员去做节目主持人，怎么就能说这是虚荣呢？像她这样年纪的少女有几个不是追星族呢，可潘多娜就不是，她只是喜欢让她喜欢的明星，是那种有距离的喜欢，而并不狂热。潘多娜认为自己的将来会跟她们一样光彩照人，光芒夺目的。

也许潘多娜认为自己心里是怀了远大目标，与她那些安于现状的同学总是不一样的，所以，她从不轻易袒露自己的心事，即使是与方小华那样铁的朋友。

当知道方小华喜欢况儒之后，潘多娜倒是奇怪地老想起况儒来，但这时的想纯粹是一种不经意的，没有甜丝丝的感觉，也没有令她惆怅的情绪。况儒于她，似乎已被储藏到了方小华那里一般。

春天渐渐变得温暖起来，铺天盖地的绿色仿佛是一夜之间染满了城市的每个角落，再兼有各类粉红嫩白的花卉的色彩，春天就像个干瘪枯瘦的女人得到了最充足最营养的滋润，一下子变得丰盈、动感起来。

潘多娜喜欢刚刚绽开柔情的春天，喜欢春天里由衷盛开的花朵，即使是那些默默盛放在野地无人知晓的野花。而最为喜欢的还是玉兰，纯纯的白色的玉兰。在学校的围墙旁边，就有那么一棵玉兰树，潘多娜不知道为什么那种树只有一棵，静静地躲在围墙旁边，没有绿色的衬托，寂寂地开出数朵比她的拳头要小一些的玉兰花，花瓣不多，走近了看，并不迷人。但那素洁、清高的模样却一下子走进潘多娜的心。潘多娜觉得自己是舍不了那颜色素白的花儿的，虽然没有满树满枝的叶，却毫不在意，依然独自绽开着，静静地美丽着。

潘多娜曾在一本书里看到过，北京的春天，就会有许多玉兰花开放。从那时开始，她不仅向往北京的电影学院，也喜欢上了北京这个城市，她想一个种满玉兰花的城市一定会是个美丽而别致的城市。在她的概念里，是没有京城与一般城市的区别的。

就在这个温暖的春天开始不久，况儒调走了，正如他曾经跟潘多娜说的，他调到市报社去了，终于从事了他喜欢的记者职业。

潘多娜本来已经再一次淡忘了况儒，但况儒却出其不意地出现在了她的面前，用的是很特别的方式：在一个周末，他一直在车站等到了要回家的潘多娜。他们一起坐上了回市里的车，在车上，况儒告诉了潘多娜这个消息。

潘多娜第一个念头是：方小华知道吗？

"况老师，你有女朋友吗？"想到方小华，想到今后况儒再也不会以她们的老师相称，潘多娜反倒为方小华庆幸起来。

"潘多娜，你怎么也会问这个问题，这个对于你很重要吗？"况儒柔声地问道。

潘多娜的脸"唰"地红了，但她还是十分俏皮地回答道：

"我随便问问嘛，你以后不再是我们的老师了，而是我们的朋友了，朋友之间还不能互相了解一下？不过，这个太私人的问题，你也可以不用回答的。"

况儒笑了笑，说："暂时还没有，不过我倒是很喜欢一个女孩。"

潘多娜的脑子闪过那个和况儒在一起的女孩，心"忽"地跳了一下，她为方小华急了，直截了当地问了出来："况老师，你能告诉我，你在心里喜欢过——方小华吗？"

况儒惊讶地看着潘多娜，他忽然明白过来，他的脸隐隐有些发烧："方小华……是个可爱的女孩，可是我……咳，潘多娜，你们都还是孩子，还不适宜谈这个话题。"说完这句话，就不再吭气了。

潘多娜也不好再说什么，心里却想着，看来方小华的机会是不大了。

下车前，况儒对潘多娜说："潘多娜，还记得我给你的电话号码吗？有什么事记得一定要给我打电话，就当我是你哥哥吧。"

潘多娜说："况老师，我会的，即使没有事的时候我也会给你打电话问候你的。有时间你一定要来看我们，我们会想你的！"

况儒很认真地看了看潘多娜，笑起来，他突然伸手摸了摸潘多娜的头，说："真是个傻孩子，整得跟生死离别似的，我们还在同一个城市里呢。有时间我一定会去看你们。记住千万别把我给忘了。"

潘多娜调皮地一笑："哪能啊，忘了别人也不能忘了况老师你啊。说不定哪天我们还得去蹭你的饭呢。"

况儒说："哼，只有想蹭饭时才记得你的况老师啊？"

况儒下车了，潘多娜忽然间觉得心乱了起来。

爸爸妈妈一如既往地做了好多潘多娜爱吃的菜等待着女儿的归来。潘多娜看着色泽宜人、香气扑鼻的菜竟一点胃口也没有，她随便扒拉了几口米饭，就放下了饭碗说："我吃饱了，今天下午跳舞时间有点长，我累了，我早点去休息了。"说完也不待爸爸妈妈说什么，站起身就走。

看着潘多娜进了她自己的房间，妈妈奇怪地对爸爸说：

"这孩子，今儿个是怎么了？好像有心事似的。"

爸爸扔下筷子，站起来说：“我去看看，她是不是不舒服。”

妈妈没吭声。爸爸走进了潘多娜的房间。

潘多娜正躺在床上，一副慵懒惆怅的样子，听到爸爸进来的声音，赶紧闭上眼睛。

爸爸轻轻地走到潘多娜跟前，小声问道：“小娜，你怎么了?”

潘多娜睁开眼睛，爸爸眼里的关切让她感觉孤独无依的心有了依靠，她的心中莫名其妙地泛起了委屈，她坐起来，偎到了爸爸的怀里。爸爸的胸是宽阔的、厚实的、温暖的，潘多娜一下子像寻到了一片让自己踏实起来的土地，她的迷惘、她的惆怅、她的忧伤都在这一刻得到了释放。

“小娜，告诉爸爸，是不是遇到什么不开心的事情了？以前，你有什么高兴的事，总会跟爸爸说的，你说是要和爸爸一起分享快乐。现在你长大了，爸爸希望你还像以前一样开开心心的。每个人，在她成长的道路上都免不了会有不如意、不开心的事，但不论什么时候，爸爸都是疼你、爱你、支持你的。”

“爸爸……”潘多娜是想告诉爸爸她的心思，可是，她应该怎么说呢？她的心思像是一片云一样，浓的时候是浓浓的一片，淡的时候几乎是淡得一抹难寻。但却是看得见，摸不着，想要说出来，是没办法说出来的。

“我没有什么，爸爸，只是觉得自己的梦想离现实太远。我很努力地去抓啊抓啊，总是抓不着。”

“谁说我女儿抓不着？还有爸爸呢，爸爸会尽力去帮你的！”

此时的潘多娜就像这个春天里一片轻舞飞扬的柳絮，她在空中飞啊飞啊，她没法让自己停下来，一缕轻淡的风都可以肆意地带动她满世界里飘荡，而父亲则像是一只手，抓住了她这片飞絮，她才不再随风飞舞，踏踏实实起来。

爸爸不在家时，潘多娜和妈妈通常是没有多少话可说的。妈妈也不是对潘多娜不好，但潘多娜总感到和妈妈之间有距离，妈妈喜欢用太多的规矩约束她，不让她干这个做那个，喜欢帮她决定某一件事，而从不考虑潘多娜自己是不是喜欢这种决定。潘多娜有时候也想不通，妈妈是幼儿园的老师，面对小朋友的家长时，妈妈常会说要给孩子玩的权利和玩的空间，而对她，妈妈的要求是一个接着一个，好像在她的眼里，她的女儿就不是个也喜欢玩也喜欢幻想的孩子。妈妈从潘多娜上幼儿园开始就要她练舞蹈、弹琴、画画，潘多娜幼年的心里十分恐惧的是周末，因为周末她没有自由，没有玩伴，她要规规矩矩地坐在某个教室里，和同样是一群受到钳制的孩子们去受那“艺术的熏陶”。

潘多娜对妈妈是客客气气的，自从懂事后，她对爸爸的亲近是没有距离的，而对妈妈，她从来没有过分亲热的举动，有时在路上，她会伸出手去挽着妈妈的胳膊，但她心里是别扭的，就像有人强迫着一样。其实潘多娜也知道，妈妈是爱她的。

爸爸出车的时候，潘多娜在家就待不住了，她打电话约了好朋友陈双，跟妈妈打声招呼，骑着自行车出去了。

潘多娜到达和陈双约好见面的地方时，陈双还没到。潘多娜百无聊赖地骑着车子转悠着，忽然她发现一个以前她经常来的小书店不见了，替代那个位置的是一个网吧。潘多娜想起那次做迎宾小姐时那电脑公司大厅奇特的装饰来。不知道这个网吧是不是也很特别，她想。

陈双到达时，潘多娜都快要失去等候的耐心了，她把她所有的愤怒都写到了脸上。陈双一来不待潘多娜发出她的抱怨便来了个先发制人：“我是迟到了，可我出来是做出了很大牺牲的，为了这莫大的牺牲你不能对我生气。”

潘多娜撇撇嘴说：“你不就是想说浪费了学习的时间嘛，时间是挤出来的，只要挤，总会有的。而和潘多娜在一起的机会却并不是任何时候都会有的。你说，哪样才值?”

陈双拍拍潘多娜的脸说：“当然是和潘多娜在一起值。不过我并不是学习呀，我是在网上泡着呢。”

潘多娜奇怪道：“咦，你，居然会上网?”

陈双见多不怪地说：“这有什么稀奇。如今不会上网的人太稀有了，不会就是怪物!”

潘多娜却说：“谁说不会上网就是怪物了？我就不会!”

“那就是你落后啊。怎么你们学校也不开设计算机课程吗?”

“也有啊，但我对那个不感兴趣，所以逃课的时候比较多。”

“唉，像你这样的尤物，”陈双打量了一下潘多娜，说，“若是连网络都不了解，真是匪夷所思。再不了解一下，你都要成文物了你知不知道？你真是不了解网络涵盖的空间有多大，你不是喜欢看书嘛，到网上你想了解什么知识，点击一下，真是你想看什么有什么，天文地理，人文历史，音乐美术，总之，只要你有时间，你想了解什么都会在网上得到答案的。”

不待潘多娜说话，陈双一把拉住潘多娜说：“走吧，不管你愿意不愿意，反正你是要了解一下网络的。今天我就当你潘多娜的老师，带你进入网络世界去遨游一番。”

陈双熟门熟路地带着潘多娜，进入那个替代了书店的网吧。

在陈双的指引下，潘多娜终于第一次进入了网络那缤纷的、令她惊讶和惊叹的世界。

十

潘多娜十七岁的生日快到了，爸爸说要好好给她过一个生日。爸爸问她想要一件什么礼物。潘多娜抱着爸爸的脖子说：

“我什么礼物也不要，只要爸爸平平安安！”

爸爸高兴地说：“爸爸当然会平平安安喽。但我女儿的礼物也是不能少的。”

爸爸说这话时神采飞扬。潘多娜觉得爸爸的样子像极了圣诞节里的圣诞老人，温和慈祥可爱。

妈妈也忙碌了起来，她说她要在潘多娜生日那天，送一份很特别的礼物给她。这个礼物你们谁也想不到，我都是想了很久才想到的。妈妈兴奋地说。潘多娜笑着，她看着妈妈很神秘的样子就像一个忍不住想要把自己的宝藏拿出来炫耀的孩子似的，心动了一下，就有一种想要上去抱一抱妈妈的冲动。妈妈的脸依然是那么年轻、漂亮、动人，潘多娜觉得她一点也不像个十七岁孩子的妈妈，她的身材是那样的丰盈而结实，体态却又是如此的轻盈，她的面庞细腻白皙，一头乌黑亮泽的长发披在肩上像瀑布似的。妈妈的气质真的很好。潘多娜知道自己长得像妈妈。

这样的妈妈会像个孩子！

潘多娜终于走过去抱住了妈妈，她发现她心里从小就积攒下来的对妈妈的芥蒂在这一刻消解了，就像一个嵌在指缝里的石子，痛倒也不痛，就是让人难受，现在她终于将它挑了出来，那不舒服的感觉立刻就消失了。

妈妈一愣，她很久没有被女儿拥抱的感觉了，这种感觉来得如此突然，却又是如此的温馨！

潘多娜犹豫了好久，才拨通了况儒的电话。听到潘多娜的声音，况儒十分高兴，他问潘多娜最近怎么样。潘多娜说还好。

“你这个星期六有没有空，我请你和方小华她们吃饭吧?”况儒说道。

潘多娜就笑了：“况老师，你以为我给你打电话，真的就为了想蹭你一顿饭呀?”

“没有没有，我知道你是问候我一下。其实是我想见见你们，想和你们在一起坐坐。跟你们在一起，我觉得很放松很快乐。怎么，你是不愿意还是没有时间?”

“我……”潘多娜犹豫了一下。

“你要是没空咱们就另约时间，你不用为难的。”听潘多娜犹豫，况儒赶紧说道。

“不是，是……是这个星期六刚好是我的生日。我……想和我的爸爸妈妈在一起。”潘多娜想了想，还是说出了实情。

“噢，是吗?你的生日到了?那更好，咱们一起替你庆祝吧。要不这样，咱们周末聚一聚，提前给你过个生日，好吗?你去跟方小华她们说一声，就说我想请她们的客了!”

“那……好吧，我跟方小华她们说说。”

潘多娜还没来得及跟方小华她们说这件事，一件意外的事情却发生了。

潘多娜的爸爸在出车的时候，为了避开一个从胡同里冲出来的滑着旱冰的小孩，汽车撞到了一棵树上，正好一根横出来的树杈撞碎了挡风玻璃，插进了爸爸的胸口。当地的村人锯断了那根树枝，爸爸就那样带着半截树枝被送到了医院。当妈妈闻讯赶到医院的时候，爸爸已经咽下了最后一口气。胸前，那根还没来得及被取出的树枝，直直地竖在爸爸的胸前。妈妈当即就晕倒了。

潘多娜听到这个消息时，整个人都木了，手里的电话筒掉在了地上她也不知道。她的大脑缺氧一般窒息了，过了好久，她才用很微弱的声音喊了一声:“爸爸走了!”便坐在地上惊天动地地号啕大哭了起来。

爸爸走了，最爱潘多娜的爸爸出车祸走了。

潘多娜从学校回到家里照顾妈妈。妈妈被谁施了法术一般，那风韵不见了，那漂亮没有了，完全变成了一个形容憔悴枯槁的妇人，神情恍惚，见了潘多娜好像不认识似的。潘多娜的眼泪像关不住的水龙头，看到妈妈的样子，她的心更是锥心刺骨一般疼痛。她抱着妈妈，妈妈颤抖的身体完全没有了前几天的丰盈和温暖。潘多娜的心又是好一阵悸动。

除了守护照顾妈妈以外，潘多娜唯一能做的就是关上房门用被子捂着自己的头大哭。

方小华与况儒来到潘多娜的家时，正是潘多娜生日的那天。

潘多娜都已经忘记了那天是她的生日，但妈妈却还没忘，已经接受了现实的妈妈把悲痛暂时放在了心里，她比前几天清醒多了，强打起精神来给潘多娜做了一碗长寿面，然后拿出爸爸给潘多娜准备的礼物，是一条铂金项链。爸爸生前曾说过潘多娜的脖子修长，若是戴上项链会更加漂亮。项链在潘多娜的眼前灼灼地发着光，她的眼泪喷涌而出，洒落在项链上。

妈妈颤抖着双手替潘多娜戴上了项链。

妈妈也拿出了她的礼物，是一本精制的影集，从影集的第一页开始到最后一面，全是妈妈精心挑选出来的潘多娜从婴儿时期一直到她上了师范学校的照片，照片全部是固定的，像印制的一样。影集里的潘多娜用不同时期的笑容，看着面前这个流着眼泪的潘多娜，每一张照片的旁边都附上了妈妈的话，每句话都是希望和祝福。

潘多娜想不到方小华和况儒会在这个时候到她家里来。他们是带着蛋糕来的。

况儒也想不到会在这样的时候见到潘多娜。红肿着眼睛却强作笑颜的潘多娜让他的心里充满了怜惜之情。但他又无能为力，他想为什么悲痛不能替代呢，否则，他倒真的很愿意替潘多娜分担她的悲痛。

一曲生日歌是在泪水中唱完的。妈妈的泪水，潘多娜的泪水，方小华的泪水。况儒从来也没想到过，本来应该是充满了欢快愉悦气氛的一场生日聚会，就在这样一种凄清而悲凉的气氛里度过了。

此后，每每想起潘多娜那个凄凉的十七岁生日，一种难言的酸涩便在况儒的心中滞留不去。

在家里陪了妈妈一段时间后，潘多娜在她的催促下回到了学校。回到学校的潘多娜像变了一个人似的，对什么都不感兴趣，整天沉默寡言，一副忧郁满面的样子，方小华她们也知趣地沉默了起来，处处都显示出对她的关心。但现在的潘多娜只想一个人独处，除了上课、吃饭和睡觉之外，她把所有的时间都泡在了图书馆里。然而，坐在图书馆里，心却并不在面前的书上。爸爸的死对潘多娜来说打击是巨大的，除了失去一个疼爱她的亲人之外，她还想到了一个很现实的问题，那就是爸爸死了，她上北京电影学院的梦想也就随之破灭了。没有爸爸的支持，仅仅依靠当幼儿园老师的妈妈，她哪里会有钱供自己呢？何况妈妈本身并不十分支持她上电影学院，现在更不会给她提供这样的机会了。想到这里，潘多娜简直是肝肠寸断，她心里叹自己红颜薄命，生了一副好脸蛋，多了一个高心气，偏又命运多舛，先是让妈妈逼着上了师范，这时又失去了给她希望的爸爸。

潘多娜越想越伤心，干脆趴在桌子上无声地恸哭起来。

方小华见潘多娜整天神情恍惚，一副痴痴呆呆的样子，怕她会出什么事，所以一有空便悄悄地跟在她的后面。这时，她看到潘多娜正伏在桌上恸哭，赶紧把她拉出了图书馆。两个人来到学校操场的草坪旁边坐下，方小华指着满眼葱郁的绿草地，对潘多娜说：

“小娜，你看，这绿色多迷人，这草坪绿茸茸的躺上去一定是舒服极了。春天真美啊！”她又指着满地的阳光，“阳光灿烂，像满地的金子，真想捡拾一把！你每天除了教室就是图书馆，除了图书馆就是宿舍，整天也不出来好好看看这景色，浪费了这好景不说，你也不怕不见天日会发霉啊！”

潘多娜低着头什么也不说。

见潘多娜落落寡欢的神情，方小华想好好劝劝她，可张了张口又不知道自己该说什么，口齿伶俐的她第一次觉得自己太笨拙。她想了想，忽然展开自己的手掌，她的掌心在温暖的阳光中每一根掌纹都清晰而柔和。她把手伸到潘多娜跟前说：“知道吗，有人给我看相，说我命中要嫁两个老公呢。”她一脸傻呵呵的模样。

潘多娜忧郁的目光落在方小华的掌心上，心一热，抓住方小华的手，哽咽着说：

“小华，我明白你的心意，谢谢你了！”

方小华收回手掌说：“干什么呀？小娜，我又没做什么好事。我只是想让你出来陪我晒晒太阳，也晒晒你自己。”

潘多娜说：“能有你这样的朋友，是我的幸运！”

方小华说：“小娜，快别这么说了，我也不会劝人，所以我也不劝你。我只是希望你想开一些，能和以前一样快乐无忧地生活着。小娜，你看看大自然多伟大，多美好啊，看看这些花，一看到它们，我就忍不住想要唱歌。”

潘多娜拉着方小华，一边走一边说：“走，我带你去看玉兰花。”

学校的围墙边，一棵孤独的玉兰树。

潘多娜和方小华跑到玉兰树跟前时，潘多潘愣住了，没有玉兰花，也没有翡翠一样的树叶，只有光秃秃的一棵树了，还有落在地上的几片已经枯萎的颜色发黑的玉兰花瓣。

方小华上去捡了一片花瓣，说：“这种花倒真是特别，花开过了，树叶竟还没有长出来。”

潘多娜愣怔着，忽然吟道：“风住尘香花已尽，日晚倦梳头。物是人非事事休，欲语泪先流。闻说双溪春尚好，也拟泛轻舟。只恐双溪舴艋舟，载不动、许多愁。”她望着方小华那双疑惑的眼睛，浅淡地一笑。

十一

随着时间的慢慢推移，潘多娜从爸爸去世的伤感中走了出来，但她和妈妈的矛盾却在平缓的日子里变得有点突出了。

在爸爸去世的那几天里，妈妈的悲痛让潘多娜觉出了她的柔弱来，那份柔弱使潘多娜在那一段时间里都对妈妈百依百顺，她想妈妈是爱爸爸的，就像爸爸爱妈妈一样，她也应该爱妈妈，甚至保护妈妈。

时间是一把梳子，会梳平所有人的痛苦和哀伤。

妈妈的脸又开始丰润起来，笑声又像以前一样爽朗和快乐。潘多娜其实也知道自己希望妈妈这样，但不知为何，她心里就是不舒服。她觉得爸爸才走了两个多月，妈妈就忘了爸爸，心里就已经没有爸爸的位置，她无法接受妈妈对爸爸如此快速的遗忘。她对妈妈不满了，开始做一些妈妈不喜欢的事，比如，吃饭时嘴里故意嚼得吧唧吧唧响，妈妈提醒她时，她很快意地说，这样吃饭才自在嘛，人本来就活在世俗里，干吗要弄得很高雅的样子，也不嫌累呀。妈妈生气地说，就你这副样子，以后还想要考北京电影学院，还想要当演员和主持人吗？首先吃饭就把人吓跑了。

妈妈的话叫潘多娜委屈万分，她怒气冲冲地说：“谁会注意我吃饭，你以为所有人都跟你一样有这种癖好呀？”

妈妈被戗得说不出话来，她红着眼睛看着潘多娜，她一点也不明白，女儿怎么会变成这个样子。

还有出去有时连招呼也不打，即使妈妈就在跟前，她也目不斜视地从妈妈身旁走过去，妈妈问她去哪儿，她理都不理，留下妈妈一个人站在那里发呆。

但是过后，潘多娜又很后悔，她觉得自己的行为对妈妈有点过分了。难道她希望看到妈妈整天沉溺在悲伤之中吗？难道她这个做女儿的不愿看到妈妈过得开心些？这样一想，她又自责起来，收敛起她的任性，在妈妈面前继续扮演着一个乖巧听话的女儿形象。

妈妈只当潘多娜的反复无常是青春期女孩子心理和生理上特有的变化，她待潘多娜更加的关心和体贴。

潘多娜发现妈妈的变化是从暑期的一天开始的。那一天，妈妈很奇怪地穿了一件露着肩膀的吊带裙，虽说外面套了一件薄纱短袖衬衣，但潘多娜怎么看，那种打扮也不是适合妈妈那种年龄的穿着，而且妈妈当时还画了一个与平时的形象决然不同的浓妆。在浓脂厚粉的掩盖下，妈妈看上去确实比之前要年轻了许多岁，但在潘多娜的眼里，却与市街上那些卖菜的女人差不多，俗不可耐。潘多娜一直认为自己的妈妈是个气质很高雅的女人，即使已过了四十岁的年龄，她的美也有一种咄咄逼人的气势。可妈妈却偏偏放弃了她天然的美丽，非要过早地靠用脂粉来涂抹掩饰自己。其实，化些妆也不是不好，问题是你别把妆一下子化得那么浓艳啊！

潘多娜毫不客气地把自己的观点向妈妈阐述了。妈妈却笑了，妈妈说："你能这样说，那就说明我的化妆还是有成功之处的。女人啊，到了一定的年龄，不靠化妆来掩饰一下岁月在脸上留下的痕迹，有一天会被自己吓坏的。"

潘多娜尖刻地说："你要是依赖了化妆，有一天你卸下妆照镜子时，才真的会被自己吓坏呢。如果你再以不化妆的面容去见别人，也一定会把别人同样吓到。”

妈妈皱着眉头，说：“你这孩子是怎么了，妈妈化妆也是为了你嘛，难道你愿意别人看到你有一个苍老难看的妈妈吗?”

潘多娜狠狠地说道：“可我更不愿意别人说我的妈妈一天到晚净会装嫩，老大一把年龄了还扮成小姑娘的样子。”

听到这话，妈妈的脸色一下子变了，她愣愣地看着潘多娜，此刻的潘多娜是那样的陌生，这与小时候那个听话乖巧的女儿反差是多么的大啊!

妈妈最后轻轻叹了一口气，什么也没说，她想女儿的话虽然尖刻，可说到底，她还是关心她的，不然，她哪里会在乎她是一种什么形象呢。妈妈拿起湿巾，一点一点地把脸上擦得清清爽爽。

以后潘多娜想起这件事，就忍不住想，妈妈打扮得这样花哨，大概就是为了那个男人了。

那个男人是潘多娜后来发现跟妈妈过往很密切的一个人，他到过潘多娜的家。当时潘多娜也在家，想必妈妈是以为潘多娜出去了才带回家来的。看到潘多娜时，妈妈一愣，脸上竟飞起了一片红晕，她赶紧给男人介绍说：“这是我女儿潘多娜，是师范学校声乐系的学生。”

男人很有气度地对潘多娜笑笑，说：“潘多娜……这个名字好听。你女儿长得很漂亮，真像你啊!”

妈妈笑起来，看上去很爱听这句话的样子。

妈妈又对潘多娜介绍道：“小娜，这是高明权叔叔，是我的大学同学。”

潘多娜打量着这个叫高明权的男人，长相不凡，是妈妈的大学同学，应该和妈妈差不多年龄，但和妈妈一样，看上去一点也不显老。有一米七五左右的个头，气质不凡。潘多娜本想不理这个男人，但又不想让妈妈难堪，她很勉强地叫了一声“高叔叔好”便低头再也不吭声了。

妈妈和男人坐在客厅，潘多娜也坐在客厅里。妈妈和男人似乎已经拉完了家常，两人坐着也没有话说。妈妈不停地看着潘多娜，潘多娜明白妈妈的意思，但她就是坐着不动，她用眼角的余光瞄着男人，心想我就是要坐在这里听听你们要说些什么。

也不知道是潘多娜在场，妈妈和高明权不好说话，还是两人最终没有话说，反正就那么家长里短地聊了会儿家常，高明权就起身告辞了。

高明权一走，潘多娜也起身回了自己的屋里。

潘多娜对妈妈的行为很是生气，她认为妈妈把男人带回家来，就是对爸爸的背叛，爸爸生前那么爱她、疼她，可是她却不但能很快地忘记他，而且还把男人带回家来，这是最让潘多娜无法忍受的。

潘多娜越来越不想在家待了，每次一看到妈妈穿得很漂亮的样子，她就忍不住要冷嘲热讽。妈妈对女儿不恭的态度开始还忍让着，认为她是因为失去了爱她的爸爸心里悲痛，才会有这种莫名的行为，但到后来，潘多娜几乎是变本加厉，动不动就朝她挑起事端。一个只有母女俩的家庭，整日里弥漫的是战争的硝烟，没有体谅，没有温馨，更没有亲情之间的其乐融融。妈妈简直伤心透了，她想她不能再任由潘多娜这样发展下去了，否则这个家会被毁掉的。妈妈决定找潘多娜好好谈一谈。

谈话并不成功，潘多娜的敌对情绪，让妈妈根本无法与她进行交谈。

妈妈说："小娜，我知道你爸爸走了，对你打击太大，可我也……"

潘多娜却冷冷地打断了她："有什么话你直奔主题好了，别跟我绕那么大个圈子。"

妈妈顿了顿，说："我们是母女，原来你也是个听话懂事的好孩子。可现在我们几乎每天都在吵，你难道不觉得我们这样吵很累吗？我想我们母女俩之间肯定是有些什么误会，咱们能不能坦诚地谈一谈？”

潘多娜把头一扬，说：“原来你现在跟我谈并不是很坦诚的呀！”

妈妈生气地说：“小娜，妈妈究竟做错了什么，你要用这种态度对待我？难道我的诚恳也不能让你放下你的敌意吗？”

潘多娜的声音骤然间也高了八度：“你少跟我吼！这就是你的诚恳啊？”

妈妈一下子被噎住了，她停了停，点点头，说：“好，咱们都平静一下，来说说我们之间究竟是发生了什么事。”

潘多娜说：“我才没有时间跟你说一些无聊的事情呢，你爱跟谁说你跟谁说去。噢，你不是跟那个高明权关系发展得挺好的嘛，你跟他去探讨一些问题，你肯定会愉快的，你说是不是？”

妈妈瞪大眼睛看着潘多娜：“你……你……怎么这样来看你妈妈，你高叔叔是我的大学同学，难道我们之间交往一下都不可以吗？”

“我高叔叔？哈，妈妈，你不觉得这样的称呼过于亲昵了吗？我知道高明权不仅是你大学的同学，而且还是你的初恋情人，是县教育局刚调过来的局长。你呢，刚刚丧夫，他呢，两年前与糟糠之妻离婚。现在你们是一个可以嫁，一个可以娶，有什么不可以交往的！”

妈妈像不认识潘多娜似的，用很古怪的眼神看着她，在妈妈的眼里，不管潘多娜有着什么样的行为，她都还是一个孩子，可就在这个时刻，她才发现，自己的女儿更像是一座迷宫，妈妈以为自己看到了她的谜底，结果转个弯，却又是另外一番天地。妈妈怎么也想不通，一个才十七岁的孩子，哪里来的这么多的心眼呢？妈妈看着潘多娜，忽然惨淡一笑，道：“小娜，妈妈哪里想到你小小年纪竟然还有这样的心计。”

潘多娜说：“这还用得着心计吗？我在路上看到你和高明权很亲热地在一起，你们分手后，我就跟踪他到单位，然后向人一打听，不就什么都知道了吗！不过他是你的初恋情人可是我从你抽屉里一直珍藏在盒子里的手帕上的签名猜想的。妈妈，你们以前谈恋爱怎么这么土，竟送什么手帕。”

妈妈的目光从潘多娜姣好的脸上挪开，她缓缓地抬起手，指着门口，一字一顿地说：“你走！”

似乎早就料到了这一招，潘多娜一点也不惊讶，她仰着头，真的就从妈妈面前走了出去。她在把门狠狠地关上的时候，听到妈妈的哭声像一块撕裂的布帛一般从门缝里挤了出来，她的眼泪在妈妈的哭声响起的同时也落了下来。

潘多娜茫然地在大街上走着，漫无目的。她也不到树荫下避避，就任着那毒辣的阳光舔着她裸露在外面的双臂。被阳光舔着的肌肤是灼热的，刺痛的，潘多娜看着被晒得红红的双臂，思绪全无。

潘多娜在踏进网吧之前还有点犹豫，但进去之后，却有些义无反顾的味道了。

网吧的老板是个染着黄头发的小伙子，他看潘多娜是个漂亮的女孩子，在帮潘多娜打开电脑时，没话找话地问了一句：“你是聊天还是玩游戏啊？”

潘多娜心里一动，此时她烦躁的心情就十分希望找一个人说说话，到网上聊聊天或许她的心情会好一些。她对老板说：“老板，我不会在网上聊天，你教教我吧。”

老板很愿意为这样一个可爱的女孩子服务，他热心帮潘多娜进入了聊天室，教潘多娜怎样发送说的话，怎样运用表情等等。在老板的帮助下，潘多娜同时还申请了一个ICQ。

潘多娜取了个网名叫“一根小刺”。

进入聊天室，潘多娜先是静静地待着，看别人在网上聊得红红火火，热热闹闹的。她想谁要是第一个来找她这根小刺，她就把谁当好朋友。

很快有个叫“大白菜”的人主动寻了过来。

大白菜：一根小刺力量不大，可是扎进心里却是痛啊。

一根小刺：……

大白菜：小刺怎么不说话？

一根小刺：小刺把自己的心刺了一下。

大白菜：别玩危险动作，真要想玩的话就来扎扎大白菜吧。

一根小刺：扎大白菜不痛吗？

大白菜：大白菜从小就被菜虫咬得是千疮百孔的，如今再扎进去一根小刺又有什么要紧的。呵呵，只要小刺高兴就成。

一根小刺：小刺要哭了！

大白菜：小刺 MM，是不是有什么不愉快的事啊？跟大白菜 GG 说一说啊，大白菜也可以帮你出出主意啊！

一根小刺：哪有啊，小刺不过是感动大白菜勇于献身的精神。天地之大，小刺一出道就碰着大白菜如此之伟大的人，幸运啊！

大白菜：呵呵，小刺 MM，你看大白菜都害羞了。

…………

潘多娜第一次聊天就跟这个大白菜侃上了，潘多娜告诉大白菜，她这是第一次上网聊天，她问大白菜是否经常上网聊天。大白菜嘿嘿一笑，说他其实很少上网，只是在心情不好的时候才到网上来发泄一下。他告诉潘多娜，他见到一根小刺这个名字时，以为也是和他一样要到网上寻找对手的，可没想到却是个初次探网的新手。

一根小刺：哦，原来你找我原是想向我挑战的？

大白菜：是啊，本来是的。可是你的可爱使我不忍心发动一场惨无人道的战争。

一根小刺：这次我真的想要哭了。

大白菜：哭吧哭吧，男人哭吧不是罪；女孩子哭出来更惹人怜爱。

一根小刺：我上来时就想谁要是第一个找我，我就把他当成朋友。

大白菜：我愿意！

一根小刺：你怎么知道你是第一个找我的？

大白菜：你一进来我就盯紧了你，肯定不会有人比我的速度更快。

一根小刺不服气地：你才不是第一个呢。

大白菜大惊：真的还有比我出手更快的？

一根小刺：我！我看我自己是最早的！

大白菜松了一口气：哦，你?！一根小刺不是大白菜的对手。不过我愿意屈居你后。

一根小刺得意地：这还差不多！

…………

不知不觉天快黑了，看了看外面的天色，潘多娜心里突然慌了一下，她居然跟这个大白菜聊了整整一下午，时间过得却悄无声息。潘多娜对着屏幕发起呆来。

大白菜没看到潘多娜的话，着急了，连连呼喊潘多娜：

大白菜：小刺 MM，你在吗？小刺 MM，你说话啊！小刺 MM……

大白菜：小刺……小刺，你不要不说话，你千万不要跟我不告而别，我会很难过的。

大白菜：小刺，你在吗？大白菜在呼你！！！不要弃我而去！！！

…………

一根小刺：我在！

大白菜高兴地：还在就好，你怎么不说话了？

一根小刺：天快黑了！

大白菜毫不在意地：黑了就黑了吧。

一根小刺：可是现在我好怕天黑啊！

大白菜：你怎么了，是不是遇到了不愉快的事？告诉我，说不定我可以帮你的。

一根小刺没有说话。

大白菜：是不是你要回家了？

一根小刺：我……回不去家了。

大白菜关心地：我感觉到了你的伤感，你能不能告诉我，究竟发生了什么事，即使我不能帮你，你跟我说一说，心里也会舒服一些的。有心事别闷在心里面啊。

一根小刺无精打采地：算了吧，以后我再告诉你。

大白菜：是你说的！以后——我们还有以后的！以后我们怎么联系呢？

一根小刺：我不知道！

大白菜：小刺 MM，你明天来吗？

一根小刺：我也不知道。

大白菜：那你什么时候有空上网？

一根小刺：说不准，我很少上网的。

大白菜：你有电话吗？

一根小刺：我不能把家里的电话给你。

大白菜：那你就记下我的电话吧，你有空上网的时候就打我电话。

一根小刺：你要是没有时间呢？

大白菜笑了：只要是你，我随时奉陪！

一根小刺：我刚申请了一个 ICQ，可以留给你的。

大白菜高兴地：有 ICQ 就好，把你的号码给我。

一根小刺敲出自己的 ICQ 号。大白菜也把自己的 ICQ 号留给了一根小刺。

大白菜：小刺 MM，有事记得给我打电话，大白菜愿意帮助你。

…………

走出网吧，天已经完全黑了。潘多娜站在昏暗的街灯下，十分迷茫，她不知道此时的她是不是应该回家。回家，想起和妈妈的争执来，潘多娜心里又是烦躁不已。她其实并非有意为了阻止妈妈和高明权交往，而去跟踪高明权，只是在去一个同学家玩的时候无意中知道了高明权的往事。同学的父亲是教育局的一个小干部，与人聊天时提到高明权这个名字。潘多娜听到后多个了心眼就问同学高明权是谁。同学说高明权是新来的教育局局长。潘多娜就装作无意地打听高明权，同学也知道的不多，但对潘多娜来说，却已经足够了。潘多娜和妈妈吵的时候只是为了刺激她，才故意把自己的一些臆想当成事实来说，妈妈却以为潘多娜真的看到了她和高明权在一起。潘多娜想自己这一招叫引蛇出洞，妈妈的反应就证明她和高明权之间真的有事。

她凭什么这么快就找男人？潘多娜忿忿地想，明明是她不对，我干吗要离开家？家也是我的家！

潘多娜胡思乱想着，等她从杂乱的思绪中抬起头时，她发现她已经快走到家了。我就是要回家！看她拿我怎么办。潘多娜恨恨地想，她加快了回家的脚步。

潘多娜回到家，妈妈正坐在桌子旁边发呆，看到潘多娜进来，妈妈赶紧起身，高兴地说：“小娜，你回来了。还没吃饭吧，妈妈给你把菜都热着呢。”

潘多娜这时才突然感觉自己真的是很饿了，刚才一直在烦躁中，没意识到饿。

妈妈去厨房把热热的饭菜端了出来："来，小娜，快坐下来吃饭吧。"

妈妈的脸上没有一点责怪的意思，潘多娜愣了愣，她以为妈妈一定会对她很冷淡，或者像以往她做下了不满意的事时那样责备她，但妈妈却没有！不但没有，还给她把饭菜一直热着等她！潘多娜忽然鼻子发酸，她的眼泪也不争气地掉了下来。

妈妈见潘多娜低着头不说话，也不端饭，就把碗端起来放到潘多娜的手里。

"小娜，我是你妈妈，你是我女儿，难道我们母女拌个嘴就非要闹得像个仇人一样吗？即使你觉得是妈妈不好，你也不要跟自己过不去呀。来，快吃饭吧，菜凉了就不好吃了。"

妈妈不停地给潘多娜夹菜，直到她碗里的菜都堆得高高的。潘多娜恍惚回到了以前爸爸在的时候，那时每次她回家，爸爸都坐在她旁边不停地给她的碗里夹上好多好多的菜。潘多娜的心一热，一种久违的亲情瞬间在她心里泛了起来，她抬起头去看妈妈，正碰上妈妈也在看她，妈妈慈爱地一笑。潘多娜挪开目光，埋着头用心地吃她的饭。

十二

那一次激烈的争吵，使妈妈终于明白了潘多娜的心理症结，所以，她正在努力地修复自己和潘多娜的关系。而潘多娜似乎也意识到自己对妈妈的行为不应该干涉过多，就像小时候，妈妈对她干涉太多而她很不高兴一样。母女俩都在暗暗地校正着自己的行为和言语方式，因而，两个人有一段时间处得倒也相安无事。

还有几天暑期就要结束了，潘多娜开始整理起自己的东西来。妈妈的学校已经在做开学的准备了，每天都去上班。潘多娜一个人在家，看看书、听听音乐，总觉得自己还应该再做些什么事。她托着脑袋想啊想，终于，她想起来了：她要去上网找那个大白菜聊一聊了。

潘多娜又来到了网吧。

还是"一根小刺"的网名，还是那个聊天室，她没有发现大白菜，她感到有些遗憾，她想大白菜肯定早已忘记了她这一根小刺了。

潘多娜正要找个顺眼一点的人聊一聊，一个叫"白发千丈"的人先和她说话了。

白发千丈：小 MM，是不是在找人？

一根小刺：是啊，不过我找的人他今天不在。

白发千丈：呵呵，等君君不来。你在等谁能告诉我吗？

一根小刺：是一棵大白菜。

白发千丈：你干吗要等他啊？

一根小刺：我是一根孤独的小刺，我来到网上，就是在寻找着，寻找着我的同类，找着了，我会泪水盈眶，因为相隔遥远，我们却能在网上相遇。

白发千丈：……

一根小刺：你怎么了？

白发千丈：呵呵，好像是有点儿感动的意思，大白菜原来是孤独小刺苦苦相寻的同类。可是……大白菜早已成了菜帮子了，你难道不知道吗？

一根小刺：??

白发千丈：大白菜为了等一根孤独的小刺，已经耗干了他仅剩的一点水分，成了谁人都不理的老干菜帮子。惨啊，叫人一脚踢出去了。

一根小刺：你知道大白菜现在在哪儿吗？

白发千丈得意地：我当然知道，不然怎么会来找你。

一根小刺：你……你是大白菜？

白发千丈：小刺 MM，我可是终于等到你了。你一去无影踪，我每天都在网上苦苦地等啊，盼啊，为候你已是白发千丈长了。

一根小刺：你真的一直在等我吗？

白发千丈：你去问问这屋里的每个人，我把他们都问遍了，问他们见没见过一根小刺 MM，在别的地方有没有见过，结果把这屋里的人都惹烦了，就把我踢出去了。

一根小刺：你换了名，我怎么找你？

白发千丈：我才换了名，你就来了，可见上天也怜我有诚意，终于让我见着你了。

一根小刺：……

白发千丈：我给了你电话号码，你要找我怎么不打我电话？

一根小刺：我……我忘了你的电话。

白发千丈：伤心死我了。

一根小刺：其实我没忘，我只是想如果有缘的话，一定可以相遇的。

白发千丈：你相信缘吗？

一根小刺：相信！这世上的人和人就是因为有了缘分才走到了一起，也因为缘分尽了而曲终人散。

白发千丈：哇，小刺 MM，你的样子看上去很有些深奥噢。

一根小刺：是啊？我希望我能深奥一点。

白发千丈：岂止是一点，简直比太平洋还深哪。

…………

白发千丈很能侃，潘多娜很快就和他聊得热火朝天。

在网上和没见过面的人聊天，最大的好处是什么都可以说，可以大喊大叫，可以跳脚骂人，这个用文字传递的网络世界允许你把平时隐匿最深的想法说出来，反正没有人知道你是谁，你是什么样的，你有着什么样的背景，什么样的学历，这就是网络，一个虚拟的给人幻想的世界，展现心灵深处真我的世界，当然也是一个藏污纳垢的世界。

在白发千丈的指导下，潘多娜学会了好多网络用语，她尽情地用网络语言和白发千丈聊着，她的心因为这样的聊天而变得轻松。

不知不觉又是几个小时过去，潘多娜又要向白发千丈告别了。白发千丈依依不舍，最后他问：

"小刺，告诉我你的真实姓名，好吗？"

潘多娜犹豫了一下："我愿意喊你大白菜，你也还是叫我小刺吧，我喜欢这样的称呼。"

白发千丈说："那好吧，以后你还叫我大白菜。"

开学了，冷清了一个假期的师范学校又热闹了起来。

潘多娜站在去年与方小华相遇的那棵树下，远远地望着新生报到的地方，她想去年的这个时候，是爸爸妈妈把她送到了学校门口，望着她走进校门的。而今年，爸爸却不在了，一年，不仅仅是流逝的时光，还有许许多多物是人非的变化。

潘多娜看到许多新生被阳光晒得红通通的脸上漾满了兴奋，不少相识和不相识的新生都聚在一起，互相打探，互相结识。她用一个学姐的目光打量着他们，觉得他们一个个都是那样的稚嫩，像个孩子似的——她不也才十七周岁吗，难道仅仅一年，她就觉得自己长大了，心态很老了吗？潘多娜想这是因为她的心里已经写满了沧桑，有一颗沧桑的心的人又怎会像孩子呢？

"请问同学，你是一个人吗？"

忽然，一个轻轻的声音在潘多娜身旁响起。潘多娜惊讶地回过头来，高兴地叫了起来，是方小华。

“我在宿舍里只见到你的东西，不见你人，我想过来找找你，没想到你还真在这里。干吗，缅怀往事啊？”

“今年不与往年同了，才一年的时间，有多少物是人非。”

“小娜，一个暑假不见，怎么就变得跟个老太太一样啊？也不知给我打个电话，给你打电话，要么老没人接，要么老占线。怎么样，暑假过得还好吗？”

“还好，你呢？你在假期里都干吗了？”

“哈，我？有一半时间在网上泡着。聊天啊，我现在有好几个网友呢。”

“啊，你也上网？我也是上网聊天的。哎，你在网上叫什么名字，看看我们有没有聊过。”

…………

好朋友相见，自然是高兴得很，何况又遇着上网这样共同又有趣的话题。两个人起劲地聊着，也没觉着树荫都从她们身上移挪到一边去了。

刚开学的新鲜感过去了，日子又恢复了平静。

到了周末，潘多娜也不再回家了，她和方小华一起出去找网吧上网聊天。她跟方小华不一样，方小华打字速度快，又能说，常常是一个人舌战群儒。而她上网只找大白菜。大白菜不在的时候，她就在一旁看着方小华聊。方小华说你这样单和一个人聊最可能有网恋的倾向。潘多娜却一点也不以为然，只是聊聊天说说心里的一些话而已，哪里就能发展到网恋的地步？

在和大白菜聊的时候，潘多娜就把方小华的话告诉了大白菜。

大白菜沉吟了一下，他说网恋其实也很正常，一个人和另一个人聊得开心，未尝就不能发展到恋人的地步。网恋其实也没有什么的。大白菜说。

潘多娜忽然心血来潮地说，大白菜，我想听听你的声音。

大白菜笑了，我以为你永远都想不起来呢。

潘多娜戴上耳麦，要通了大白菜的机子。大白菜的声音来得很慢，在等待的空隙里，潘多娜的心里很有些紧张的，她还没想好她要跟大白菜说些什么呢！

这时那端就传来了大白菜的声音，很轻，很温柔："小刺妹妹！"

这声音就像这盛夏里的一片阴凉，潘多娜的紧张一下子没有了，她笑着："我以为大白菜的声音会苍老得像秋天里被碾碎的树叶，满耳是沙沙沙的呢。"

那头同样传来一声轻轻的笑声："为什么呢，你以为我真的和白菜帮子一样？"

潘多娜说："大白菜，我叫潘多娜。"

大白菜说："我是安在东。安安静静地在东边。"

潘多娜脑子里闪过韩国明星安在旭的样子。她笑了，她心里想安在东是不是也像安在旭那样，长得很 Cool 呢？

语音聊天像是一个触点，自此以后，潘多娜和安在东在网上的谈话就更随意了。潘多娜知道了安在东二十六岁，是在一家政府机构搞宣传工作；她也告诉安在东她在师范学校上二年级，十七岁。

安在东说，你当真是我的一个很小很小的妹妹啊。

安在东的话充满了怜惜，潘多娜觉得心中有一根弦被他轻轻的温柔的话语触动了，她想起了爸爸，爸爸对她说话就经常用这样怜惜的口吻。潘多娜对安在东产生了一种莫名的情愫，每次跟他通话就忍不住会有要靠在安在东肩膀上停一停的冲动。她把这种感觉告诉了安在东，她说你应该是一堵墙。

安在东轻声地笑了，他问为什么。

因为墙给人踏实感。潘多娜说。

是你不踏实吗？安在东问。

是的，我想我爸爸。潘多娜嗓音低沉地说。

你是恋父型的，恋父型的女孩是比较任性的，但又是脆弱和敏感的。安在东分析道。

也许吧。潘多娜说。

一次，安在东就给潘多娜讲了这样一个笑话：

一只小兔子和爸爸去运草，走到半路上，车翻了，小兔子站在一边直哭。

一只笨猪走来安慰小兔子："别着急，你先到我家里喝口水，吃点饭，然后我帮你把车子扶起来。"

小兔哭哭啼啼地说："不行，我爸爸会不高兴的。"

笨猪说："不要紧，我不告诉你爸爸，就是他知道了，会原谅你的，因为年龄小嘛。"

小兔子这才勉强跟着笨猪进了家。待到吃完饭，小兔子又担心起来："我想，我爸爸已经生气了。"

笨猪说："别害怕。你告诉我，你爸爸在哪儿呢？"

小兔子懊恼地说："哦，他还压在车底下呢！"

安在东讲完，敲出两个笑脸。

潘多娜却骤然间想要痛哭一场。

爸爸，爸爸！

安在东没有等到潘多娜的回音，还以为潘多娜还在笑呢，就问："小刺，是不是特有意思？那只小猪是不是好笨？"

潘多娜慢慢地敲出几个字：我爸爸就是死于车祸的！

安在东愣住了，他没想到这个在网上有些天真和孩子气的女孩心里竟会有这样的痛。他赶紧打出：

“小刺，对不起，是我不好，不该惹你伤心。我愿意接受你的惩罚!”

潘多娜接通安在东的机子时，情绪还是十分低沉的。

安在东说：“我给你唱歌吧，虽然我的歌喉没有你的美，有时还老跑调，可我是用心唱的。你愿意听吗?”

“嗯，你唱吧!”

“你想听谁的歌?”

“你唱谁的我就听谁的。”

安在东就在电话里轻轻唱起来，电话中，他的柔柔的嗓音里深情而忧伤，潘多娜的心就那样一点一点地陷进那样一种听觉的柔情里。

安在东唱完一首又一首，潘多娜也不说话，只静静地听着，她的脑海里不时想起安在旭。安在旭，安在旭有安在东 Cool 吗?

后来当安在东把他的照片用 E - mail 发给潘多娜时，潘多娜才发现安在东与安在旭是决然不同的，安在旭是酷酷的、很帅的样子，而安在东是很文秀很恬静的那种，像个女孩子，照片上的样子有点儿羞涩，还有点儿忧郁。

哦，大白菜!

安在东没在意潘多娜没给他发过去照片，他只是一如既往地关心和呵护着潘多娜。潘多娜和安在东网上在一起时，心情是恬淡而美丽的，内心充满了被关爱的喜悦。

潘多娜自开学后第一次回家已经是一个多月以后了，她本来还不打算回家的，只是妈妈不停地打电话过来询问她的情况，妈妈想她了。方小华也劝她回家去看一看。“难道你忍心让你妈妈一个人孤零零地待在家里吗?”方小华说。

潘多娜就回家了，妈妈终究是自己的妈妈。

看到潘多娜，妈妈很开心地忙上忙下。潘多娜见妈妈精神很好，不但好，还神采飞扬的，比她开学走时那一阵子看上去脸上更有光泽。心想她不在家的日子其实妈妈生活得更好，人都显得更年轻了。这一想，潘多娜心里就多了一块疙瘩，觉得妈妈的生活中她这个女儿并不重要，是可有可无的了。

潘多娜和妈妈的话不多，一般是妈妈问什么她答什么，很少主动去过问一下妈妈过得好与不好。尽管她也想问一问，每次话都到了嘴边，又硬生生地吞了回去，这普普通通的一句问候，在妈妈面前，竟是如此艰难。

妈妈把准备好的生活费给潘多娜时，随口问了她一句休息日都在学校做什么。

潘多娜迟疑了一下，回答说，一般在图书馆看书。妈妈高兴地说我女儿就是用功，再过两年，从师范毕业就可以参加工作了，妈妈终于可以轻松一下，好好享受一下生活了。

潘多娜一听，立马想起自己上师范原就是妈妈的主意，如果当初不是妈妈的竭力反对，爸爸一定会赞成她去上高中，然后去考北京电影学院的。妈妈那时不就是认为上师范既投资少又可以早收益，嫌上电影学院要花很多的钱吗？看她现在还是这样的想法。她不就是嫌我花的钱多吗？她并不是为我考虑的。潘多娜在心里忿忿地想着。

潘多娜与安在东的关系如火如荼地发展着，他们在网络和电话两个不同的终端彼此关心着，挂念着。潘多娜已真正地依赖上了安在东的感情，正如方小华说的，她网恋了。她会不由自主地想念安在东，想念他在网上的话，想念他的声音，想念他那张文静的、带点淡淡忧伤的脸庞。

安在东说，小娜，我想我是爱上你了！可是你还是那么小，一个小小的女孩子，我真怕这样的一个“爱”字会把你吓着了。

潘多娜说，我是有点不敢相信。

安在东说，不相信我还是不相信你?

潘多娜说，不相信我爱会上一棵大白菜。你说，一根小刺怎能爱一棵大白菜呢?

安在东说，为什么不能呢，寂寞的大白菜就是孤独的小刺的爱人。

潘多娜说，呵呵，世间两个弱小的植物在惺惺相惜啊!

安在东说，是啊，所以大白菜想拥抱小刺。

潘多娜说，你不怕被扎得遍体鳞伤吗?

安在东说，不怕，我愿意!能让小刺扎着我，是我的快乐。

潘多娜说，可这快乐带着痛哪。

安在东说，没有痛，也就没有了快乐和期盼，没有了惊喜和留恋。

十三

潘多娜沉浸在网络里的爱情中。方小华告诫她不要陷进去太深，网络是不真实的，不要把虚幻的爱情当成生活中全部的依托。

潘多娜看方小华那一张严肃的脸，就笑了，她点点方小华挺直的鼻梁，说：

“你既然知道这是网络爱情，彼此之间隔着很长的距离，这样才好，想抽出来也不会被伤害了。”

“说得容易，喜欢一个人，哪怕这个人是虚幻的，付出的感情那都是真实的，既然感情是真实的，出出进进哪里就那么容易受到控制?”

“是不是就像你对况老师一样?”

“现在探讨的是你的问题，你不要往我身上扯。”

潘多娜就笑：“你倒是含蓄了很多耶。哎，方小华，你最近和况老师联系过吗？我们很长时间没有他的消息了。”

方小华说：“没有啊，我没有和他联系过。”

确实是很久没有况儒的消息了，自从潘多娜的生日那天起，她们两个便一直没有和他联系过，而他也没跟她们联系过。

两个人商量了一下，决定打个电话给他。

况儒的手机一直响着，空洞而茫然的声音。许久，才有一个苍老的声音传来：“喂!”

潘多娜吐了一舌头，她捂着话筒轻轻地对方小华说：“怎么是个老头的声音?”

方小华说：“不管他，先问问情况。”

潘多娜对话筒说道：“这……是不是况老师的电话？我们找他!”

“你是……”

“我们是师范学校他以前的学生。请问况老师在吗?”

那个苍老的声音沉默了，潘多娜感觉到那沉默像一坨铅，沉重而压抑，她有一种不太妙的感觉。果然，那个声音说：

“我是况儒的父亲。况儒他在一个月前就……去世了！是车祸。”

车祸?

潘多娜和方小华一下子被这个突如其来的消息打蒙了，放下电话，过了一阵，两个人才像从一场噩梦里醒来似的，抱头痛哭了起来。

又是车祸！该死的车祸!

潘多娜为方小华难过，一段还未来得及公开和表达的感情，就这样随着生命的消逝而永远地消失了。

潘多娜和方小华寻到况儒的家。况儒的父亲是一个很威严的老头，但是面对这两个女孩，老头的眼中还是涌起了很多的慈爱。他指着潘多娜说：“你一定是叫潘多娜吧？你是方小华！”

潘多娜和方小华惊讶地看着这个已经退休的副市长，很奇怪在她们还没有介绍自己的时候，他怎么会准确无误地喊出她们的名字来。

况儒的母亲看上去要年轻得多，她给两个女孩子端来两杯水，潘多娜和方小华赶紧站起身来，很拘谨地接过水。

况儒的母亲说：“孩子，你们快坐下。看得出你们是两个有情有义的好孩子，否则，也就不会这么长时间还寻来给况儒鞠个躬了。本来这是况儒的秘密，你们不来，我们也不会说的，但既然你们来了，我们就把况儒生前写的一些文字交给你们。我们想，这可能也是他的愿望吧。”

况儒的父亲交给潘多娜和方小华一个黑色的笔记本，说：“你们肯定会奇怪我怎么会认识你们，看了这里面的记述后，你们就会明白了。况儒生前是个热情乐观的孩子，他总是希望他生活中的每一个朋友都豁达、开朗，幸福、快乐！”说到这里，老头的声音有点哽咽了，他赶紧转过身去，默默地向里屋走去。

在学校一个背阴的草坪上，潘多娜和方小华共同打开了那个黑色的日记本，里面是况儒没有记载日期的日记，一段令两个女孩都想象不到的感情就这样袒露在了她们的面前。

日记是从图书馆那一天开始的，前面的都被撕掉了，大概是况儒撕的吧。

日记上是这样写的：

那两个女孩好娇媚，圆脸的女孩很俏皮，听到她在不停地叽叽喳喳，虽然她在尽量压低自己的声音，但在寂静的图书馆里，她的声音还是显得那么大。她一点也不考虑这是个需要安静的图书馆，即使在老师的干涉下，也显得那样理直气壮，好无畏的女孩子！

另一个女孩有一双忧郁的眼睛，她笑起来的样子很好看，是瓜子脸，桃红的唇。不知道为什么，她看上去有点儿冷，是令一般人不太好接触的那种冷。她是个很清纯、气质很好的女孩。就是不知道为什么她小小的年纪，怎么会有这样一双忧郁的眼睛。

再没有见过那两个女孩，当时应该问问她们是哪个班的就好了。不过我这样子似乎有点儿心怀叵测。唉，她们都还是孩子。只是，我老忘不了那个气质很好的女孩那双忧郁的眼睛。她为什么不快乐一些呢？

真是有缘，一上车便看到那个女孩，睡着，很安详的神态。车都到站了，她还在睡，把她叫醒，她很迷茫的样子。这个女孩心里面一定藏着心思。唉，我干吗想这么多。

她原来叫潘多娜，一个有点奇特的名字，让我想起希腊神话里面的潘多拉盒子。在她的心里，会是什么心思呢？有一种要探究这个秘密的好奇。

潘多娜爱上图书馆，这真是个好学的孩子，我不敢去图书馆了，我怕一看到潘多娜就会有一种要了解她的欲望。唉，我为什么要是个老师呢，虽然没授过一堂课，可仍被她们尊称一声老师。老师？

奇怪，怎么眼前老闪动着潘多娜的样子呢？完了，我好像是喜欢上了这个内心藏着秘密的女孩子了。

鼓足勇气去图书馆，其实就是想能碰见潘多娜，我已经知道她是声乐系的了，她在声乐系是那样的出众，好多人都说她很有才气，但是冷傲。嗬，冷傲，一个多么与众不同的女孩。

潘多娜轻轻点了点头就走过去了。我都有点傻眼了。

身在学校，身为老师，又没有课程，这样的日子也真是难熬呢。好在总有同学来看我，才让寂寞的生活有了一些情趣，否则，光干一些杂事还不得把我闷死啊。

今天陈邵梅又过来了，她快结婚了，真快！

远远地看到潘多娜，直觉告诉我，她也是看到我的，但她却避开了。她为什么要避开我呢？

无意中看到几个女孩子骑着自行车出去，潘多娜和那个在图书馆爱说话的女孩也在其中，正是午饭时间，她们肯定是吃不惯食堂的饭菜，到外面去改善伙食的。我也不喜欢吃食堂的饭菜，真的是难以下咽啊。我借了辆车子，跟着她们过去了。

看女孩子吃饭真是一件好玩的事，她们一点也不做作，不像有些成年的女人，连吃饭都要作秀。真累！其实就是吃个饭嘛，只要不是吃得山响，蹭满了脸，想怎样就怎样了，用不着扭扭捏捏的。

为什么潘多娜总是那样冷静呢？我的心真的让这个女孩给抓过去了。

找迎宾小姐是我从同学那里竭力抢过来的差事，我想把这样的机会给那几个女孩，也算是一笔不小的收入吧，这可让她们吃多少碗炒面啊！也算是一桩善事吧。

何况，可以借机和潘多娜接触一下。

我真笨，除了请吃饭什么也不会做。可是我又能做什么呢？潘多娜还只是个十六七的孩子，我总不能因为自己的感情而影响她吧？

同学都说我找的这几个迎宾小姐不错，模样都很清纯，且一个比一个漂亮，也敬业。我很得意。我的学生当然不会错，我神气地说。他们都笑开了，说我一天书没教过，冒充什么老师。我才不管呢。

潘多娜忽然问我喜不喜欢方小华，我愣住了，方小华是个很可爱的女孩，漂亮大方，活泼开朗。但是我……

…………

潘多娜的父亲出车祸了，看见潘多娜痛不欲生的样子，我心痛极了，可我能做什么呢？我真想为她做些什么呀。

中间以及后面还插写着况儒到报社以后的一些工作札记。

潘多娜和方小华几乎是哭着看完况儒的这些文字片断的，这个一直以老师自居的大男孩，他的心地是那样的善良，他的感情又是多么的真诚，为什么这样一个健康快乐诚恳的大男孩却偏偏英年早逝呢？

方小华更是哭得泣不成声，她抱着潘多娜说："小娜，况老师原来是那样的喜欢你，可是他为什么不说出来呢？他说了，这一生不就没有遗憾了吗?”

潘多娜心痛之极:“车祸,为什么老是车祸,我爸爸没了,况老师没了……”

一片绿莹莹的草地,默默地承载着两个女孩的悲痛、心伤,还有泪水和回忆。

潘多娜有好几天没有上网了,这下可把安在东着急坏了,潘多娜没有电话,他只有被动地等待她的电话,但潘多娜连电话也没有给他打。他在潘多娜ICQ里留的话没有反应,便拼命地给潘多娜发E-mail,可是潘多娜就像消失了一样没有一点音信。

潘多娜是忘了上网这回事,她已经不记得她还有一个网上的恋人。她的心浸淫在失去况儒的哀伤中,她在心里缅怀着那个有着明媚笑容的大男孩。只为他对她那一份真挚的关注,只为她曾经云烟一样散淡而朦胧的一份感情。

只是从此,这样一段似有似无的感情已经烟消云散了。

待潘多娜记起安在东时,已是一个星期以后一个没课的下午,她捧着况儒的笔记本,正要往图书馆去,忽然脑子闪过安在东这个名字。就像拥挤的洪水在许久的徘徊后终于找到出口,安在东一下子涌进了潘多娜的心里。潘多娜立刻有了要扑进安在东怀里大哭一场的冲动。

潘多娜上网了。她看到自己ICQ里闪个不停的大白菜的头像,心里有了一丝安慰。再打开信箱看到里面是塞得满满的安在东的信。最后一封信是上午12点的时候发出来的:

小刺,我不知道这是一种什么样的感觉,我感到自己都快要爆炸了,我坐立不安,我每时每刻都在盯着电脑,我怕我稍微一个不注意,你就会从我眼皮底下溜走。从来不知道自己是这样的没出息。可是想一想是为了可爱的小刺,就这样疯狂一回又如何？

昨天下午我去你们学校了，我知道只要我一打听声乐系的潘多娜，一定是可以找到你的，但是我没有，我只是在你们学校门口徘徊了好久，想着在那几幢楼里，有一个教室里坐着让我朝思暮想的你，心里就深感宽慰。

你什么时候来呢？你是不是出了什么事？在没有经得你的同意之前，我不会去见你，但是如果你再不露面，我肯定还会去你们学校的，哪怕只能站在门口看看那几幢楼，想象你坐在其中一个教室里面的样子。

小刺，小刺，我是真的真的不能没有你！大白菜在等你！

潘多娜 ICQ 里的头像又在闪。

“小刺，你在吗？”

“大白菜，我在！”

“呵呵，小刺，你终于来了。这些天你都去哪儿了，你怎么不见我？我都快急疯了！”

在安在东急切的询问中，潘多娜流着泪向他讲述了况儒的故事。

安在东心痛潘多娜的痛苦，他说，小刺，我要去见你，我要把你拥进我的怀里，我会让我的心把你的忧伤一点一点地融化掉！

潘多娜摇着头说，大白菜，这段时间我不想见你，以后吧，以后我们会有见面的机会的。

安在东宽容地说，好，我等你，等你愿意见我的时候。只是不管发生什么事，你一定不要忘记我，千万不要再这样消失得无影无踪了，这样让我很担心的。

潘多娜说，大白菜，有你真好！

安在东说，傻孩子，是因为有你，有对你的想念，才让我的生活多了很多色彩，有了生气。

潘多娜说，我从来不知道被人爱的滋味是这样的酸甜苦辣。

安在东说，爱人是一种幸福，被自己所爱的人爱着更是一种幸福。你的老师是幸福的。虽然他没有让你知道他的爱，但他爱得幸福；你也是幸福的，你被这样一个好老师爱着，还被我这棵大白菜爱着。我也是幸福的，我爱着小刺，也被小刺爱着。

十四

潘多娜和妈妈之间又发生了争执。

起因是妈妈提到了潘多娜毕业以后的事。

妈妈说，等你毕业了，让高明权叔叔给你分一所好的学校。

潘多娜一听就生气了，她冲着妈妈说："我不想当老师，你知道的。"

妈妈说："我知道什么？你不就是想上电影学院吗？"

潘多娜强硬地说："是又怎么样？反正我是不会去当老师，整天面对一群小孩子。"

妈妈说："你不当老师你干什么？你上的就是师范学校，出来只有当老师。就算你不愿意当老师，那也要慢慢地来才行啊。我又没权没势，给你找不了好单位。"

潘多娜说："我不要你给我找好单位，一毕业我就去北京，我是一定要上北京电影学院的。"

妈妈说："就是一所普通的中学也不是说上就能上的，你以为北京电影学院是你想去就能去的啊？"

潘多娜说："不管怎样，我一定要上！"

妈妈说："那钱呢？我只是一个普通的幼儿园老师，我可没有那么多的钱。"

潘多娜瞪着妈妈说："说到底，你的眼里只有钱，而没有我的前途。"

妈妈生气了："是，我的眼里只有钱，因为我知道没有钱，日子就没有办法过下去，没有钱所有人都会看不起你。你知道我这个曾经也是心高气傲的大学生为什么会嫁给你爸爸这样一个开车的吗？你知道我怎么会是一个幼儿园的老师？我告诉你，就因为钱。是钱把我逼到这一步上的！你爸爸不在了，我一个人的工资供你上学已经是相当不容易了，你为什么就不能替我想想？你说我不为你的前途着想，我就是为了替你的前途着想，才想让你有一个稳定的工作，这样一辈子才能衣食无忧啊。"

"可是，想一想，人要一辈子去干一件自己不喜欢的工作，这一辈子活得又有什么意思呢？我宁愿不要那份稳定，我也要去实现我的理想。"

"可是你的理想是需要强有力的资金作后盾的。"

潘多娜说："我明白了，你的意思就是你没有钱，你不会让我上电影学院的。那我就不要你的钱，我自己一定会想办法去挣钱的。北京，我也是去定了！"

潘多娜说完，冷冷地看了妈妈一眼，到自己的屋里拿上她的东西，说了一声"我回学校了"，就走了，留下妈妈一个人愣怔地呆坐在那里。

潘多娜坐在回学校的车上情绪十分低沉。她在中途下了车，跑到路边的一个电话亭里给安在东打电话，她声音暗哑地说："大白菜，我想见你！"

他们约在潘多娜下车的地方一个叫"淡看风雨"的茶楼见面。

"淡看风雨"，好淡泊啊！可这世上有几人真正能做到呢？

安在东一出现在茶楼的门口，潘多娜便认出来了。高挑的个子，因为没有戴眼镜，看上去比照片上要孔武一些。

茶楼的人不多，三三两两的。安在东径直走到潘多娜面前，潘多娜笑了。

潘多娜说：“你为什么不问一问呢?”

安在东笑了笑，说：“我想象中的小刺就应该是你这个样子的。”

潘多娜想，我想象中的大白菜应该是什么样子的呢?她没想出来，因为她见过安在东的照片，照片让她失去了想象的空间。

从网络中走到现实中，没有惊喜若狂，也没有做作扭捏，就像交往很多年的朋友，自然得不能再自然了。

潘多娜恋爱了，不是网上的恋爱，是实实在在地和安在东谈起了恋爱。

潘多娜第一次体会到谈恋爱的感觉，甜蜜蜜，麻酥酥，整个人就好像踏在云端里，晕乎乎的。安在东第一次拉着她的手，安在东第一次拥抱了她，安在东第一次吻住她……她的心跳好快，她想她要拉着安在东的手不放，但一旦有人无意地朝他们看一眼，她立马害羞地把手从安在东的手里挣脱出来；她在安在东的怀里，听到安在东的心跳像有人在里面敲着鼓，“咚咚咚”，震得她耳朵都有些痛了，她悄悄地笑了，她抱紧了安在东那并不显得结实的腰。还有那一次，就在一个街角上，安在东轻轻地吻住她的唇，他的唇好烫，她的也是，但他们谁也没有放开对方，有人从他们身边走过，好奇地看着这一对年轻人，潘多娜想躲开，可安在东把她抱得紧紧的，他不要她躲，他们就那样不管不顾地在别人的目光中吻着……潘多娜每次和安在东分开时都很茫然，她抱着安在东，她轻轻地说她不要离开他。安在东就笑，他好像特别爱笑，他笑的时候声音细细的，很温柔很好听。安在东说，傻孩子！他喜欢叫她傻孩子，在他面前她愿意做个傻孩子，一个不管世事的傻孩子。我每天都会来看你的，安在东在她耳边说，如果有一天不让我见到你，那一天我肯定会活不下去！

哦，谈恋爱的感觉多好，好温馨好甜蜜！潘多娜的心泡在了恋爱的感觉里，她忍不住去想和安在东在一起时的每一个细节，每一个细节都是那样令她回味无穷，想着想着就忍不住要将那欢愉绽放出来。她的脸因为恋爱而更加粉嫩柔滑，她的目光一反往日的冷傲，柔情万种得就像有谁把一个百花盛开着的春天放了进去。既然眼中心里都有了春天，那谁还能把春色关住呢？

潘多娜实在忍不住了，她本不是那种喜怒形于色的女孩，开始她认为自己谈恋爱是件很害羞的事，她毕竟还是个学生，但她的心太满了，十七岁的心满得都装不下太多的快乐，快乐自己要溢出来了。终于潘多娜自己沉不住气了，她把方小华拉到一个无人的地方，迟迟疑疑地、一点一点地把他和安在东的事告诉了她。方小华大吃了一惊，她不相信地看着潘多娜问道："小娜，是真的吗？你真的在和网友谈恋爱？"

潘多娜一脸陶醉地点点头："是的，方小华，是真的！我喜欢他，我从来没想到喜欢一个人的感觉是这样的好。"

方小华取笑道："谈恋爱要是不好，怎么会把你迷醉成这样？"

潘多娜说："方小华，你以前谈过恋爱吗？"

方小华沉默了一下："我只对况老师有过好感，这就算我的初恋吧。"

潘多娜的心忽地往下一沉，她上前抱住方小华："方小华，你会不会怪我？"

方小华说："人和人真是奇怪，我第一次见你，就喜欢你，我们也真的如我所愿成了一对好朋友。你是我的好朋友，就永远都会是！"

潘多娜说："我也是，我会永远把你当成我的好朋友！"

就在潘多娜和安在东的爱情如火如荼地进行着的时候，潘多娜的妈妈和高明权的关系也已经发展得很成熟了。

潘多娜说的一点没错，高明权确实是妈妈安虹在大学里的情人。

高明权说他第一眼看到安虹就不由自主地爱上了她，确实，安虹是漂亮的，她的漂亮不仅仅是外表的漂亮，她身上还有一种淡雅的气质，像盛开在傍晚时分的紫丁香。高明权和安虹的爱情是没有公开的，在人多的时候，他们从来不会有什么亲昵的举动，最多是安虹偷偷瞅一眼高明权，高明权趁人不备时冲着安虹做个小动作。

大三那年，大学里的女生流行给自己喜欢的人织围巾。安虹也织，偷偷摸摸地织，她白天拿着别人织的围巾研究那针脚，晚上就坐在自己的铺上开始一针一针地织着。有同学发现她也在织围巾，就问她在给谁织，她气定神闲地说只是趁着机会练一练针织，并没有专门给什么人织条围巾的。当针脚歪歪扭扭的围巾终于织成了，她兴奋地送给高明权的时候，却发现高明权的脖子上已经围了一条针脚细密的驼灰色围巾。

这围巾是一个叫解晓诗的女孩给高明权织的，解晓诗有一个动听的名字，却是个长相平凡，十分不起眼的女孩子，高明权接受这条围巾的理由十分的俗套，解晓诗的父亲是他们那所大学所在市的组织部的一个副部长，再过几个月就面临着要毕业分配的高明权知道自己肯定是要回到他老家去的，但他不想回贫困的家乡，他想要留在市里，找个副部长的女儿自然是一种最妥当最保险的方式了。

面对安虹的眼泪，高明权也流泪了，他对安虹说对不起，我不想回农村，我只能靠这种办法留下来。

没有人知道安虹和高明权是一对恋人，所以也没有人知道安虹织过一条准备送人的围巾。安虹最后带着一腔失落和失恋的痛苦回到了家乡。她来自农村，在县里没有一点可以沾染的关系，最后的结局只有被分配到乡下的学校。

在县里奔波了十几天的安虹绝望了，她没有钱，去给人送礼只会拿一些水果，别人眼睛瞧都不瞧一下，她长得漂亮，又有才华，可是又能怎样呢？恋人抛弃了她，回到家乡只有重新回到农村去，她想还是认命吧。但这时却无意中认识了潘全国——潘多娜的爸爸。潘全国是个小车司机，他有个叔父在县里的一个重要部门里任职。当时有个人开玩笑地说，安虹你不如嫁给潘全国得了，这样的话，他叔父肯定会帮你分在县里。仅仅是一句玩笑话，带着爱情伤痛的安虹真的就答应跟潘全国结婚了。潘全国做梦也没想到自己能娶个大学生为妻，自是满心欢喜，带着安虹就直奔了叔父的家里。这时，县里的大学生分配已经全部结束了，叔父看在潘全国死去的父母的面上，到底还是努力地去替安虹使了一把劲，把安虹弄到了县里的一家幼儿园里。叔父说先在幼儿园里待着吧，一年后我再帮你调到别的好一点的单位上去。也是安虹命运不济，没等一年，叔父就交叉任职调到别的县里去了，潘全国除此再没有别的招可使了，从此安虹这个大学生就死心塌地地一直从事着教育幼儿的工作了。

安虹没有想到的是，高明权到底也没有在市里留下来。解晓诗的父亲明明白白地告诉高明权，如果是真爱他女儿，他愿意让女儿跟着高明权回家乡，如果只是把他女儿作为跳板的话，他也不会用这种方式来牺牲女儿的幸福。总之也就是一句话，他不会帮助高明权留在市里。高明权灰溜溜地回到了自己的家乡。

受此打击的高明权努力工作，从乡村学校开始，一步一步爬到了县中学校长的位置，然后又调到了安虹所在的县里当教育局长。

当高明权在一次全县教育系统的会议上看到安虹时，往日的情愫又回荡在他的心中。安虹没想到十几年过去了，她竟还会遇到高明权，而且他还当了教育局局长，是她的上级。十几年前的那一段往事又一次从心底泛起，但当她真的再次面对这个当初决然将她抛弃的男人时，她却恨不起来十几年的时光啊，早已冲淡了她心中的那份怨恨，那份悲哀，留下的，只有平静。

得知安虹的丈夫遭遇车祸去世，高明权握住了安虹的手说："安虹，十几年前，是我负你，让我一直背负良心的责备，现在，上天终于又给了我机会来补偿当年对你的伤害。让我们抛弃十几年前的恩恩怨怨，重新开始吧！虽然我们都已经不年轻了，可还正当盛年，还有好长一段时光呢，我们一起生活吧！"

安虹抽出手，淡淡一笑，说："虽说十几年时光已经磨淡了一切，可是有些痛，却是会隔着岁月定期发作的。"

高明权说："那我愿意在你的痛发作的时候给你止痛。"

安虹说："你觉得那痛能止得住吗？"

高明权自信道："能！你知道吗，安虹，这么多年来，我一直在想，解晓诗的父亲当年做的是对的，我不爱解晓诗，我确实给不了她幸福，因为我的心里只有你。我的前妻应该说是个好女人，可是我也没法爱她，我的爱已经付出去了，付给一个叫安虹的女人，所以别的女人我都给不了她们想要的那种幸福，尽管那幸福其实是很平淡的。"

安虹静静地听着，她心中的冰块确实在一点一点地被融化，她的心也在一点一点地积着柔情，曾经是那样一段美好的日子啊，她怎能忘记在影院里两个人在座位下偷偷握着手时那触电一样的感觉呢？

感情就这样复苏了，跨越了十几年时空的爱情虽没有年轻人那样的激情四射，却含蓄深沉，浓烈似酒。

潘多娜知道妈妈真的和高明权好上了时，两人的关系已经明朗化了，人到中年，他们也不想大操大办，就商量着什么时候请上几个亲朋好友在一起聚聚，发一发喜糖，就算是他们的婚宴了。

这个想法遭到潘多娜的反对，她当着高明权的面说："我不想有个新爸爸!”

高明权没在意潘多娜敌视的态度，他说：“小娜，如果你不想叫我爸爸，以后可以还一直以叔相称。”

潘多娜冷冷地看了他一眼：“我和妈妈过得挺好，我们这个家里不需要其他的男人。”

妈妈呵斥道：“小娜，不许对高叔叔无礼!”

潘多娜委屈地说：“我有对他无礼吗？我只是实话实说。难道你不这样认为吗?”

高明权知道潘多娜对她爸爸的感情，他阻止住正要训斥潘多娜的安虹，他对潘多娜道：“小娜，你现在还不能接受我，我可以理解。我相信如果相处一段时间，你会接纳我的。”

潘多娜说：“我凭什么要和你相处?”

高明权说：“小娜，我会给你妈幸福的。”

潘多娜说：“我妈已经很幸福了，你知不知道我爸爸生前对她有多好，多疼她?”

高明权说：“这我知道，你妈妈都跟我说过，她说你爸爸是个好人，善良、勤劳、能吃苦，爱你和你妈妈，是个顾家的好父亲好丈夫。”

潘多娜说：“她说得倒是好听，可就是心中没有我爸爸。我爸爸去世还不到一年，她就打算和别的男人过。我……我为我爸爸难过!”

潘多娜的心情坏透了，妈妈要和她以前的情人在一起了，自爸爸去世，她和妈妈的关系一下子就变了，没法融洽，家对她来说已经没有多少可令她留恋的了，如今又要多出一个陌生的男人来，不管她叫他是爸爸还是叔叔，那感觉都是十分别扭的，她心里一点也不愿意。但谁会在意她的感受呢？他们只想重新开始他们十几年前的感情，哪里能顾得上去考虑她?

潘多娜在街上茫无目的地走着，正是深秋的季节，一阵清冷的秋风打着旋从她身边掠过，落英缤纷。潘多娜觉得自己就是那一片片从枝头上被秋风无情地打下来的叶子，没有人怜惜没有人关爱。

可是又为什么要他们怜惜呢？她是潘多娜，她是独立的，她已经十七岁了，再过几个月她就十八岁，十八岁，就是成年人，她快要到依靠自己的年龄了。但现在她还不能独立。也有许多和她年龄差不多甚至比她还小的人，都可以靠自己替人打工赚钱来养活自己了，她为什么就不能？她潘多娜又不比别人差。可是，她到哪里去打工？她能替谁打工呢？若是况儒老师还在的话，他一定会帮助她解决这个难题的，唉，况儒已经不在这个人世了，想他又有什么用呢？

潘多娜想啊想，想得头都大了，仍是一筹莫展。她从来没有脱离过爸爸妈妈在经济上的支持，现在要她一下子想办法去解决这个问题，她能有什么招？

潘多娜发愁了，要跟家不发生关系，首先是要自己在经济上的独立，只有经济独立了，她才能在妈妈面前理直气壮，不然，每次在发表她的看法时都气短得很。

因为有了这样一个心思，潘多娜在安在东的面前也是闷闷不乐的，即使在捧着安在东送给她的一大捧玫瑰花的时候，也只是浅浅地一笑，眼中的郁闷却并不因此而被驱散。只是这一丝丝的忧郁，在安在东的眼里立马洇出一大片来，他心痛地轻轻地拥住潘多娜说道：

“小娜，怎么了，你为什么不开心？看到你不开心，我的心比什么都难过！”

潘多娜轻叹了一口气：“大白菜，你说我如果依靠我自己的力量来养活自己，是不是很难啊？”

安在东松开潘多娜，奇怪地问：“小娜，为什么要这样说？告诉我究竟发生了什么事？”

“你知道我家境并不是太好。自从我爸爸走后，妈妈供我上学更是艰难。再过一年，我就要毕业了。可是我并不想当老师，我从小就梦想着做一个演员或者节目主持人，我最大的愿望就是上北京的电影学院。上师范是我最大的错，它使我距离我的梦想更遥远了。我爸爸就是为了多赚点钱以后送我去上电影学院才去开大车的，如果不是为了我，他就不会去开大车了，也就不会出事了……”想起爸爸，潘多娜伤心的泪水就再也止不住了，她靠在安在东的怀里，全身因为伤心而微微颤抖着。安在东紧紧地抱着潘多娜，此时此刻，他只有用自己的拥抱来安慰她。

“为了爸爸，我也一定要上北京电影学院，但妈妈并不支持我，她只是一个普通的幼儿园老师，她也没有多少能力来支持我，所以我必须依靠我自己。可是现在的我能干什么呢？想到以后，大白菜，我好茫然好失落啊！我该怎么办呢？我现在是有家也不能回了，妈妈她……”潘多娜把妈妈和高明权的事告诉了安在东。

安在东双手捧起潘多娜的脸，这张凄美的脸上写满了无助和柔弱。他用手背一点一点地把上面的泪水擦干，轻轻吻了吻她的双唇。

“小娜，你没有了爸爸，可是你现在有我呀，我怎会眼睁睁地看着你一个人孤零零地在这个社会上行走呢？你是那样的单纯，对社会的认识几乎是空白，又没有一点洞悉世事的能力，我哪里又忍心让你独自去拼去打？小娜，以后，大白菜是决不会让你再受一点伤害，也不会让你吃一点苦！我会尽我的努力来帮助你，帮助你完成上北京电影学院的梦想。”

“可是，你只是一个小小的公务员，又怎样帮我呢？”

安在东就笑了，他俏皮地捏了捏潘多娜的鼻子，说：“你怎么对你的大白菜这样没有信心？最起码，我可以负担你的一部分生活费吧。”

“我不要，我要靠自己。再说了，你小公务员一个月的工资也不高。”

安在东凝神望着潘多娜，很久才低下眼光，微微一笑说：“小娜，知道吗，我就是喜欢你的单纯可爱。你从来不像有些女孩子那样，浑身充满了欲望，不停地要求这个要求那个的。你总是淡淡的，似乎心里面从来没有过那些世俗的东西。”

潘多娜说：“可是，我也是有世俗欲望的，我希望我有钱，有钱我就可以上电影学院了，不是吗?”

安在东哈哈大笑道：“是，你是有欲望的，可若是这样的欲望，这世上的人不知有多少呢。小娜，你真是个可爱的傻孩子!”

“不许说我傻！我才不傻呢，你见过像我这么漂亮这么聪明的傻瓜吗?”

“是是是，你又漂亮，又聪明，能文善舞还会唱歌，这世上确实也没有这样惹人怜爱的傻瓜!”

依偎在安在东的怀里，潘多娜的忧愁就像一根被越描越淡的线，最后被安在东一收笔，那忧愁竟没有了。潘多娜真的像个无欲无求的孩子似的，慢慢地闭上双眼。安在东注视着她，那张还残留着一些稚气的脸此时是如此的平静和安详。他用手轻轻拨着潘多娜长长的顺顺的黑亮睫毛，睫毛微微动了动，眼睛睁开了，很快又安静了下来。安在东满怀着怜爱之情地凝视着怀中的潘多娜，她的一切一切都令他不知不觉地泛起爱意。

潘多娜从来不曾问过安在东自身以外的任何问题，比如最世俗的，他的家庭，而安在东也从未主动向潘多娜提过，他只说他的家就在市里，潘多娜也不深究，她认为她爱的是安在东，不管安在东身在什么样的家庭，只要她爱他，他爱她就足够了。在安在东的眼里，潘多娜对爱情是盲目的，纯粹的，但正是这一份纯粹、盲目、没有功利的爱情使他实实在在地爱上了她。

在这个城市里，应该说安在东有一个比较显赫的家庭背景，他的父亲安扬是这个城市一个颇具实力的人物——市委的秘书长。安扬是一个很有心计的人，能从乡里的一个小小的干事爬到现如今的位置，而且看形势发展的势头，还有再往上升的可能，这不能不说明他的能力。安在东则是安扬唯一的儿子，从小就被父母送到了奶奶家，因为爸爸妈妈担心有个孩子在跟前会分心，从而耽搁向上升迁的机会。没有孩子的拖累，在工作上便轻松便利多了，可以放开手脚大干了。于是，安扬把所有的心思都放在了官场上，绞尽脑汁，明枪暗箭，明争暗斗，左冲右突，终于有了今天的地位。但官职有了，儿子安在东却不认识他们了。面对牵强地笑着的父亲，安在东始终不能自如地喊出一声“爸爸”。从小跟着奶奶长大的他，意识里很早就有了爸爸妈妈不喜欢他不愿意有他的念头，而奶奶除了关心他一天的吃喝拉撒，就再也不知道再给他其他一些什么了。所以，他的性格是忧郁而且孤僻的。上了大学后，仍是整日里郁郁寡欢，不到两年，他再也无心在大学里待下去了，便自作主张地退了学。退学后在家又待了一年，才在父亲的安排下进了一个区委办公室当了一名宣传干事。安扬把安在东安排进办公室也是有他的想法的，他一直认为儿子是个很有想法的人，而办公室是个能把人锻炼得很圆滑的一个场所，他要把儿子送进去磨一磨，只有磨掉他脑子里那些乱七八糟的东西，才可以开始他的政治生涯。而安在东当时的想法也很简单，自己就安心在这里做个干事好了，但没想到后来又迷上了上网，整天泡在网上玩游戏，聊天，再也无法安心工作了。安扬实在气得没法，多次训诫儿子又不起一点作用，想着自己好歹也就这一个孩子，从小没管过他，等到现在可以管的时候，又没法管了，只要他认为自己过得好，就任由他去吧。

安在东倒没想到自己真能爱上潘多娜，他上网聊天并不是和潘多娜一个人聊，他聊的女孩多了，但和潘多娜聊的时候他的感觉却特别好，潘多娜很信任他，即使他胡乱吹一通潘多娜也当真。当知道潘多娜从一开始就只和他一个聊，他要是不在她就宁愿待在旁边看别人聊时，他就想这个丫头怎么就真诚得这么傻呢？想是这么想，却也慢慢地不和别人聊了，只守着潘多娜一个人聊。就这样聊着聊着，他就觉得自己真的是喜欢上了这个叫一根小刺的网友了，他已经离不开她了。

第一次看到潘多娜，安在东就知道自己会死心塌地爱上这个清纯、美丽的女孩。潘多娜真的是与别的女孩不同的，每次他去师范学校接她，他们都是坐公共汽车，她从不认为谈恋爱坐公共汽车有什么不好，她坦坦荡荡地和他并排坐在一起，看窗外的风景或说些悄悄话。安在东也从来没带她去过高档的饭店，她也不要求，只要是干净一点，哪怕再小的饭馆她也没有怨言，很开心地和他在一起吃饭。除了他是个公务员，叫安在东以外，她不知道他别的情况，但她却把他当成了知心朋友，当成了她的依靠，她的每一颦每一笑，她都让他知道，她的喜悦和忧伤，也在他面前一展无余。潘多娜在他面前是不设防的。想到这一点，安在东就隐隐有些内疚，他和潘多娜之间，是不平等的，不是地位，而是双方对彼此信任的付出。

十五

安虹是听到高明权说看见潘多娜和一个男孩子手拉着手很紧密的样子一起逛街的。安虹当时一听就急了，她可没想到潘多娜会给她来这么一手。她认定这是潘多娜故意给她制造事端，用意就是为了阻止她和高明权的要好。

安虹当然也知道自己的女儿要身材有身材，要长相有长相，是许多男孩追求的对象，但她相信潘多娜是不会动这样的心思的，不为别的，就因为潘多娜的高傲，还揣着一个要当影视演员或电视节目主持人的愿望。但安虹就是忘了想，潘多娜终究还只是个十七岁的孩子，正是少女怀春的年龄，哪里真就能对男女之情收放自如呢。她想女儿真要是和正儿八经的男孩子谈恋爱倒也罢了，就怕她为跟自己赌气，交往一些市井小流氓，那就糟糕了。

这样一想，安虹就更是急火攻心了，她本想打电话叫潘多娜回家一趟，但最终还是没打，而是直接跑到师范学校来了。

见妈妈来到学校，潘多娜颇有些奇怪。从她上了师范以来，妈妈是从未进过学校大门，倒不是她不愿来，而是潘多娜不让，潘多娜总以为只有那些太孩子气的人才会不停地想要自己的父母老往学校跑，替自己做些自己不想做的事。而潘多娜自以为是个很自立的人。

潘多娜把妈妈带到宿舍，方小华一见，知道她们肯定是有事要谈，便很乖巧地把同宿舍的几个女同学一起喊了出去。潘多娜并不知道妈妈来的目的，还以为是妈妈见她有一段时间没回家，想她了便过来看看，心里还是感到有些温暖。她给妈妈倒了水，就坐在妈妈对面，低着头。

安虹一直想着怎样开口才能不激起潘多娜的反感情绪，她是来和女儿交心的，是来调查和解决问题的，她需要她的配合，当然不能让她首先有对抗心理。安虹颇费了一番心机，考虑到潘多娜对她的抵触心理，她决定采取从外围到核心，循序渐进的方式。

“小娜，最近学习很累吧?”她先是问了潘多娜的学习。

“还好，一些课程都已经快学完了。最近的声乐和舞蹈课紧些。”

“哦，那，平时一定要多注意休息，千万不要太过劳累了，女人要受累过度可是容易显老的。”

“嗯，谢谢关心。”

“你这孩子，我是你妈，干什么跟妈弄得这么客气。”

潘多娜笑笑。

安虹这才试探着说：“小娜，最近是不是还经常去图书馆？要是累就少去，主要还是把精力放在课程上，至于别的事，倒是可以先放下的。”

潘多娜何等的聪明，她这时已经猜到了安虹来学校一定是想说什么事的。她看了看安虹，说：“有什么事，你就直说吧。”

安虹正发愁怎么说下去呢，潘多娜这一问，正给了她一个机会，她立马就问：“小娜，告诉妈妈，你最近是不是常跟一个男孩子在一起？”

潘多娜还以为妈妈是要问她和高明权的事呢，她都想好了，如果妈妈是来征求她的意见的话，那她立马回绝她，当然借口还是那个“不要有个后爸”。她倒没想到妈妈是为了这个而来的。她一时不知道怎么回答了。

安虹字斟句酌地问道：“那……个男的，是你男朋友吗？”

潘多娜见妈妈这样说，索性放开了，她无所谓地回答道：“是啊，怎么了？”

“你才多大，怎么就能谈朋友呢？”本来只是打算和潘多娜好好谈谈的安虹被女儿这种态度激怒了，她的声音一下子提高了八度。

潘多娜很好笑地看着妈妈说：“我怎么就不能有男朋友？难道就许你寻找第二春，就不能我有自己的爱情？”

安虹一下子被噎住了：“小娜你……你居然这样跟妈妈说话。”

潘多娜漠然地说道：“我这样说话又不对了？那你说我该怎么说才对呢？你现在心里已经没有我了，所以我说什么话你也觉得很刺耳，是吧？”

安虹痛心地说：“小娜，你原来不是这样的孩子，为什么从你爸爸去世后，你会变成这样？我究竟做错了什么，让你如此针锋相对？我是你妈妈，关心你，了解你的生活和学习，有什么错？”

潘多娜抹搭着眼皮道：“你没什么错，错的都是我。谁让我是你女儿呢！”

安虹气呼呼地说道：“我们母女俩难道就不能不吵，平心静气地谈一谈，真的就这么难吗？”

潘多娜嘘了一口气：“我可没吵。是你自个儿给自个儿过不去。我该学习还学习，业余时间也就谈个恋爱，你还跑过来说三道四的。我为什么就不能给自己一点自由？”

安虹尽量忍耐着说：“妈妈是担心你，你年龄还小，又不知道社会险恶，哪里能辨得出好与坏来，妈妈是怕你结识了不好的人。这难道都不应该吗？”

潘多娜说：“你真是瞎紧张，我又不是瞎子，好人与坏人我怎么会不清楚？”

安虹说：“那人的额头上又不会写着好人还是坏人，你不是瞎子就以为可以认得出来？很多骗子骗人时总是装得很善良很真诚的。”

潘多娜冷笑道：“那你是不是能够辨别出，高明权是好人还是坏人？你当然会说他人很好，待你是真心的——我也是这样说大白菜的。我的心告诉我他是真心爱我的。”

安虹惊奇道：“你说什么？什么大白菜就是你那个男朋友了吧。你告诉我他的名字，是干什么工作的，家是哪里的，他父母是干什么的？”

潘多娜懒洋洋地说：“他叫安在东，在一个区政府机构搞宣传的。其他的我没问过。我也没必要问，我爱的是他这个人，又不是他之外的那些东西，我才懒得过问呢。”

安虹一下子惊得跳了起来：“他连最基本的情况都没有告诉你，你还就这样糊里糊涂地和他谈上恋爱了。真是被骗了还不知道是怎么骗的，被谁骗的。小娜，你怎么就这样傻啊？”

潘多娜说：“你光知道说我，你又了解高明权多少呢？”

安虹说：“小娜，妈妈是过来人，也有过你这样的年龄，我能理解你现在对爱情的执着，可是，妈妈也是为你好，不要把什么事都看成是妈妈限制你，约束你。我知道，你已经长大了，有自己的想法，你就把妈妈的话当个参考总可以吧？”

潘多娜扫了妈妈一眼，干脆不再和她说了，任她怎么说，就是不开口。她在心里已经认定她和妈妈是说不到一起的。

安虹简直是大败而归。她做梦想都想不到本该是相依为命的母女俩现在却变成了水火不相容，女儿几乎听不进去她的任何一句话。更让她不能理解的是，潘多娜居然连自己男朋友的情况都不清楚，就有板有眼地跟他谈起了恋爱，真不知道她的心里想的是什么。没有说服女儿，安虹气急而归，当天晚上就生病了。

潘多娜是安虹的一块心病，死死地压在安虹的心上，疼痛难忍。

十六

转眼冬天又到了。天气冷了，开始下雪了。雪花大片大片地飘洒着，世界好一片银装素裹分外妖娆的景象。

因为是周末，潘多娜和披雪而来的安在东手拉着手在雪地里走着。雪落在他们身上，很快两个人都成了生动的雪人。看着安在东的眉毛和睫毛上、鼻梁上都挂着雪花，一张脸除了两个黑眼珠外，余下的全是白色，像一个滑稽可笑的圣诞老人，潘多娜忍不住大笑起来。她的笑声在雪地里像一串串跃动的音符，把安在东惊得都有些呆了，他一把把潘多娜拉到自己的怀里来，冰凉的唇贴上潘多娜同样冰凉的额头。潘多娜不动了，她紧紧抱住安在东的腰，在雪花狂舞的呼声中静静地聆听着来自安在东胸膛里那擂鼓一样震撼人心的声音。两个雪人一样的人，在白色的世界里享受着像雪一样纯洁而宁静的爱情。

也不知在雪地里走了多长时间，反正他们已经把夜走得很深很凉很清了。安在东抱住潘多娜冰凉的身子，心疼地问："娜，冷吗？"

潘多娜的上下牙齿碰出了很响的声音，她忍不住笑了，脱下一只手套，用手套也挡不住寒冷的手轻轻抚着安在东的脸。安在东的脸也是冰冷的。

在静寂的街道上，雪花飞舞的声音在潘多娜的耳朵里像一个个银色的精灵在歌唱。街灯昏黄的光影中，潘多娜亮亮的眼睛闪烁着动人的光芒，她挣开安在东的拥抱，轻轻地哼着歌，和着雪花的舞姿舞蹈起来。

迷蒙的雪地中，舞着雪花一样轻盈身姿的潘多娜，在安在东的眼里就是一个舞蹈的精灵。安在东满心都是对潘多娜的怜爱。

潘多娜朝安在东招招手，安在东也舞着双臂冲过去。

或许是在外面待的时间太长了，两个人已不胜其寒，他们看到不远处有家宾馆，安在东开玩笑地说，咱们去开个房间吧，潘多娜竟想也没想就同意了。

就怕潘多娜会在刹那间改变主意似的，安在东拉着她的手一路狂奔到了那个叫"一心"的宾馆前。他很认真地看着潘多娜，眉梢眼角都流露出深深的柔情。他抚着潘多娜冰凉的脸颊，在她的耳边轻轻地说："娜，我们是去开房啊，你想好了吗？"

潘多娜羞涩地低下头，把头埋进安在东的怀里，小声说道："小刺听大白菜的。"

在总台开房间的时候，那个妆化得很浓的服务员不经意地看了潘多娜一眼。拿上发票，往房间走的时候，服务员的眼神依然在潘多娜面前闪烁，她的心跳加剧了，感觉那响声就要跳出来似的，她忽然害怕了，停下脚步，死命地拽住安在东的手。

安在东回过头，他握住潘多娜的手有些颤抖。他的声音细细的，像一缕微风拂动着潘多娜的发梢，轻柔地说道："娜，你别害怕。你要是不愿意，我们就在这里聊一晚上的天。我不会伤害你的。"

潘多娜的手松动了，她不好意思地笑笑，虽然表情仍是迟疑不定，人却跟着安在东往前走了。

打开门进去，是个标准间，整洁干净，透出一股淡淡的消毒水的味道。潘多娜一走进房间，立马又紧张得手足无措起来。她愣愣地站在那里看着安在东，安在东也不知所措地望着她，两人就像一对傻子似的站着互相对望着，谁也不知道接下去该干什么。

忽然潘多娜就笑了起来，先是无声地笑，接着发出轻轻的笑声，再紧接着大声地笑，笑得捂着肚子，一下扑倒在床上。她这么一笑，安在东倒放松了下来，他也笑，趴在潘多娜的旁边，看着她的笑而笑。两人一边笑一边闹，安在东揪住潘多娜的鼻子，潘多娜捂着安在东的嘴巴，两人闹着闹着就紧紧地抱着滚在了一起。

潘多娜是紧张的。安在东也是紧张的。

当安在东的手从潘多娜的衣服领口一点一点地往下走的时候，他遭到了一点小小的阻碍，潘多娜用手抓住了自己的领口，一同抓住的还有他的手。安在东听到潘多娜发出有些惊慌的轻叫，那叫声就像春日里小草从土缝里钻出来看到外面灿烂世界时发出的一声惊叹。他这时已经隐隐触到一团柔软的东西了，他知道那是一个美丽的景点。所以潘多娜的轻叫就像一针强心剂般更使他坚定了走下去的决心。他没有理会潘多娜隔着衣服的手，稍一用力便突破了那并不牢固的防线。当他的手爬上潘多娜那一对弹性十足的乳房时，是非常意外、激动和惊喜的，他轻轻地抚摸着那一对秀挺的乳峰，陶醉地呼唤着潘多娜的名字。

潘多娜却是惊慌失措的，她像一只迷了路的小鹿，东瞧西望，可是还是找不着路的方向，她就那样迷惑着，困窘着，任黑夜迷漫过来，任晚风吹拂过来……

安在东继续扩大自己侵占的领域，这种侵占带点儿霸道，带点儿粗鲁，也带着惊颤和甜蜜。他的手被潘多娜温润的肌肤焐热了，并且像通了电一样，在不断地升温，升温，灼得潘多娜娇嫩的皮肤无法承受得住那份热度而不停地颤抖着。

潘多娜感觉到安在东的手像一条鱼一样在自己的身上游动着，她的心是惶恐不安的，却又充满了期待，她任他像剥葱一样一层一层把她的外衣去掉，她听到他粗重的、杂乱无章的呼吸声，也听到自己的喘息声一点也不规则，她觉得心脏受到了压抑，让她不能正常地喘息。

安在东在她身上手忙脚乱了一番，潘多娜在紧紧抱住他的时候感觉到了一种刺痛，她忍不住叫了起来，她的惊叫刺激得安在东更加剧了他进攻的力度。潘多娜像一艘航行在波浪中的小船，在波浪无序的颠簸和震颤中到达了高峰。

终于波平浪静，安在东静静地看着潘多娜。她的眼泪就是在他深情款款的注视中汹涌而出。

在这样一个冬天的夜晚，十七岁的潘多娜跨越了由少女到女人的历程。

潘多娜倚靠在安在东的怀里，窗帘让安在东拉开了，他们就这样默不作声地靠在床头望着窗外。窗外的雪依然下着，似乎下得小了，但风却更猛了，肆意地刮着，无数片雪花被狂风刮得跌跌撞撞。每有雪花撞到窗玻璃上来，潘多娜都忍不住会心痛一下，好像那些雪花本就是她身体的某个部位，她能真实地体会到它们的痛。她紧紧地抓住安在东的手，安在东抱紧了她。

潘多娜发现自己的世界变了，现在无论是眼里还是心里只有安在东一个人了。上课的时候想着的也是安在东，安在东此时在干些什么呢？他是不是也在想着她呢？她觉得没有安在东在眼前的日子是很难熬的。她开始远离方小华她们，她奇怪没有爱情的生活她们怎么会过得那么开心呢，除了教室就是宿舍，虽然也有歌声和舞蹈，可那都被老师固定在特定的场所人物事件上了，一点自由也没有，也没有想象的空间，那样有什么意思呢？只是跳着只是唱着，跟个孩子似的。是的，潘多娜已经不是个小女孩了，她是个女人，一个饱绽着青春内心也充满了爱的幸福的女人。在这一群活蹦乱跳的女孩子当中，她好像是孤寂的，可只有她自己知道，她是她们当中最为充实的一个。不为别的，就因为她有了爱情。

潘多娜上课时已经不再是认认真真地听老师讲课了，她看着老师的嘴在不停地动，却一点也不知道老师讲的是什么，她开始认为坐在这个师范学校的教室里上课，是一件很无聊的事情，是在浪费她的青春和她的梦想。她既然不会去当老师，又为什么要坐在这个教室里，被动地等待着自己不愿意服从的命运的到来呢？但如果此时她是坐在北京的电影学院的课堂上呢？

潘多娜当然清楚地知道，如果不是在师范学校，而是在她向往的北京电影学院里，那么即使有了安在东，她也会和以前一样安安心心地坐在教室里听老师授课的。她会面带微笑，用一种很崇敬的目光看着老师，她会很虚心地向老师请教表演上的问题，她也一定会和她的同学们在一起探讨学习上的困难，和她们一起参加各种社会活动，当然那时是免不了会面对镜头的，她相信自己在镜头前是会很从容很优雅的……可是，她现在并没有坐在北京电影学院的教室里，而是这个小城市里的师范学校，毕业后她的出路不是去当演员或者节目主持人，而是要去教一群流着鼻涕脏乎乎的孩子。以她潘多娜的自身条件，去当一个小学老师是多么屈才啊！

潘多娜把自己的想法告诉安在东后，安在东就笑了，他抚摸着潘多娜黑亮的头发说："傻孩子，你只有完成了你现在的学业，我才能想办法帮你去北京。如果你连中专的学业都完不成，你还怎么去修更高一级的课程呢？"

安在东的话，潘多娜是听的，所以即使她的心不在学校不在课本上，她也把身体这个具体物放在教室里。

安在东是以开玩笑的口气告诉潘多娜他的家庭情况的。潘多娜一点也没觉着意外，她的样子就像无论安在东是什么样的家庭都无所谓，她笑笑说："哦，原来你还是咱们这个市的高干子弟呢。哇，幸好我知道了！"

安在东忍不住捏着潘多娜的鼻子："真是个傻孩子，跟我谈恋爱，竟连我是谁都不知道。真是太没社会经验了，太容易上当了。幸好我还不是坏人，如果我真是个骗子，早把你骗得卖了，你还帮我数钱呢。"

潘多娜很认真地说："我爱的是你，又不是你的家庭，何况爱一个人就要彼此相信，我如果都不相信你，还怎么爱你？"

安在东摇摇头说："如果我是个骗子呢？"

潘多娜调皮地说："我知道你不会骗我的！"

安在东的心里升起一股柔情，他轻叹了一声，为这个看上去冷傲而且性格独立的女孩对他盲目投入的爱，在心里赞叹着。

学校放寒假了。潘多娜没有回家，安在东在市里给她租了一套房子。

潘多娜打电话告诉妈妈，她在市里找了一份暂时的工作，她要趁着假期打工赚点钱，为自己的以后好好打算打算。

安虹没等潘多娜说完就提出了反对意见，她说她可以提供女儿上学期间的费用，虽然她工资不高，可是供女儿上完师范的能力还是有的。

潘多娜说:“那以后我上北京电影学院的钱呢?你有吗?”

安虹无可奈何地说:“小娜，你醒醒吧，梦做的时间长了总有一天要醒的。”

潘多娜冷冷地说:“我既然做了这么长时间的梦，我就要让这个梦变成现实。”

“小娜，现实点!”

潘多娜忍不住，冲着电话喊道:“你永远站在我的对立面，难道你就不知道一个人的梦想无法实现，是一种什么样的痛苦吗?为什么你是我的妈妈都不能帮助我，却要拼命地打击我?”

“我没有打击你，我只是想让你面对现实。想当明星的人在这个社会里不是你一个人，但是能当上明星的人又有几个?”

“我不管别人，我只知道就算你不愿帮我，我也会靠我自己的能力去闯这个世界的。”

“小娜，你才十七岁，你为什么不能等到师范毕业了再谈这个问题?”

“好了，该说的我都说了。剩下的就是我自己的事情了。既然你铁定了心不帮我，那以后也就不要再管我了。”

“小娜，你不要做傻事啊。”

“什么叫傻事?我从自己的妈妈那里明白了一件事，那就是凡事必得靠自己!”

潘多娜没再等安虹说话，便把电话挂了。她想，自己已经把回家的路给切断了，从此，她只有靠自己的能力去实现自己的梦想了。

可是怎样才能让自己离梦想的距离近一些呢?

安在东每天都会过来看潘多娜，有时候会和她一起动手做饭，有时候会拉着她出去到外面吃饭，吃过饭就和她说说话，或者去看看电影。更多的时候，他们是待在租住的房子里，紧紧拥抱亲吻，然后就是乐此不疲地做爱。自从他们有了第一次肌肤之亲，彼此的身体都像已经点燃的烈火，熄灭不了了，只要在一起的时候，做爱就成了重要内容。但是，安在东从来不在潘多娜这里过夜，一是怕碰上查夜的警察，遇上麻烦；二是怕父母知道他和潘多娜的事情，无论有多晚，他都要回家去。有时两人事毕之后，潘多娜会缠着他留下来，可他依然坚持要走，在走与留的问题上，安在东一点都不含糊。

安在东一走，潘多娜就会突然觉得特别空虚无聊，像个怨妇似的把自己关在屋子里，有时她会把安在东大骂一顿，然后整夜整夜地睡不着觉，第二天，却又盼着他早些出现，只要安在东一来，潘多娜就一点怨气都没有了，又变成了一只快乐的小鸟，与他厮守着。

这样的日子过了没几天，潘多娜就觉出单调和枯燥来了，每天除了做那么一两顿饭，就是看电视，看安在东给她买来的一些杂志，可是这些东西又怎能填得满她心里的空落感呢？她在浪费时间，这样的生活正离她的梦想越来越远，而这正是她最不愿意的。她跟妈妈说她要靠自己的能力去实现梦想，可她现在连起码的生活费都要靠安在东，她还怎么去实现？与安在东在一起的时候，她很少去思考这个问题，就觉得自己的心里因为有了他所以才是满满当当的，可与妈妈一通话，妈妈捅开了她尽量掩蔽的事实，她一下子觉得自己的心里原来还是有个很空落的角落的，这个角落一经她正视，就像一朵花，原来只是一个小小的花苞，现在却一下子盛开了，那心里的空间就比原来扩大了好几倍。为了不让那空落的角落再扩大，潘多娜就拼命去想和安在东在一起度过的每一个日子里的每一件哪怕很细小的事情，她从和安在东上网第一次聊天开始，到网恋，到见面、恋爱，再到现在他替自己租的这个房子。再多的事情也容不得细想，想来想去，她又想到自己的处境，不免又是悲从中来，那寂寞失落的感觉就更加重了一分，她渐渐地厌倦了自己的无聊，可又没有什么能让自己的心平静下来。她变得忧郁了。

安在东看到潘多娜微锁的眉头，笑容也没有以前那样灿烂，他就静静地坐在一旁。想起网上那个叫“一根小刺”的女孩，他想潘多娜心中一定又是有了一根小刺了。他走过去捧起她的脸，那张脸上写满了茫然和忧郁。

安在东怜惜地吻了吻潘多娜的额头，轻声说道：“娜，怎么了？什么事让你不开心了，告诉我。”

潘多娜愣愣地看着安在东，轻轻摇了摇头，什么话也没有说。

安在东停了一会儿，问：“是不是在家很闷？要不你还是去上网，到网上去找几个网友聊一聊？”

潘多娜故意说：“你就不怕我和别人网恋？”

安在东自信地笑笑道：“我不怕，我知道你爱我。你和我网恋，那是因为我有魅力，你再也找不着第二个我了。”

潘多娜噘着嘴说：“真臭美！说不定我会喜欢别人呢。”

安在东握着潘多娜的手说：“那不行！我只让你去聊天，和所有人都聊，千万不要盯着一个人不放啊！”

潘多娜见安在东认真了，便正经地对他说道：“我没说真要去上网啊。我不想上网。大白菜，我想找份工作。”

安在东奇怪地问：“娜，这样不好吗？为什么要找工作？”

潘多娜说：“我要靠我自己赚点钱，要不然我连上学的学费都没有。你知道，我是不愿意再回家向我妈妈要的。我已经离开家了。”她的神情又黯然下来。

安在东也默然了，他当然明白潘多娜的心思，她一心要上北京电影学院的心愿，就像她自己的影子一样随时都尾随着她，虽然有时候，她会暂时忘记它，可这个影子也时时会奔出来，提醒着她，它还存在着，它是她心中不灭的梦。

安在东觉得现在自己应该尽力的时候了，否则，他爱她又凭什么体现出来呢？爱她，就要让她快乐，要她快乐，就必须得帮助她向自己的目标靠拢。可是，虽然他在这个城市有一个还算显赫的家庭，但他自己只是一个小小的宣传干事，又有什么能力帮助她呢？

其实安在东也知道，如果他父亲愿意出面的话，很多在他看来困难重重的事是会迎刃而解的。但他并没有把自己和潘多娜的事告诉父母，他知道他那官味十足的父母是不会答应他和潘多娜这样一个普通家庭里的女孩谈恋爱。在父母眼里，他们未来的儿媳妇长得漂亮不漂亮，儿子喜欢不喜欢倒在其次，最重要的是要和他们这个家庭门当户对，好像他们不是为了替儿子娶媳妇，而是在替他们自己找脸面。

安在东很清楚，一旦家里知道了这件事，他和潘多娜之间就面临着更大更实际的困难。但他真心实意地想要帮他心爱的潘多娜，她把整个身心都交付给了他，却从来没有贪图过他什么，他为什么就不能为她的前程，为她的人生更加精彩而出一把力呢？

安在东想了想，忽然高兴地说："咱们一起开个花店吧！这个城市的花店不多，可是人们的生活却很需要花朵来衬托的。"

潘多娜眼睛一亮，道："好啊，好啊，我愿意！"随即又耷拉下了眼皮，"可是我们到哪里找店面，又哪里有开店的资金呢？"

安在东很有把握地说："这不用你操心，一切都由我来办。"

接下来的日子，安在东开始忙起来了。他先是到处查看地形，寻找合适的店面，同时，还跑到工商所直接找到局长，打着他父亲的旗号去帮潘多娜申请营业执照。

市委秘书长的公子要办个营业执照，还不是易如反掌的事？所以，不到两天，安在东便把营业执照拿到了手上。可是，店面却还没有，他又跑到一家房地产公司老总那里，老总是他父亲以前的同学，见安在东只是想在他经营的房产公司里寻一个位置相对好租金又不贵的店面给他的未婚妻经营花店，虽感到有点奇怪，但也没说什么话，很快就给他找了一个刚刚装修好还没来得及出租的，并且居民、公司都相对比较密集的店面给他，并说好每个月只象征性收租金两百块钱。这样的租金在这个城市是绝无仅有的，安在东去看了看那店面，十分满意它的地理位置。

万事俱备，只欠东风，现在只差开张了。

但偏偏就在这个时候，安在东的父母发现了安在东为潘多娜办的这些事情。

说起来，还得怪那个房地产的老总，给安在东的父亲安扬打电话时，为了跟这个在政界官运亨通的老同学套个近乎，便说帮安在东找店面的事情办妥了，不知他是否还满意这样的安排。安扬一听，竟莫明其妙，问他是什么房子，开什么店。

房地产老总哈哈一笑，说，老同学这算是好事，等侄子结婚咱们也可以找个机会聚一聚了，我说你还跟我装什么装呀。怎么，是不是怕我一喝大侄子的喜酒，就把你喝到腐败分子的行列中去了？

安扬一听急了，说我真的不知道什么房子的事，再说了，我儿子他到现在连对象都没有，哪里就谈什么结婚的事呀。老同学，你得详细地跟我说清楚，究竟是怎么回事。

房地产老总听他这么一说，相信这事他真的不知情，便把安在东找他弄店面的事仔仔细细地跟他说了。安在东的父亲问有没有见着他说的那个女孩。老总说没有啊，两次都是安在东一个人过来的。

这下安扬可火了，他倒不是为了找店面的事情发火，儿子真要是自己要搞个店，他也不会不赞成，而且有可能还会帮他一把，好歹这也算是儿子的事业嘛，既然儿子在政界里没有前途可言，能让他在商界里走一遭，说不定最后还能成个气候呢，可问题是他儿子并不是诚心要去做生意，而是为一个女人去跑腿，他还不知道是个什么样的女人呢，万一是个不三不四的女人，儿子打着他的旗号这样胡来，以后还不把他给坑进去了。现在社会上什么样不择手段的女人都有，他岂能让儿子为了这些女人把他自己给搭进去。

安扬放下房地产老总的电话就开始找安在东。

这时的安在东，正在想着到哪里去弄钱进货呢。

安扬找到安在东一点也不困难，同样，要从安在东那里套出潘多娜的情况也是轻而易举的。当他从知道安在东在外面给潘多娜租了一套房子时，气坏了，他怒气冲冲地指着安在东说：

“你小子好样的不学，倒是学会在外面包女人了。”

安在东争辩道：“我没有包女人，我是真心喜欢潘多娜！是她自己不愿意回家，我才给她租了一套房子的。”

“一个不愿回家的女孩是正经的女孩吗？她才十七岁，十七岁就知道利用男人，以后还不知道是个什么样的女人呢。”

“潘多娜是个好女孩，她不是那种随便的人。”

父亲冷笑着：“哼，好女孩会在上学期间就想你去替她赚钱?”

“不是她的意思，是我想帮助她，她想到北京去上电影学院，我想挣点钱帮帮她。”

“你又有多大能力？她还不是看着你有一个当秘书长的父亲。”

“不是这样的，爸爸，潘多娜是个很清纯的女孩子，她并不像你想象的那样世故和俗气，虽然她的家庭并不显赫，可是她却是个气质很好、人也求上进的女孩。她一开始并不知道我们家的情况，她也不在意我有个什么样的家庭。她爱的是我，不是我的家。”

“好，就算你说的她不在乎你有个什么样的家庭，但你也知道，以她的出身和资历，她并不适合当我们安家的媳妇。而且你刚才也说了，她不是那种随便的女孩子，那我想她一定也是那种可以靠自己的努力而达到目标的女孩。之前你们的事我不追究了，但以后，你们再不要在一起了。”

安在东早就想到了如果父亲知道这件事，一定会阻止他和潘多娜的，所以听到父亲这样说，他并没感到意外，只是默默地看了父亲一会儿，然后，一字一顿地说：

“不管你怎样反对，我一定是不会离开潘多娜的。我爱她，我决不会负她，不但不会负她，而且我还要帮她实现她的愿望。”

安扬说：“你怎么帮她?”

安在东赌气地说道：“那你就别管了!”

安在东说完，头也不回地走了。

房子没有了，连经营执照都在父亲的活动下被取缔了，花店开不成了。

安在东没有灰心，为了潘多娜，他不怕失败。

安在东有个很要好的同学开了一家歌舞厅，一次和同学无意中说起潘多娜的情况，同学倒是挺感兴趣，他让安在东把潘多娜介绍过来。安在东说：“你那地方可并不适合我的这个朋友。她还是个学生呢。”

同学一挥手，说：“哎呀，歌舞厅虽说是个比较杂的地方，可也不是所有来这里的人都不清不白嘛，有些人到这里来纯粹是为了娱乐，放松一下情绪。放心吧，是你的朋友我还能让她去干别的?她只要唱唱歌跳跳舞就行了。”

安在东一想，这样也好，潘多娜的愿望就是去学表演，现在让她在歌舞厅这个舞台上先锻炼锻炼，一方面可以打发无聊的时间，免得整天一个人窝在屋子里空虚度日；另一方面也可以赚取一些生活费用。安在东就答应回去和潘多娜商量一下。

潘多娜稍微犹豫了一下就答应了，要和安在东开个花店的事泡汤了，她自己一时也找不着适合自己能干的事情，到歌舞厅唱歌跳舞也未尝不可，许多歌星不就是从歌舞厅里唱出来的吗!

潘多娜就这样到了安在东同学开的歌舞厅里。

安在东还在继续为潘多娜而奔走着，说实话，他并不愿意潘多娜一直待在歌舞厅，他明白，在那种地方工作也只能是权宜之计，虽说潘多娜在里面只接受歌舞厅里安排的一些节目和活动，但对一个只有十七岁的女孩子来说，歌舞厅毕竟太过复杂，他害怕潘多娜被污染。安在东频繁地活动着，为帮潘多娜找到一个合适的工作，他不惜频频打出他父亲的旗号，这当然很管用，很多单位都不在意多一个或少一个员工，何况这是市委秘书长的公子来说的，谁愿意为一个无关轻重的工作岗位去得罪市委秘书长呢。所以，他很快就联系好几个愿意给潘多娜提供工作的单位。但是，父亲好像掌握了安在东所有的活动，不管他到哪个地方，找了谁，父亲都清清楚楚，而且会很快就把电话打到他去过的地方，然后对方又客客气气地给打过来电话把他回绝掉。不愿让儿子陷入太深的父亲把安在东的路堵得严严实实。

安在东一筹莫展了，他终于知道，自己离开了父亲权力的庇护其实是什么也干不成的。

十七

潘多娜发现在舞厅跳舞，跟在学校的舞台跳舞感觉完全不一样，在学校里，她总以为看她跳舞的是一群孩子(虽然她自己也还是个孩子)，没有人懂得欣赏她的舞蹈，没有人明白她在自己的舞蹈里赋予了一种什么样的感情，他们只会是用很单纯的目光评定她的舞蹈是好看或不好看，那动作是不是柔和优美；而在舞厅则不一样，在这里她面对的是一群成年人，每个人的目光色彩都不一样，有欣赏的，有挑剔的，也有很色情的，有柔和的目光，有忧伤的目光，有恬淡的目光，当然还有空洞的什么内容也看不出来的目光。各种各样的目光让潘多娜感觉恍若是在一个真正的舞台上，台下的人就是她期望的那些观众，能给她无数掌声和赞扬的观众，她的舞蹈是很投入的，放进去了自己的情感，因为，她把舞厅当成自己的舞台，或者说，这里就是她走向真正的舞台前的一个排练场。

潘多娜的舞姿是动人的，但更吸引舞厅里客人的，是她那高雅而有些忧郁的气质，还有她未褪尽稚气年轻漂亮的脸庞。所以，每到她跳完舞，就有许多客人过来邀请她一起喝酒唱歌。潘多娜总是冷冷地拒绝，她只是找个舞台来为自己的将来做个排练，并没有真的来卖唱卖舞，她没有必要向这些人付出什么。但后来潘多娜看到别的一些女伴常常是来者不拒，即使有拒绝的，也不像她那样生硬冷漠，而是婉言好语，既不会得罪客人，还左右逢源，她也就改变了自己的方式，尽量不去得罪人，因为她也知道，得罪的客人多了，就不会有人愿意看她出场了，这样的话，她就会失去这个舞台。

因为安在东的原因，舞厅老板也会尽量帮潘多娜开脱，他常常在一群人对潘多娜纠缠不清的时候，过来给她解围，让她尽快脱离那些经常沉浸在酒色之中的男人。

但也有女伴劝潘多娜，说不趁年轻还有姿色去逢迎一下那些男人，从他们的口袋里给自己多掏出一些钱来，那就太浪费了这年轻的本钱了。“你要不愿意去干别的，就去陪他们说说话，唱唱歌，那样你既损失不了什么，还可以多挣些钱，何乐而不为？干吗要死守着这份清高活受穷？”一个女伴说。

潘多娜想想也对，她又没有损失什么，只不过是陪那些人喝喝酒，唱唱歌而已，仅仅是这样，就能比她跳舞多挣好几倍的钱，这样也可以多攒点钱将来去上北京电影学院，有什么不好呢？

是啊，有什么不好呢？

这样一想，潘多娜对那些来纠缠的人就不那么反感了，她有时就会和一些看上去比较文雅、温和的男人一起唱唱歌。潘多娜在舞厅很少唱歌，她一亮歌喉，倒把那些轻狂的男人听得都呆了，她的歌喉一点也不比她的舞姿差。

青春、美丽加上美妙的舞蹈和亮丽的歌喉，潘多娜在舞厅一时名声大噪。

潘多娜就在这个时候，认识了一个叫萧南的男人。

萧南并不是本市人，他只是到这个城市里来做生意的，生意谈好后，他来舞厅轻松一下。第一次看到舞蹈中的潘多娜，萧南的心就为之一动，漂亮的女孩他见过很多，也经受过很多，可是他却第一次为一个陌生的漂亮女孩心动，是潘多娜脸上那份清纯和稚气还有一点不明所以的忧郁打动了他。

潘多娜对萧南也有一种好感，是他对她的小心呵护，在这个舞厅里，还没有一个男人这样呵护过她，每个人都在为自己付出的金钱，在意和计较着她的态度，他们不知道在她的内心并不愿意接受他们的轻狂，她愿意唱歌是因为她在为自己唱歌，她和他们聊天却更多的是在倾听，她的心不在这里，她是为了钱而坐在他们面前，为他们唱歌，可她赚钱不是为了享受生活，而是为了给自己的将来创造一个更好的艺术空间。

很多男人总喜欢借机在潘多娜身上摸摸捏捏的，但萧南从来不，萧南只让潘多娜陪他唱歌，他会要上一瓶酒，但从不逼她喝，他也从不说那些下流肮脏的话来挑逗她，他会替她要上两瓶饮料，和她边饮边聊，然后再一起唱上几首歌。

只有一次，萧南在得知潘多娜还是个师范的学生时，忍不住用手轻轻地抚摸了一下她的长发，无限怜惜地说："你还是个孩子，怎么能到这种地方来呢?"

看着萧南那疼爱的眼神，潘多娜刹那间仿佛看到了自己的爸爸，她有些恍惚，心里隐忍了许久的痛，在这时就一点一点地冒出来，那痛纷纷扰扰的，鼻子一酸，在萧南的目光注视中，眼泪自自然然地涌了出来。

潘多娜哀戚的神情让萧南忍不住伸出手抱住了她。在潘多娜的意识里，面前的这个人就是最疼爱她的父亲，她没有一点芥蒂地扑在萧南的怀里痛哭了起来。

安在东已经好几天没来找潘多娜了，潘多娜并不知道安在东在他的父母亲的威逼之下，正处在万分的苦恼之中。

为了阻止儿子和潘多娜的来往，父亲堵绝了安在东的路子，他不允许儿子借着他的名义去办任何事，他就是要让儿子知道，没有他这个当秘书长的父亲，他是什么事也办不成的。安扬达到了他的目的，安在东确实是在数天的奔跑中绝望了，他发现自己是没有多少能力的，如果和潘多娜在一起，他会失去父亲的后援，而没有父亲，以他的能力，他又凭什么给潘多娜幸福的生活呢？不但不能，反而会拖累潘多娜寻找幸福的机会。潘多娜应该有她自己的幸福，但给她幸福的人却不会是他。想通了这一点，安在东把自己锁在屋子里，痛苦地号叫着，他爱潘多娜，可是他的家庭不能接受她，而他又不能离开这个家，因为只有这个家才能给他想要的一切。那结论就是只能他离开潘多娜，这样才能让她重新去寻找属于她的幸福生活。除此之外，他还能有别的什么办法呢？

安在东仍心有不甘，他还想在父母面前再作最后的一战，他想，万一他还有成功的机会呢？

但安扬像是看透了安在东的想法一样，他赶在安在东之前来到了潘多娜租住的屋子里。

安扬早已查到了潘多娜租住房子的位置，所以，他一想到儿子可能还有别的行动的时候，立马放下手中的工作，来找潘多娜。

安扬看到的是他意想之中的潘多娜，美丽、动人，但他却没有想到，在潘多娜的脸上还有一种优雅，一种气度，当然，还有一份未褪尽的稚嫩。安扬想也难怪儿子会如此执着地喜欢潘多娜了，这个女孩身上有一种迷人的气质，她似乎是冷的，却冷得让人心动；

她那双温润的眼睛是宁静的，却又给人一种灵动和清凉的感觉。安扬在那么一刻也喜欢上了这个女孩，但那只仅仅是一刹那的事情，他很快就让自己清醒过来，这个女孩并不适合他们安家，不，是他们安家并不需要这样的儿媳妇，何况她才十七岁，十七岁就懂得利用男人，这样的女人怎么可以进他安家的门呢？

潘多娜一打开门，看到站在门口神情冷峻的安扬的时候，就知道有什么事要发生了，她把安扬让进屋后，什么也没说什么也没问，就那样静静地等候着。

安扬打量了一下屋子，屋子里其实很简单，除了一套半新不旧的沙发和一个电视柜以及电视机外，就没有别的什么大的东西了，而且这几样看样子还是屋主留下来的。客厅的东侧有一个小小的卧室，卧室的门半开着，安扬清楚地看到里面半张床的模样和一张书桌，书桌上还摞了几本书。他想那大概是这个女孩的学习用书吧，看样子她还是个比较努力的孩子。

打量完了，安扬才收回目光放到潘多娜的身上，此时的潘多娜还是低眉顺眼默然不语的样子。于是，安扬问道：

“你就是潘多娜吧？”

潘多娜心想都进来老半天了才想起来问这么一句话，明知故问嘛。但她脸上没动声色，轻声地答道：“是，我是潘多娜！”

“我是安在东的父亲。你是师范学校的学生？”

又一句废话！潘多娜想，安在东肯定把情况都告诉了他。这次，她没有开口回答，只是点了点头。

“学校放假了，你也不回家啊？”

“我想出来锻炼一下自己。我已经跟我家里打过招呼了。”潘多娜说。

“哦，要锻炼自己？嗯，好想法，不过，锻炼得靠自己的能力啊，你不能让安在东在外面为帮你找工作，打着我的名义到处去骗人啊。”

潘多娜一惊，安在东只跟她说过当时找店面开花店的事，却从来没有说要给她找工作，他把她介绍到了他同学的歌舞厅，她以为这就是他替她寻找的暂时落脚的地方了，没想到他还在到处替她找工作。这会儿，她心里还是热了一下。

“我倒不介意他替你找一份工作，但问题是你暂时还没有那个能力，你还是个学生，连高中都没上过，你有多少能力去适应他给你找的工作呢？你们只是普通的朋友，他帮助你也要有个度，否则就会出问题的。”安扬看着潘多娜说。

“伯父，我不知道安在东给我找工作的事。我还是个学生，我暂时还不需要找工作。”潘多娜说。

女人啊，就会在必要的时候把自己洗脱得干干净净，连这么小的只能算少年的女孩也是这样，安扬在心里感叹着，嘴上却说道：“我知道你对他的感情很深，但你还不了解安在东，他是不会娶你的。他的对象是市委宣传部长的女儿，也是安在东大学里的同学，我们两家都已经谈到他们的婚期问题了……呃，这个，我想安在东大概没跟你说过吧？”

潘多娜愣了愣，忽然笑了起来，笑毕，她才说道：“伯父，我明白你的意思，你不就是说我的家庭很普通，配不上你们安家吗？可是我和安在东相爱是我和他之间的事，跟家庭应该没有多少关系吧？”

这下轮到安扬愣了一下，他没想到这个女孩倒是十分聪明地很快就领会了他的意思，但想问题解决问题的方法却又是这样的直白和简单，他有点哭笑不得了。

“你说得对，我希望你们能分开。分开对你们俩人都有好处。”安扬也不绕弯子了，他直截了当地说。

“只要安在东说分开，我就分开！”潘多娜还是这样的固执和简单。

安在东所谓的最后一战，其实很单纯，就是想让父母见见潘多娜，虽然混迹官场的父母对他的感情问题也是用很理性很现实的思维去考虑的，但若是他们见了潘多娜，或许有可能被她的可爱和清纯所打动而改变他们过于理性的思维和世俗的观念呢，让父母喜欢潘多娜，只要他们一喜欢，就不会再拼命反对他和潘多娜的事了。

安在东想的实在是件美事，但还没等他付诸行动，安扬已经粉碎了他的想法。

安扬直截了当地告诉安在东，他见过潘多娜了。

安在东一看父亲严肃的表情，就知道事情并不如他想象的那样美好，但他仍期待地看着父亲。

安扬说："我觉得她不适合你，更不适合我们安家。"

安在东感觉一块石头朝他打来，他眼前一阵发黑："为什么？潘多娜是个好女孩！"

安扬说："好女孩多的是，并不是所有好女孩都适合你和我们安家。何况，那个潘多娜并不像你说的那样清纯可爱。而且她文化层次也不高，就算她师范毕业了，也才是个中专吧。"

安在东沉痛地说道："爸爸，我喜欢的是她这个人，不是她的家庭，她的学历啊。"

安扬讥笑道："可既然你生在安家就要为安家着想。潘多娜是貌美如花，可那又怎样，难道美貌能给你带来幸福和运气？我倒不是说要你找个门户多高的女孩，但总得要能配得上我们安家吧。"

安在东说："爱情是不讲究门户的。"

安扬说："错！不讲究门户的爱情是不平等的爱情，而且最终的婚姻也更现实更残酷！你现在年轻，只知道谈情说爱，却还不懂得婚姻对一个人前途的重要性。再过上几年，你就会明白，我其实是为你好!”

安在东绝望地说道：“不，我绝不离开潘多娜!”

安扬生气地说：“好！你可以为了爱情回到潘多娜的身边去，但这个家你从此就不要再踏进来了。我就当没有你这个儿子。”

“不回就不回!”安在东愤怒地夺门而去。

安扬望着安在东离去的门口方向，只是叹了口气，他太了解自己的儿子了，虽说个性很强，可是也有十分强的惰性，正是这种惰性，让他离不开他这个当秘书长的父亲的庇护，也正因为这一点，他才更要为儿子铺好前方要走的路，他不能因为所谓的“爱情”两个字，而让儿子的将来太过平凡和普通。

潘多娜见到安在东的时候，扑到他的怀里什么话也没说，就那样静静聆听着他的心跳，安在东也没说什么，静静地拥着潘多娜，两人似乎都知道等待他们的将是一种什么样的结局。很久很久，潘多娜才发现安在东一脸的泪水。

潘多娜替安在东抹着泪水，可是那泪却像是怎么也关不住的水龙头，一直不停地往外涌着。潘多娜从没有见过安在东流过眼泪，更没有见过这么多的男人的眼泪，她很清楚地知道这眼泪意味着什么。她举起自己的双手，上面都是安在东的眼泪，看着湿湿的两只手，她忽然号啕起来，哭声凌厉而悲痛，把伤心欲绝的安在东吓得愣在了一旁。

潘多娜哭得上气不接下气，脸上的鼻涕眼泪把一张清纯可爱的脸整得跟一张揉皱的纸一般。安在东的心像被用利器狠狠地剜过一样，痛得几乎要晕厥过去，他把潘多娜狠狠地搂进怀里，任凭她的哭声在他的胸前爆发着，锐利地刺痛着他的心。

潘多娜的手指狠狠地掐进安在东的背里，她的爱和恨都凝聚在这手指间。

安在东也曾想到过和潘多娜私奔，去一个别人找不到的地方，两个人厮守着过日子，只是和潘多娜在一起的时候，这种想法就很强烈，可一旦分开后，一回到自己家里，在舒适的生活环境里，他狂热的心就会慢慢地平静下来，甚至都不敢想象私奔后在那种未知的生活里他将会是什么模样，他不敢想象，生活是残酷的，绝不容许浪漫与冲动，它只叫你活在现实里。

经过长远的深思熟虑之后，安在东认为长痛不如短痛，他像蛇蜕壳似的从心理的压迫之中痛苦地解脱出来。他选择了退却。

这种选择也让他痛恨了自己很长时间，他恨自己负了潘多娜，恨自己的软弱和无能。他痛潘多娜的聪颖，痛潘多娜竟然就这样忍了他的软弱，痛潘多娜对他付出的爱竟是一江春水向东流……

安在东就这样逃了，负着自己的爱，也负着对潘多娜的诺言。

潘多娜知道了安在东的心思后，只感到心痛，她听到自己的心破碎的声音，像一个脆弱的瓷瓶，啪嗒啪嗒，一片一片地碎，然后又一片一片地掉落，摔在地上又碎成无数瓣，最后成了粉末。

十八

寒假快结束的时候，潘多娜回家了。

妈妈见到潘多娜很高兴，不管怎样，女儿是回来了，女儿一回来她就忙碌起来，自己也不知道忙碌些什么，反正就是心情很好。

妈妈告诉潘多娜，她已经拒绝高明权了，她不愿为了高明权而影响她们母女之间的关系。潘多娜忽然哭了，她后悔自己以前那样对待妈妈，其实妈妈是很在乎她的。可是她呢？她总以为在妈妈这里没有关爱，没有亲情，其实自爸爸去世之后，她的最亲最爱就在这里。安在东迫于他父亲的压力离开了她，而她的妈妈，却又因为她的缘故而放弃自己的爱情和幸福，她恨安在东的父亲把她和安在东的爱情一脚踏碎了，可是她用亲情来威逼妈妈和高明权的好，她的行为难道就不同样让妈妈和高明权难过吗？

擦掉眼泪，潘多娜对安虹说：“妈妈，其实高明权叔叔人挺好的，你还是和他好吧。我现在已经可以理解你们了。”

安虹很惊异地看着潘多娜，女儿已经好长一段时间没这样叫过她了，她的心一下子热热的。只是潘多娜蔫蔫的样子叫她有点担心，自从回来后，一直提不起精神来，成天坐在自己的房间里发呆，也不多跟她说话。

潘多娜在家待了五六天，就开学了。她收拾好东西，告诉妈妈自己要返校了，她拿出一千块钱给妈妈。安在东走的时候给她留了五千块钱，让她离开舞厅，专心去学习，他说只要她愿意，他依然会来帮她。但潘多娜知道，爱沉在了心的最深处，痛也留在心的最深处，她是不会再去找他的。潘多娜对惊讶的妈妈说：“这是我打工挣来的钱，你留着吧。”

妈妈不接，说：“你还是自己存起来吧，你不是想去北京上电影学院吗？”

潘多娜笑笑，说：“会有的。我已经跟老板说好了，一边上学，一边打工。以后会赚得更多的。”

妈妈疑惑地问道：“小娜，你在打什么工？”

潘多娜轻描淡写地说道：“没什么，就是给一家公司做文案，我可以拿回学校去做。”

妈妈半信半疑地问潘多娜：“老板真的同意你把文案拿回学校吗？”

潘多娜不高兴地：“你怎么就不相信我？”

妈妈说：“我是不想你走错路，女孩子走错路想回头是很难的。”

潘多娜又是浅浅一笑，说：“放心吧，我自己知道路该怎样走。”

潘多娜并没有回学校去，她继续留在了歌舞厅，历经了爱情伤痛的潘多娜对学校已经完全失去了兴趣，安在东的背弃没有使她对前途失去信心，相反，她反而更加坚定了依靠自己去上北京电影学院的决心。她只有像安在东父亲说的，靠自己去闯出自己的路来，她不能让九泉之下的爸爸失望，也不能让安在东和他的父亲小看了她。

方小华并不知道潘多娜发生在寒假里的故事，潘多娜打电话告诉她不再到学校的事情后，她大吃了一惊，问潘多娜是为什么。

潘多娜沉默了半晌，幽幽地说道："我不能再浪费我的时间了，我要赚钱上学。"

方小华说："可是你这样不是把自己的路都断了吗？万一……"

"没有万一！"潘多娜断然地说道，"我一定会上电影学院的，一定！"

方小华说："小娜，这可是大事，是人生大事，你不要这么草率好吗？你告诉你妈妈了吗？"

潘多娜说："方小华，无论如何你一定要替我保密，万一有一天我妈妈打电话到学校，你就帮我挡一下。我不想让她知道我离开了学校。"

方小华迟疑道："可是，为什么你会一下子做出这样的决定呢？小娜，是跟——他有关吗？"

潘多娜的心痛了一下，她苦涩地笑了笑说："是！他原来是市委秘书长的儿子。我是一个普通人家的女儿，怎么能配上他呢？所以他离开了。我没有其他路可走了，我现在的目的只有一个，尽快多赚钱，早点去北京。"

方小华生气地说："小娜，你是在跟自己赌气呀。每个人的爱情并不都是一次爱过便尽了的，你不要把自己逼得太狠了。他是秘书长的儿子又怎么了？不也是一个普通的人吗？你又何必太在意呢。”

潘多娜说：“方小华，你不懂的。”

方小华叹了口气说：“我是不懂，不懂你为什么总要把自己整得那么累。其实生活是可以很轻松的。”

潘多娜说：“开弓没有回头箭。方小华，你不要劝我，我已经不能回头了。你是我最好的朋友，有些事我以后会告诉你的，但不管怎样，你一定要帮我这个忙。”

方小华停顿了半天，才说：“小娜，你能不能告诉你在干什么？”

潘多娜迟疑了一下，才说：“我……我在舞厅领舞。”

“舞厅?! 小娜，你……”方小华惊叫了起来，“那并不适合你啊。”

潘多娜笑笑说：“你不要想得太复杂，我知道自己该怎么做。”

说是这么说，可是当潘多娜一个人独处时，她还是很迷惘的，她无法预知她的将来，她不知道这样做究竟是错的还是对的。

十九

萧南再次来到这个城市的时候，春天已经开始了。

萧南又来到了这个舞厅。与其说他是来舞厅轻松的，倒不如说是有心来打探潘多娜的消息的。在萧南的心里，潘多娜当然一定早已开了学回了学校，她是不可能还会待在舞厅里的，唉，这孩子的气质是那样的优雅，虽然身在舞厅，却一点也没有风尘女子的模样，举止做派都还透着很浓的孩子气。她还是个学生，可她是为了什么而要到舞厅来跳舞陪人唱歌呢？是因为生活所迫，还是另有苦衷？

当潘多娜身不由己地扑在萧南怀里痛哭的时候，他就想要探问下去，只是因为刚刚与她接触，他还不愿贸然打探。潘多娜陪他唱完几首歌后，因为有人点了她的舞，便和萧南道了别。

萧南第二天便离开了这个城市，他自认为也算是走南闯北，到过许多地方，去过许多城市的娱乐场所，也曾见识美女如云，所以并不在意一个潘多娜。然而时隔不久，当他又来到这个城市时，第一个想到的竟是在舞厅的那一幕，那个不知道掩饰自己的女孩潘多娜。

萧南在舞厅里跳舞的人群中没有发现潘多娜，这让他有些高兴，也有些惆怅，说高兴，是因为他不想叫潘多娜这个清纯而美丽的女孩子浸在这样的环境里；说惆怅，是因为他是冲着潘多娜来的。他这时才发现自己的心里原来一直都没有放下这个女孩，只是把她藏到心里了。

萧南一个人坐在吧台旁边喝酒，一小口一小口地抿着，看着在舞台上尽情地用舞蹈释放着自己青春的女孩子们。

在闪烁的灯光下，这些脸上画着重彩的女孩子当中并没有他想看到的那个女孩。在快节奏的乐曲中，萧南期盼的心开始落了下来。

忽然，一个紫色的身影从他的面前飘过，萧南漫不经心地望了一眼那团紫色，眼睛一下子直了。“小潘姑娘!”他失控地叫喊了一声，声音里透着意外的兴奋。他不知道潘多娜的名字，只知道她姓潘，他不愿把她称作“小姐”，他觉得在这样的场合里，“小姐”这个称呼太暧昧，太不适合面前的这个女孩子。

飘动的紫色停住了，潘多娜转过头，这是一张清淡的、没有人为色彩，但却让人看着十分舒服的脸，淡淡的笑容像微风中静静释放着芳香的花朵，宁静而动人。潘多娜诧异地望着一脸惊喜的萧南，她已经不仅仅是跳舞的潘多娜了，为了挣钱，只要能够，她是尽可能地用自己的歌喉去陪伴客人，她已经经历了太多的客人了，她已经淡忘了这个曾让她感到亲切得像父亲一样的男人。

潘多娜微微地笑着，目光中充满着疑惑的、探寻的神情，她十分礼貌地问萧南：“先生，你是在喊我吗?”她是微笑的，可是在萧南的眼里，那微笑也是生疏的，拒人千里的，有些冷，有些寒。

萧南颇为尴尬，他想这个女孩把他当成和这个舞厅里的许多男人一样的人了。但他并没有打算就此退却：

“小潘姑娘，你忘了我了?”

潘多娜开始觉得萧南有些面熟，可是她第一次见萧南的时候，是按照安在东的意思，纯粹抱着来锻炼一下的心态，并没有想到自己日后真的会需要舞厅里的回头客，她无心把客人纳进心里放着当作可以再利用的资源。所以她看了半天，还是很抱歉地摇了摇头。

萧南宽厚地一笑，他喜欢潘多娜这种不粉饰不伪装的态度。他提醒潘多娜：“小潘姑娘，你真的不认识我了？我姓萧，叫萧南。咱们曾经在一起唱过歌，那首《你说过要我快乐》。”萧南说着，兀自哼唱了起来。

萧南哼完了才看到潘多娜眼中晶莹的泪珠。他的心忽然就软了，他也不知道为什么他就不能看到这个女孩的眼泪，她的眼泪似乎就是软化他的心的武器。

潘多娜听着歌就想起了那个父亲一样的男人，在这首歌里，她更想起那一段改写了剧情的日子。“你说过要我快乐让你担当失恋的主角。”可是，究竟是谁担当了失恋的主角呢?

在舞厅的包间里，只有萧南和潘多娜。房间里有卡拉OK，但电视屏幕上只有晃动的人影和颜色的变动，萧南把声音关了。单间的门虽是合着的，却不时有其他包间的客人唱歌的声音传进来。

潘多娜很安静地坐着，她并没有把萧南看着是一个客人，虽然在舞厅里的这段日子，她已习惯陪着客人唱歌跳舞，接触过形形色色的男人，也知道这些人中对她有着什么样的欲望，而她，在这两个多月来与男人打交道的经验中已经学会了利用，利用他们的这种欲望来为赚取更多的小费，她也知道，在这种纸醉金迷、醉生梦死的地方是寻找不到真正朋友真正的知己。而她的内心里，挣足钱去上电影学院才是她唯一的愿望。但是，萧南不一样，是那种父亲一样熟悉的感觉让她把他当成一个可以倾心相谈的朋友。

萧南知道潘多娜退了学时并没有显得很吃惊，他的经历使他早已知道了生活是会很随便地就改变着一个人的命运。他只是有点惋惜面前这个女孩的轻率，却又忍不住为她的执着感慨。

放在桌上的茶水热气已渐渐地散了，就像房间里的喧闹声，在萧南和潘多娜的听觉里已慢慢地没有了一样。潘多娜没有说话，萧南也没有说话。

潘多娜起身把萧南茶杯里的茶倒掉了，重新给他续了一杯水，她端起这杯水，递到他手上。

潘多娜的目光平静得如一泓清水。

萧南的心似却为这平静开始翻腾起来，十七岁，本应该是在太阳下面蹦蹦跳跳的年龄，但是，这孩子却是如此平静，为自己的梦想如此不合情理地付出着，他不是纯粹为寻欢作乐而来的，所以，他为潘多娜无法绽开的花季感到沉重。他是一个生意人，一路走来历经过无数风霜与坎坷，他曾有过无助的时候，但即使在绝望的时候他也没有放弃过自己的信念和追求，所以他披荆斩棘，一路磕磕碰碰走来，才有如今的成就。潘多娜当然不能和他相比，可她为自己理想的执着程度和他又何其像啊！

萧南一边轻轻抿着潘多娜重新给他续的茶水，一边在心里发着感慨。

潘多娜沉着地眨着她那双美丽的眼睛注视着心不在焉的萧南，她对他的感觉是亲切的，她在他面前不需要借用她之前用过的面具，不用强颜欢笑，不用说那些肉麻兮兮的逢迎话，当然，她也不用防备会有不怀好意的手会借机在她身上乱走，令她浑身起鸡皮疙瘩。她不用紧张着要用什么办法来保护自己还要不得罪客人，她是放松的，因为他的绅士，因为他对她的爱护，还因为他对她父亲一样的亲切。

潘多娜忽然笑了，萧南奇怪地看着她，笑着问她：

“小丫头，你笑什么？”

潘多娜指着他手里的茶杯说：“你看你端了几个茶杯。”

萧南一看，不好意思了，他居然两只手都端着茶杯，他把潘多娜的茶杯也端在手里了，便赶紧放下其中一个。潘多娜瞪大眼睛说：

“那一个才是我的。”

萧南又赶紧放下另外一个，他也搞不清楚哪个才是自己喝过的茶杯，他根本就不知道自己怎么就端起了两个茶杯。

潘多娜好玩地看着他说：“你不是想要给我倒茶吧？”

萧南心里笑了一下，他确实是想要给潘多娜倒茶来着，但怎会好端端地就端着茶杯不放了呢？

潘多娜收住笑说：“萧老板，你在想什么？”

潘多娜一直叫他萧老板，这是舞厅的叫法，似乎只要进了这个地方，不管你进来之前是干什么的，进来之后你就是腰缠万贯的人了，这种叫法倒是很满足了一些男人的心理。但萧南不喜欢这样的叫法，尤其是潘多娜这样叫他，他跟她说别叫他老板了，就叫他萧南吧。潘多娜却只是笑笑，一开口依旧是“萧老板”，好像不这样叫他，他以后就再也不会来似的。萧南只好作罢，他想潘多娜这是不愿跟他走得太近，也是，来这种地方的男人能有几个不是来寻欢作乐的，保持距离，就有了保护自己的距离，唉，这个女孩子，年龄虽然还小，其实还是很有想法的！

穿着一身黑色紧身衣的潘多娜，正在做着上台前的准备工作，她的额头上扎了一根蓝色的带子，这使她美丽的脸庞上又多了一分英武之气。她依然没有化妆，她的素面与旁边其他化浓妆的女孩的脸形成了强烈的对比。齐叶苹看着她不化妆也如此美丽可爱的脸，忍不住叹道："唉，老天真是不公平，我们用各种颜色把自己往美丽上扮，可你什么妆也不上，却比我们还夺目！潘多娜，你的美丽会羡慕死我的。"

齐叶苹在这个舞厅里是对潘多娜比较关照的人，别的人会在艳羡潘多娜的时候把自己的嫉妒也表现出来，但齐叶苹不，她是真心喜欢和关照着这个比自己小五岁的妹妹。她原来是一家公司的职员，谈过一场轰轰烈烈的恋爱，原以为男友的爱情会是自己生命中最不会失去的东西，结果，在她为男友打第二次胎还躺在医院的手术台上的时候，那个让她爱得死去活来的男朋友却把她所有的钱财席卷一空，从此再也不见踪影了。笃信爱情的齐叶苹受不了这种打击，她痴痴呆呆、不吃不喝地在自己被男友搜刮过的屋子里躺了三天，然后拖着虚弱的身体到公司拿了她最后一个信封，用她的话来说，是拿这点钱度过了她最为黑暗也最为凄凉的一个月。一个月后，她哪里都没去，就直奔了舞厅，凭着她姣好的容貌和还有点儿基础的舞蹈步子在舞厅里待了下来。

潘多娜刚来舞厅时，心气高得很，除了跳舞，就是呆坐在化妆室里，有人请她去唱歌，她拒绝得很生硬，常让人下不了台。齐叶苹倒是觉得这个女孩子很可爱，都混到这种地步了，居然还傲气十足。这时候，她会走过去帮潘多娜说话，她在舞厅里待的时间长，当然知道怎样说话会让客人心里舒服，再加上她天生一张巧嘴，所以她帮潘多娜化解了好多困扰。潘多娜很感激齐叶苹，把她当成自己的朋友，于是齐叶苹渐渐知道了潘多娜只是朋友介绍到舞厅里来锻炼的，并不像她和其他的女伴是以此为生的。但她还是觉得潘多娜浪费了资源，既然到了这种黑白不分的地方，为什么不趁着自己的优势，在有限的时间里多赚一点钱呢，而且潘多娜也是需要钱的！她摸着潘多娜脸上细嫩的皮肤，很惋惜地说：“阿潘，你年轻貌美，天然优势好，不好好利用，太可惜了！”

潘多娜躲开齐叶苹的手说道：“苹姐，其实我也很想在很短的时间里赚很多的钱，但我讨厌那些人，我看到他们的手跟老鼠似的，喜欢乱摸。还有他们喝过酒的脸，肮脏得让人想要吐。”

齐叶苹“扑哧”一声笑开了，她点点潘多娜的鼻子，说：“你这小家伙，倒是形容得好，他们不但手像老鼠，连身子也像老鼠一样喜欢乱捣……”猛然意识到自己的说话对象，一下子住了口。

潘多娜听明白了齐叶苹的话，脸一下红了，她低头不敢看齐叶苹，也不再言语。

齐叶苹自嘲地摇了摇头，她拉起潘多娜的手，很真诚地说：“阿潘，我知道你是个好女孩，但在这种地方，诱惑太多，能守得住自己的人很少，你还是趁早抽身吧。别到最后像我们这些姐妹一样陷进来，想抽身都难。”

潘多娜心想只要有安在东，她就不会陷进去，安在东也不会让她陷进去的。她说：“苹姐，你放心，我不会在这里待很长时间的，等一开学我就走了，我还要去上学呢。”

齐叶苹笑着说：“这就好了。姐姐还就喜欢妹妹的聪明，把什么事都看得明白。”

话是这样说，齐叶苹还是教潘多娜怎样利用男人对她美貌的馋涎，来尽可能地在有限的时间里替自己多赚钱。

“男人都是为了寻乐来这里的，哄得他快乐了，他会不吝金钱的。有那么多人喜欢你，你就陪陪他们好了，说一些体贴他们心坎的话，他们高兴了，觉得这一天没白过，钱是让他们心理最为满足的东西，因为他们有钱才有了被女人吹捧的资本，所以，他们只有拿出更多的钱来给围在他们身边的女人。他们有钱，我们赚钱；他们用钱买吹捧买逢迎，我们用吹捧用逢迎来赚他们的钱。仅仅是这样一种买卖关系，我们也没有失去什么。为什么不做这种买卖呢？”

潘多娜并不认为齐叶苹说得精彩，但她确实动心了，她需要钱，这才是最现实的东西，也是她最迫切需要的东西。

潘多娜就像一个刚学会走路的孩子，蹒蹒跚跚地踏上风尘之路。她不是那种很放得开的女孩子，所以尽管喜欢她的客人很多，最后能让她逗笑的却很少，但即使这样，还是有人愿意在她的手心里塞上一张或两张老人头。

安在东对爱情的叛逃，让潘多娜看到了自己未来的路只有靠自己去走，她选择舞厅作为自己的落脚地是因为她已经明白了这是一个可以淘金的地方。只要舍得下功夫，她总可以满载而归，至少，不会空手而回。

潘多娜感激齐叶苹，在这个人情寡淡的地方，齐叶苹是她唯一可以诉说的对象，也是唯一真心赞叹她的人。

潘多娜定定地看着齐叶苹，粉妆下的齐叶苹娇艳动人，但眉宇间却有无法掩饰的倦怠之气。她心里一酸，赶紧低下头，佯装整理自己的服装。

齐叶苹看出了潘多娜的心思，她吐了口气，很爽朗地冲着她说：“你不用替我难过，女人嘛，年龄是坎，一年一个坎，每过一个坎，总会留下些什么。”

潘多娜装作没有意会的样子说：“苹姐，你好深奥噢。”

齐叶苹笑道：“小家伙，你那一张脸，一点粉饰也没有，苹姐还能看不出你的想法？我们这样的人，吃的是青春饭，青春在，有的吃，青春不在了，就找个男人把自己处理了嘛！好歹也算有个落脚地。”

就有另外的人说话了：“阿苹啊，听这意思，好像有目标了？”

“哪里有目标啊，哪像你，那个巴老板对你很有意思噢，可要抓紧了。别让这条鱼溜了。”

“就他那个蠢样啊，还想溜？迟早咱得把他榨干。”

“人家对你可是真心实意，别把他当大冤头。”

“哎，这话说得可真嫩，来这种地方的男人，有几个不是有家有室的？他来找咱们，可不就是为了玩玩我们吗？他能把咱们当玩具一样揉搓，就不许我们把他也玩上一把？凭什么女人就得受男人摆弄？”

“这倒是。趁着年轻，捞一把是一把。只要是男人愿意给，咱们是来者不拒。”

“可不是嘛，姐们，有目标就上啊，对男人可千万不要手软犹豫！”

就有好几个人同时应声附和着。

潘多娜虽是早已听习惯了这样的话，但她却从不参与这样的交流，她跟她们有不一样的人生目标，她来这里不是为了寻找归宿的，她是来为自己的人生目标打物质基础的。

齐叶苹见潘多娜还是一副局外人的模样，便附在她的耳边轻声说：“阿潘，我看最近老来找你的那个人，好像很正派的样子哦，他每次来找你，看都不看我们一眼。对你可是情有独钟啊，你呀，可要好好把握住。”

潘多娜知道她说的是萧南，她微笑了一下，她想齐叶苹把男人看得太重了，总想从每个对她的男人身上榨取些东西出来，但话说回来，这里面有几个女孩不是这样的想法呢？有些人用心计，有些人用感情，还有些人用身体，反正只要自己愿意付出什么，就能从男人那里掏到相应数量的钱。潘多娜能理解齐叶苹的想法，她是属于靠心计赚钱的那类女孩，但是碰上顺眼的、能谈得来的客人，齐叶苹也会跟着人出去，用她的话来说，是顺便打一只肥羊。潘多娜清纯美丽的模样是很吸引人的，有些人客人为了博她一笑，也出手阔绰，但潘多娜只管拿钱，却从不理会别人让她出台的要求。也有付出真情得到真爱的女伴，齐叶苹跟潘多娜说的就是这一种，她希望潘多娜好好抓住一个有钱的老板，哪怕给人当小呢，也是可以弄个车呀房呀什么的，还可能再攒点私房钱，总之是比在舞厅里单打独斗的好。

潘多娜可不想有这种念头，她还是坚守她的想法，她不是为了找人家才来这里的，她只是把这里当成打工赚钱的地方。

萧南几乎每天都来找潘多娜，他只和她唱歌，或者请她跳舞，每次都是开个单间，要上酒和饮料。他一边喝酒一边和潘多娜说话，他跟她说他从前的故事，说他家在农村，从小家里就很穷，他的爸爸几次都要他退学在家里干活，说是既节省了学费，又可以帮家里赚些钱，他妈妈就是不同意，和他爸爸又吵又打的，就这样他在爸爸妈妈的打打闹闹中读完了小学。后来就完全靠自己替人打工赚学费和生活费才算读完了初中和高中。他上大学后差一年就要毕业了，却因为受不住别人对他的歧视而与人打了一架，结果被学校记了一大过，他又生气又委屈，一气之下退了学，冲动地毁掉了自己渴望的美好前途。受了一辈子穷的母亲听到他退了学后，又伤心又气愤，一口气没上来，竟去世了。母亲的去世狠狠地打击了他，他发誓一定要赚很多钱，他要让九泉之下的母亲安慰，让活着的父亲在有生之年过得幸福和安康。

萧南说起他的创业史时总是唏嘘不已，他是受了很多歧视才走到今天这一步的。他最初是摆了个小书摊，卖杂志卖报纸，后来在别人的点拨下偷偷摸摸地卖黄色书籍和光盘，卖了将近有一年，实在是没脸再卖下去了，便开始卖水果，但不易储存的水果让他把好不容才积攒下的钱几下就赔进去了大半。他就这样倒腾来倒腾去的，最后把目光放到了中药材上。他老家虽然偏僻落后，却依山傍水，风景十分秀美。山是大山，林是原始森林，在这些森林里，生长着许多药材，村里的大多数人家就靠采药材为生。每到秋季，就会有外面的人到村里来用很便宜的价格将村人采来晾晒干的药材收购走。萧南是无意中经过一家中药铺时看到里面正在收购药材的，他进去一问，价格竟是村人卖出价格的五到七倍。这个发现使他眼前一亮，仿佛一个在黑暗中行走了很久的人，一下子看到了前面的亮光，他欣喜若狂，找到这家药铺的老板，老板说只要他有药材，有多少他要多少，并当场和他签订了收购合同。他于是回了家，厚着脸皮从亲戚朋友那里好话说尽，才筹集到一笔资金。他挨家挨户地去收购药材，他告诉村人，以后只要采到药材，有多少他收多少，而且是现场结账，决不拖欠收购款。因为他的条件比外来的收购者要优厚，连邻村的人都闻声过来把药材卖给他，所以他顺利地收购到了第一批药材，赚取了他人生中真正的“第一桶金”。

有了钱，他又开了几家中药店，除了收购和经营中药材之外，还经营各类西药。药品的利润之大是他绝对没有想到的，又赶上了国家医疗改革，放开了中西药价格，使他不到两年的时间就腰缠万贯，成了当时名副其实的大款。

这几年开药店的人多了，但他早已在药上赚了个盆满钵溢的，他还投资了别的生意，他的钱是这辈子都花不完了，他完成了他的心愿，让九泉下的母亲不再为他操心了，让贫苦一生的父亲过得富足和满意。

萧南喝得有点多，讲到最后他的舌头有点大了，开始前言不搭后语的。但潘多娜还是被他的经历吸引住了，很认真地听着。她不让他再喝酒了，她拿过他面前已经快干的酒瓶说：

“萧老板，你喝多了，剩下的就不要喝了吧！”

哪知萧南一把夺过酒瓶，为自己满上，他醉眼蒙眬地指着潘多娜说：

“女人，你是女人。我以前很讨厌女人，因为女人太势利了，没钱时踩你，有钱时傍你……但我喜欢你，我觉得你和她们不……一样。”他忽然停住了，皱着眉头，看看酒，又看看潘多娜，很艰难地说了一句：“对不起，我……我喝多了！”说完，便趴在桌子上睡着了。

潘多娜把萧南扶上出租车，司机问：“小姐，去哪儿？”

潘多娜倒愣住了，她也不知道萧南住在哪个宾馆。出租车司机等了一会儿，见潘多娜光在那里出神，不耐烦了：“小姐啊，麻烦你快点好吗？”

潘多娜咬咬牙说：“去黄河路的天秀小区。”那是她住的地方。

昏睡着的萧南压在潘多娜的肩上，实在是让她不堪重负，上了电梯他才迷迷糊糊地睁开了眼睛，很奇怪地看着架着他胳膊的潘多娜，说：“咦，你真面熟，我好像在哪里见过你。”

累得气喘吁吁的潘多娜忍不住笑起来：“你当然认识我了。”

萧南摇摇晃晃地指了指自己，说：“我真的认识你？哦，那就好，我放心了。”说完又闭上眼睛。

潘多娜把萧南放到她的床上，替他脱了外衣和鞋子，又弄来水帮他擦了擦脸。萧南睡得很沉实，又困又累的潘多娜在他轻轻的鼾声中趴在桌子上睡着了。

潘多娜好像在一艘行驶的船上，她看到碧绿的海面上有很多飞翔的海鸥，海鸥在掠过海浪时翅膀扇动的海水溅在她的脸上，她的脸变得湿湿的，海风吹过来，是海洋深处那种温润微咸的风，贴进她的身子，有一层冰凉像蛇一样粘住了她，她打了个冷战，好冷啊，她看着自己抱着冰冷的身子朝着海面大叫喊着。就在这时，她看到旁边立着一个人，她奇怪地看不清他的脸，只是感觉到他的高大和魁梧。他伸出手抱起了她，轻轻地吻了吻她的脸颊，那层冰冷退却了，她觉得好温暖，这时，一阵倦意袭来，她强睁着蒙眬的眼睛，看到海鸥们都飞走了，她心里喊着“你们别走啊”，人却困顿地张不开口。她就任由着那个看不清面目的人抱着她……

潘多娜一觉醒来时，发现自己已睡在了床上，萧南却是趴在床沿她的枕头边上睡着。她记得自己曾被人抱过，她以为那是梦，原来是萧南把她抱到了床上。她推着他说：“萧老板，你醒醒，这样子会被冻坏的！”

萧南醒过来看到潘多娜正怪模怪样地看着自己，不好意思地笑了笑，说：“你看，昨晚喝多了，不知道自己都胡说什么了没有。”

潘多娜想起电梯里他奇怪的表情，就笑了起来：“倒是没有胡说，就是不认得我。”

萧南尴尬地挠挠头说：“让你这丫头害怕了吧？我平时是很少喝醉的。”

潘多娜很认真地说：“萧老板，你真的应该少喝点酒了，酒喝多了伤身。”

萧南不停地点头：“听丫头的话，听丫头的话，从今天开始能不喝酒就不喝酒。”话音刚落，就急急地连打了三个喷嚏。

潘多娜赶紧起身跳到床下，说：“快快，你肯定是趴着睡觉受冻感冒了，快到被子里捂一捂，被子里暖和。”

萧南拦住潘多娜说：“天还早，丫头还是你在床上睡吧。反正我已经打过喷嚏了，再捂也不能把喷嚏捂回去，重要的是可不能让你也跟着冻感冒了。可不能给了我安身之地，却还要害你再受连累。”

潘多娜调皮地一笑：“我才不怕呢，感冒了就可以找理由让你给我买好多好吃的。”

萧南慈爱地看着潘多娜说：“真是个傻丫头，要求就这么低。好吃的算什么呀，你想要吃多少我给你买多少，不过，前提是不能生病，不然，只能吃药！”

潘多娜想了想，跳到床上把被子横过来放着说：“要不，你也到床上来，反正天也快亮了，咱们都别睡了，就坐在被子里聊天吧。”

萧南犹豫了一下：“这……行不行？”

潘多娜很干脆地道：“有什么不行的？我都没有意见，你还有意见？”

萧南就笑了，赖兮兮地说：“我是男人，我能有什么意见，反正吃亏的又不是我。”

潘多娜装作不在意他的话的样子，往里挪了挪说：“你坐那头去！”

萧南就知道她还是在意他的话的，心里不免又生出一些感叹来。他果真规规矩矩地坐到了潘多娜的对面。

然而，两个人都坐到了被子里，面对面的反倒无话了。毕竟是大半个身子在一个被子里，一个人的体热都会辐射到另一个人的身上，两个人都有些不安了。

萧南坐在被子里一动也不敢动，很快半个身子就麻了，他难受地直冲潘多娜苦笑：“丫头，我快不行了，我要挪挪我的腿了。”

潘多娜瞅了萧南一眼：“我没不让你动呀。”

这一眼，在萧南的眼里，好个风情万种，他呆呆地望着潘多娜，心中的一池春水不由得荡漾起来，男人的本性在未挥发殆尽的酒精的作用下又显现了出来，他心跳剧烈起来，浑身的血脉贲张，他很明显地感觉到了自己的身体在瞬间的反应，他紧紧盯着潘多娜，他快把握不住自己了。

潘多娜见萧南好半天没动，就奇怪地问道：“你怎么不挪？你腿不麻了？”她的声音轻柔、委婉，萧南就像听到某种召唤似的，一下子从被子里蹿出来，爬到了潘多娜这头，和她坐在一起。没等潘多娜反应过来，萧南一伸手就把她抱在了怀里。

“丫头，我喜欢你，真心实意地喜欢你！不要拒绝我，不要！”萧南在潘多娜的耳边喃喃自语着。

潘多娜挣扎着要从萧南的怀里挣出来，但是他越抱越紧，她几乎都喘不过气来了，等她听到萧南的话后，就像被什么咒语定住了一样，不动了，但是眼泪在瞬间就打湿了萧南的衣襟。

萧南感觉到了那片温温的潮湿，他松开紧搂着潘多娜的手，低头看着她。潘多娜却两手环抱着他的腰，把头埋在他的怀里，像受尽了委屈的孩子，哭得浑身乱抖。萧南此刻也顾不得潘多娜为什么哭了，他垂下头，扳起她那张梨花带雨的脸。这是一张多么年轻、漂亮、动人的脸啊，他忍不住吻着她低垂的眼睑，她长长的睫毛刷着他的唇，也刷着他的心，他在心里低低地叹了一声，唇由眼睑滑到了那丰满湿润的唇上。手也开始游走，他触到了那一对柔软而结实的乳房，全身微微地颤抖了一下，再也无法控制自己，他索性放任了双手，任由它们做它想做的事情。

潘多娜还没弄明白事情怎么会在瞬间就发展到这个地步，她的心还在挣扎中，但身体却不由自主地配合着萧南，她有些惊慌地发现，自己其实已经预料到了这种结果，不仅预料到了，而且她还是在有意地制造着这种结果。可是她为什么会有这样一种期待呢？难道她不是把萧南当作父亲一样看待吗？

萧南的双手终于完成了任务，当他把潘多娜轻轻地放下时，他发现她的眼睛依然水浸过一样的湿。在他无比怜惜也是无比锐利地进入潘多娜的身体时，他听到了她的声音，是那种快乐的、飞扬的声音。

逗我开心吧，请记紧今晚再三闯我梦，
亲我吧，让灵魂凝望你面孔。

逗我开心吧，当世间一切仿佛都欠奉，
亲我吧，别提原来梦里是空。
…………

二十

潘多娜做梦也没想到她和萧南会发展成这种关系，不是朋友，也不像是情人，她依然去她的舞厅，只是萧南不再到舞厅去等她了。他白天去谈生意，晚上就回她这里住，他要给她换一套大的房子，她却不同意。她说这房子小是小了些，却也实用。萧南给她一张金卡，说只要她愿意，随时可以拿着这张金卡去取钱。潘多娜却拒绝用这张卡，她想她和萧南之间是平等的，虽然他们的关系已然很不一般，但这并不表明她潘多娜从此就依赖上了他，但她没有拒绝萧南给她买的东西。

齐叶苹得知潘多娜和萧南之间关系有了更进一步的发展后，兴奋地拍着潘多娜的肩膀说：

"妹妹就是厉害，小小地略施一下手腕，就搞定了这么个肥鸭子。"

潘多娜一把推开齐叶苹的手说："谁说我施手腕了，我们是两情相悦。"

齐叶苹把嘴一撇，道："妹妹，我告诉你啊，男人是不能相信的，别看现在情呀爱的说个没完，等到时间稍一长，情爱就变得陈旧不堪了，就成了一堆烂破布了。可千万不要把自己贴进去了，还是趁着有点情意的时候多捞点钱吧，这世上，可不就钱最重要了。"

潘多娜说："齐姐你说得有点重了吧，人和人之间还是有真情的。"

齐叶苹一瞪潘多娜："哎呀我的傻妹妹，可别信那些虚的玩意儿，我就是一个活生生的例子。要不是对爱情过于相信，对感情太投入，我的生活充满了阳光，充满了芳香，又怎么会走到今天这一步呢。"这些话似乎又勾起了她那些伤感的回忆，"情是刀刃，伤起人来那份锐利的痛可不是说好就能好得了的。就说你吧，若不是那个负心的人，你又……"

"齐姐！"

齐叶苹一愣，立马改口道："哎，看我唠叨起来真像个老太婆。不过姐姐这话也是为了你好，你还小，经历得不多，不懂得人间许多是非。在这个世界上，什么都是假的，唯有钱才是真的，有了钱就有了尊严，有了钱别人才不会小看了你。有了钱才有了一切，而且钱是不会背叛你的。"

潘多娜理解齐叶苹的话，她就是为了让自己有钱才放弃了学业，来到舞厅，她不是来寻找感情的，被感情狠狠伤害过的她已经对感情这两个字有了免疫力。她握着齐叶苹的手说："苹姐，我明白。"

齐叶苹摇摇头道："你不明白。生活是很残酷的，依你的阅历想要弄明白，还很难啊！"

潘多娜不说话了，她想她的生活她怎么能不明白呢，虽然她无法预料每一步的走法，但是对自己所走过的每一步她都不会后悔。

萧南不要潘多娜再去歌舞厅了，他说他看不得自己的女人在舞厅那种地方待着，到那里的男人都用色眯眯的眼神看着她。

潘多娜被萧南的醋意逗笑了，她说："看着就看着，他们也看不走我的魂我的魄，也损不了我一根头发。我还是我。"

萧南搂着潘多娜说："不行，你是我的人，你的美色只能我一个人享用！我一个人慢慢地享用到老。"

潘多娜轻轻挣开他的胳膊说："我只是你暂时的女人，不是吗?”

萧南惊异地看着潘多娜，他第一次听到她说出这样的话，他随口说道：“怎么会?”忽然声音哑着，“你……你在意这个?”

“我不知道。我只知道我喜欢你，愿意跟你在一起。”潘多娜用低低的声音说，“但我怕这样的日子并不长久，而且你很快就不会再像现在这样爱我了。我怕这样的时刻。”

萧南心中好一阵感动，他怎么也想不到一个只有十七岁的女孩，会用这样一种纯纯的感情待他。他不是第一次体验婚姻以外的女人，可那些女人的眼里只会看到他的钱，钱才是她们眼里最真实的东西。萧南觉得身体内好像有一股热流淌过，他很冲动地一把把潘多娜抱住说：

“不会，我会爱你一辈子!”

潘多娜把头靠在他的肩上，微蹙着眉头，仿佛有无限的忧伤，哀婉道：“一辈子的期限好长啊，你会慢慢厌倦的，厌倦我，厌倦这一辈子的长度。”

“不会的，我不会厌倦你的。只有你会厌倦我，我的苍老，我的迟钝。”

潘多娜忽然从萧南的怀里跳了出来，冲到电视机旁边，打开DVD，她要给萧南跳舞。随着舞蹈乐曲声起，潘多娜就在萧南的目光注视下，像个精灵似的跃动着身躯。萧南看着潘多娜婀娜的身姿，想起了夏天碧绿的荷叶上滚动着的晶莹水珠，潘多娜多像那荷叶上的一粒剔透灵动的水珠啊。

二十一

华丽偷偷地告诉方小华，她在市里的一家歌舞厅里看到潘多娜了，“潘多娜穿得好漂亮啊！我要是能穿上那样的衣服一定也很漂亮！”她很神往地说。

方小华白了华丽一眼说：“潘多娜本来就长得漂亮，人漂亮了穿啥衣服都漂亮。有什么好大惊小怪的。”

华丽一听急了：“不是的，潘多娜真的是穿得好漂亮。她的衣服一看就是名牌，得用好多钱的。哎，方小华，你说她不上学了会不会是……做那个的？”

方小华生气地说：“华丽，不知道就别乱说，乱说会害死人的。”

华丽委屈地说道：“我没有乱说啊。我就是在舞厅里看到她和好几个男人在一起嘛。”

“你难道不是和男人一起去的舞厅？”

“这不一样的。我是以前的同学过生日和好多人一起去的嘛，大家也都是同学。可潘多娜是和那些一看就是老板的人在一起的。我也是关心她，才来跟你说嘛。哎，方小华，你和潘多娜的关系好，她到底有没有告诉你，她是做什么工作的啊？”

方小华说：“潘多娜当然说了，她说……是做公关的。你也知道，做公关的人肯定是要陪客人喝喝酒或跳跳舞的，你在那种场合里看到她也不稀奇，你不也去了歌舞厅嘛。再说，做公关的不做这些感情投资，还怎么公关啊？”

华丽疑惑道：“哎——可是，她的样子一点也不像是搞公关啊，她和那些人挺亲热的。而且我上次听你在电话里面跟潘多娜的妈妈说，她是做文案的。”

方小华不耐烦地说道：“哎呀，华丽你累不累呀，整天盯着别人的私事操心来操心去的，小心别把皱纹长到心上去了。不管潘多娜做什么，反正她是为了上北京电影学院努力呢，也算是有远大抱负吧。作为她的朋友，我们多祝福她好不好。”

华丽嘟囔着道："我也没说什么呀！我当然会祝福她了，她也不容易。"

方小华在一个周末来到了华丽说的那个歌舞厅，找到了潘多娜。潘多娜当时正在跳舞。看着潘多娜那青春四溢的样子，方小华的眼泪都要涌出来了，这是一个多么朝气蓬勃的女孩子啊，为了一个遥远的梦想放弃原来的平静生活，用这样一种极端的方式来实现梦想。

看到方小华，潘多娜稍微愣了一下，随即大叫一声，毫无顾忌地向方小华扑来，两个好友在舞厅已经昏暗下来的灯光中紧紧地拥抱在一起。

潘多娜兴奋地问方小华："你怎么找到我的。我想死你了。"

方小华假装生气地说："真假。想我也从来没见你给我打过电话。我想打电话给你，又不知道往哪儿打。离得这么近，你也从来不回学校看看我，我以为你早把我给忘了呢。要不是华丽说在这里看到你，我才寻到这里来，还真不知什么时候才能见到你呢。"

潘多娜那晚其实也看到了华丽和她的同学，只是她把头别过去，假装没看到，心想华丽也不一定就注意到了她，在这种场所，她并不希望与自己的同学见面。在她心里，她期望的是自己在功成名就的时候去与同学和朋友相聚。

在一家小小的咖啡店里，潘多娜和方小华面对面坐着。透过窗户可以看到依稀的夜色正在一盏一盏的街灯下变得意味深长起来，喧哗声有如退下去的潮水，哗啦哗啦的，却已是不再涌上来的气势。

方小华不停地搅动着咖啡，金属勺与咖啡杯碰击的声音短促而清脆，跌入潘多娜的耳鼓里，悦耳动听。

方小华很感叹地说："我总是记得况儒老师请我们吃米粉的情形。那时候我们在一起，多快乐啊！"

潘多娜双目颇为迷茫地说道："是啊，那段日子恍若如梦。不知不觉我就走到今天这个样子。”

“小娜，如果你愿意，还是可以回来的，我给你办休学手续时，是休的一年学。”

“没用了，方小华。我永远也不可能回去了。我把自己的前脚迈出去，后脚只有跟着前进，收不回来的。”

“是因为你说的那个萧南吗？”

“他？”潘多娜冷笑了一声，“我只会是他生活中的一滴水，迟早是要被蒸发的。”

方小华惊讶地望着潘多娜说：“你既然知道会是这种下场，那你还和他在一起？”

“可是，至少现在他是爱我的。”

“可是，他比你大那么多。四十多岁的男人，真的值得你留恋吗？”

“你不明白的，他是真心疼我爱我的。而我，一看到他，就觉得亲切。我对他很奇怪地有一种与别人产生不了的亲近感。”

方小华不以为然地说：“什么亲近感，说白了，那就是一种恋父情结呗。你不是说那个萧南对你有点像你爸爸嘛，就是因为他对你的这种怜惜使你对他产生了对父亲一样的感觉和感情，而你则恍惚地以为这是你爱他。唉，还以为你真有多成熟呢，却连这么幼稚的问题都想不通。”

潘多娜诧异地瞪大了眼睛说：“也许是吧，想不到才两个月不见，你看问题的能力就大有长进了。”

方小华撇撇嘴，道：“我在这方面可一向都比你强啊。”

“那我倒没觉得。”

“那是因为你戴着眼镜看我。”

“哈哈，现在我摘下眼镜了。”

两个人喝着咖啡又嘻嘻哈哈起来。

在咖啡店里待了有一个多小时，眼见着人越来越多了，都是成双结对的情侣，一个个搂搂抱抱的，有些还不管不顾地当场就啃到一起了。方小华扔下勺子，站起身来，拉着潘多娜连奔带跑地就出了门。

潘多娜被拉得趔趔趄趄，跟着方小华到了街上，才开始喊道："哎，你能不能温柔点？使那么大劲，跟个男人似的！"

方小华这才停下脚步，抚着胸口，受了大惊一般说道："哎呀妈呀，第一次沾你的光，喝了一回咖啡，却让这些人倒了我的胃口。"

潘多娜冲方小华翻了翻眼皮说："真是大惊小怪，谈恋爱的人嘛，亲亲嘴有什么呀，你还整得有多纯情似的，十足的乡下人。"

方小华知道自己有点过分了，这才不好意思地笑笑，她拿腔拿调地用半生不熟的陕西话冲着潘多娜说："俄是个乡下妹子，么见过世面嘛。也么看过人当着人亲嘴。莫怪莫怪！"

潘多娜看着神采飞扬的方小华，很有些羡慕地说道："方小华，我真的很羡慕你，你是那么一个不知忧愁的女孩，又善良又可爱，难怪有那么多的人喜欢你。"

方小华摇着头说："小娜，其实你才是一个人见人爱的女孩，只是你给自己的压力太大了，你无法放松地对待你自己。这样本来也没什么不好，每个人都有自己的理想，每个人都在朝自己的理想前进，但是，你太激进了，甚至不给自己留条退路。小娜，你生活的天空确实是太灰调太压抑了。"

潘多娜说："可是不应该吗？如果我将来能成功，我会拥有很多可以想见的辉煌，我喜欢那样花团锦簇、星光灿烂的生活。而这种生活的到来需要我去努力，去付出，我也愿意付出。"

"小娜，万一将来你没有机会呢？"

"我说过，没有万一。我一定要去北京，要上北京电影学院。

我一定会拥有我自己喜欢的生活。难道你不希望我成功吗?”

“我当然希望！但现在……”

“方小华，不要再打击我了，好吗？为了达到最终的目标，不管什么样的路，我是一定要往下走的，绝不后退。”潘多娜一副十分决绝的样子。

方小华见惯了潘多娜的这种神情，也不觉得奇怪，只是她自己也不明所以地叹了口气。

二十二

齐叶苹这次被骗得有些不明不白。

但恰恰就是她的坦荡，却被人利用了。

歌舞厅里有一个从乡下来的姑娘，叫叶努，说是为了供自己的弟弟读书高中还没有毕业就出来打工的，因为嫌打工赚钱太少，就跟着别人到舞厅里来当“小姐”。

初听到这件事时，齐叶苹对叶努倒也是满腔的同情，所以，很多时候她会拉叶努一把。叶努长得不是很漂亮，客人就少，齐叶苹干的时间长，并且是这个歌舞厅的大姐大，就把叶努介绍给自己熟悉的客人，在平时没有人瞧得起她的时候还站出来替她说话，让舞厅里有些好胜的小姐不敢轻易地欺负她。叶努很感激齐叶苹的照顾，有什么心里话也很爱跟她说，两人的关系很快就变得亲密起来。

齐叶苹以前和一个女孩合伙租住了一套两室一厅的房子，后来那个女孩结婚搬走了，她就一个人租着。

叶努和一群外地来的打工妹租住在地下室里，像学校的宿舍，睡的是高低床，一间房间里放了四张高低床，共八个人住。舞厅每天下班都是深夜了，尽管她每次回去都轻手轻脚，但总还是会吵醒一些人的。时间一长，大家都对她的意见越来越大，向房东提出抗议，要求叶努搬出去，不然，她们就搬出去。房东为了自己的利益，只好出面，劝叶努搬出去重新找个地方住。

苦恼的叶努跟齐叶苹诉说苦衷的时候，齐叶苹还没想到和她一起住，但看到她独自在一旁暗暗垂泪、神情极为凄凉的样子，同情心又油然而生，自然而然地就想着自己租住的两居室，反正另一间房子空着也是空着，不如就暂时让叶努搬进去和她一起去住好了。她把这想法跟叶努一说，叶努脸上的阴影很快就一扫而空，但她还是很为难，房子是齐叶苹租的，她要住进去，怎么也得掏一部分房费。

齐叶苹一听叶努的意思，很爽快地对她说，反正我一个人也是要付那么多钱的，我又没什么经济负担，何况你只是在这里过渡一下，没必要太介意这几个房租。

叶努推让了几下，就搬到齐叶苹的房子里住下了。她很勤快，把房子收拾得利利索索，把厨房和卫生间也擦得很干净。两人有时候会同时在家里吃饭，一般也都是叶努争着下厨，把饭菜做好，端到齐叶苹的手里。

叶努的真心打动了齐叶苹，齐叶苹把她当自己的妹妹一样看待，有什么事也从来不避着她，两个人处得就像是一对真正的亲姐妹。

一天，齐叶苹早早地去舞厅排练新的舞蹈，走到半路才想起忘了锁上自己的房门，她给叶努打了个电话，让她出来的时候记得帮她把门锁上。叶努在电话里答应了。

齐叶苹在舞厅陪客人喝酒唱歌到很晚才回到家里，叶努还没有回来。疲惫不堪的她洗漱完毕，一头倒在床上睡着了。

第二天醒来，她没有看到叶努给她准备好的饭菜，跑进叶努的房间，里面没有叶努的影子，像有狂风席卷过似的。齐叶苹愣了一下，忽然心中一阵狂跳，她猛地转回身子，跑到自己的房间，房间里也稍有些乱，一些用不着的衣服从衣柜里跑了出来，只是不是特别明显，加上昨晚酒被灌得有些多了，并没在意这未大动声色的凌乱。她拉开衣柜，发现藏在里面的小匣子被撬开了，放在里面的一万多块钱的现金没有了，还有一些手饰、两张储蓄卡连带密码的单子也没有了。

齐叶苹一下子蒙了，过了好长时间才清醒过来，她坐在地上号啕大哭起来。

潘多娜陪着神情恍惚的齐叶苹到公安局去报了案。两天之后，公安局回话，齐叶苹提供的叶努家乡的名称地址全是假的，有那样一个县，可没那样一个乡，更不用说村了。在当地县公安局的户籍上，倒是有两个叫叶努的，可一个是六十多岁的老太太，一个是十二岁的男孩。公安局怀疑这个叶努是个专门在舞厅行骗的骗子，用假的身份，编造一段假的经历以博得别人的同情，从而实施她的行骗计划。在毗邻这个城市的另一个城市里，也曾发生过这样的被骗事件。目前警方正在加紧查找这个女骗子，让齐叶苹有了她的消息时立马报告。

齐叶苹已经是欲哭无泪了，第一次被自己的男朋友骗了个精光，她不再相信男人了；可没想到她的善良又会被女人利用，再一次被偷个精光。她无法接受这样一个事实，她扑在潘多娜的肩上，空洞的眼神没有了一点内容，甚至，连悲伤都没有了。

潘多娜对这个热情仗义的女孩子抱着深深的同情，她恨透了偷齐叶苹钱的那个女人，她搂着齐叶苹，毫无顾忌地大骂着那个女盗贼，直骂得口干舌燥，自己的眼泪都流出来了。

潘多娜泪光莹莹地陪伴着齐叶苹。

不知道过了多久，齐叶苹才长长地吐了一口气，伸手摸了摸潘多娜的脸，说出了从公安局回来的第一句话：“妹妹，记住，千万不要轻易去相信任何一个人，不管这个人是男人还是女人。”

此后，齐叶苹再也没有去过舞厅，潘多娜去她租的地方找过，里面已经换了一家人。没有人知道齐叶苹去了哪里。

后来，潘多娜时常会想起齐叶苹来，想起她对她说的那句话，千万不要轻易去相信一个人，不管是男人还是女人。

从此以后，潘多娜觉得自己的很多想法都变了，原来她只想赚钱，依靠自己，但从未想过要利用谁来达到自己的目的，她虽身在娱乐场所，却也算得上是自珍自爱。对于她和萧南的关系，她也知道不合理合法，他们之间最终是不会有结果的，但她还是以感情为重，心是跟着感情走的，不能说没有钱的因素在里面，但起主要作用的不是钱。所以，她才会拒绝用萧南给她的金卡消费。而现在，她忽然发现自己守着萧南而不懂得利用确实是一大浪费，她明知道她和他不会这样一辈子的，她也为他付出了很多，为什么还要辛苦地去舞厅赚那些卖唱卖舞的钱呢？她是一心一意地真心对他，可他会不会真心实意地对她呢？即使现在他喜欢她，可他会为她的将来打算和考虑吗？就像安在东，他不是也曾真心地爱过她，一心一意想要帮助她实现自己的梦想，让她过上幸福和快乐的生活吗？可是结果呢，他不还是离开了她？萧南会不会最后和安在东一样？

二十三

萧南要离开这个城市一段时间，他让潘多娜给他收拾一些衣物，潘多娜却坐着不动。

“怎么了，你好像对我一点留恋也没有。哎，你干吗用这种目光看着我，就跟看个怪物似的，是不是我哪里不对劲啊？”萧南一脸平静地看着潘多娜，笑着问。

潘多娜浅浅地笑了笑说：“没有啊。我只是在想，你这一走什么时候才能回来。或者你这次走了，就再也不会回来了。我这里并不是你的家，只是旅店，是你在路过某一段路时的一个临时旅店。你走了，就会很快忘记我，忘记这个地方，对吗？”

萧南一愣，他想不到潘多娜会在这个时候说这样的话。他扔下手中自己已捡拾起的几件衣服，走到潘多娜跟前，伸手一把抱住她说：

“丫头，怎么好端端地要这样说啊？我只是去另外一个地方，我没说以后再也不回来，我哪里舍得不回来啊，我会想你的。”

潘多娜一拧身子从萧南的怀里挣脱出来道：“哼，老说舍不得我，喜欢我，其实你从来就没有真心对待过我。”

萧南一下子急了：“谁说我不是真心待你的啊？难道我的用心你一点都不知道？”

“我不知道你的什么真心。我只知道你并没有考虑过我，并不懂我的感受。”

“那你告诉我你的感受啊，你不告诉我，我怎么会知道？我又不是神仙，会神机妙算。”

萧南的话一急，语气就冲了点，潘多娜怔了一下，眼泪一下子涌了出来，她泪眼汪汪地看着萧南，点了点头，一字一顿地说：“你对我吼什么，我不欠你的，你凭什么对我吼叫？你不就是想离开吗？离开就离开好了，反正你已经厌烦我了！”

萧南很少看到潘多娜这个样子，在他眼里，潘多娜有时也任性一些，但那还是她少年的顽皮天性使然。他叹了一口气，抽出一张纸巾，捧起潘多娜的脸，替她擦拭着脸上的泪水。

“你究竟想要说什么啊？我都快糊涂死了，就是要我死，也得让我死个明明白白呀，别老跟我要小孩子脾气好不好。”

潘多娜生气地说：“我哪里敢要什么小脾气？是你压根儿没把

我放在眼里，你以为我年龄小，好骗啊！”

萧南莫明其妙地看着潘多娜：“你这说的是什么话？我什么时候骗你啦？你明知道我很喜欢你的，怎么会骗你呢？”

“你说过，你走的时候带我一起走的。”

萧南一听，这才明白过来潘多娜生气的缘由。

潘多娜最念念不忘的是她上北京电影学院的事，有时和萧南在一起聊天，她总是忍不住要说到这件事，萧南听得多了，有一回随口就说了句不就是想去上个电影学院嘛，那还不是一件说办就办的事。

潘多娜当时眼睛一亮，她一下跳起来趴在萧南的肩上问道：“你对我最好了，你愿意帮我上电影学院吗？”

萧南伸手刮刮潘多娜秀挺的鼻子说：“我当然愿意帮你，以后我一定会带你去北京的。”

潘多娜伸出小指头：“一言为定！”

“君子无戏言！”萧南也钩住潘多娜的指头，认真地说道。

“那你什么时候带我去？”

“等我离开这个城市的时候，我带你一起走。”

就像所有男人哄女人一样，萧南本来也是一时兴起，随口承诺的，他并没有细想自己是不是真的会考虑帮潘多娜上北京电影学院。但潘多娜却不是这么认为的，她想萧南是个稳重而且也还称得上是个有责任心的男人，他既然答应的事当然不会轻易地反悔了，所以，她一直在等待着萧南离开这个城市的时间，那个时间也就是她要去北京的时间。

但真到了要离开的时候，萧南却一点也没有要带她走的意思。潘多娜憋不住了，她向往的北京啊，她梦想中的北京电影学院，怎么能这样轻易就被蒙过去呢？

面对潘多娜的认真，萧南也不得不认真起来。带潘多娜去北京，对他来说，并不是一件难事，他有钱，到北京可以随便租套房子给她，可是他是一个生意人，哪里知道怎样帮潘多娜进电影学院呢，可是不帮吧，对不起她，这个漂亮的女孩子虽身在娱乐场，却也是清清白白、洁身自好，跟了他这么一段时间，从来没有要求过他什么，也从来没有在钱上想方设法地算计过他。他心里明白，这是个还没有被娱乐场污染的女子，是真心实意地要和他好的女孩子。

但萧南还是不敢随便应答下来，他想了会儿，才对潘多娜说："我这次出来的时间长了，要先回趟家。等我回完家后，再过来接你，咱们一起去北京闯世界去，好吧？"

潘多娜却不依，她眼睛直勾勾地盯着他说："哼，是托词吧？这是托词！你压根儿就没想带我去北京。你不想帮我。"

萧南说："我不帮你我帮谁？你知道我心疼你的。"

"哼，这些话在哪里都能听得到，有什么特别的。"潘多娜生气地说。

萧南脸上现出尴尬："我跟他们不一样，我是真心待你，你心里也明白。"

"我明白什么？"潘多娜脸含怒气说，"我只明白我跟你也是在舞厅里认识的。你所说的和别的男人不一样之处，是你比他们更有手段。你也是为了玩我，难道不是这样吗？"

萧南也生气了，他冲着潘多娜大喝一声："够了，你是什么东西，也敢这样来说我？"

潘多娜一听这话，倍感污辱，她稍愣了一下，随即用比萧南更大的声音大喊道："我不是东西，你也不是东西！你以为有几个钱就了不起了？我还不稀罕呢。"说完，就怒气冲冲地拉开房门，往外走。

萧南知道自己盛怒之下把话说得过分了，赶紧跟跑出去拉住潘多娜说："丫头，你到哪里去？我、我不是有意要伤害你的。"

潘多娜狠狠地甩开萧南的胳膊说：“说出去的话，泼出去的水，你以为轻易就能收回去？我是什么东西我心里清楚。在你心里，我可能什么都不是，但我是独立的，我也有自尊，我没有依赖你，你无权对我吆三喝四！”

“我没有。我……刚才只是一时气极了，才……”

“哼，算了吧！”潘多娜冷笑了一声，说，“我相信，我刚才听到的话是你的真心话。”

“要我怎样，你才能不生气？我这一辈子是很少对人低三下四的。”萧南后悔地说。

“我要你对我低三下四了吗？你对我低三下四了吗？”潘多娜不依不饶。

萧南急了一身汗说：“哎，丫头，我的忍耐可是有限度的。”

潘多娜一听，又爆发了：“我没有让你忍耐我！你可以走你的，我走我的。”

萧南恨不得打自己的嘴巴：“好好好，算我错了，是我不对。你别生气了，好吗？”

“我要出去走一走。”潘多娜没理萧南，脚步“噔噔噔”地就朝外走了。

萧南急忙回头把门关好，然后追上潘多娜，跟在她的后面默默地走着。潘多娜回过头白了他一眼，没说话，只管走着。

出了单元门，是一条环形的草坪，草坪此时早已长满了深深浅浅的绿色，绿茸茸的，看上去非常可爱。

潘多娜平时是爱看这种绿色的，但现在，她却无心欣赏了。

萧南一直埋着头在想潘多娜上北京电影学院的事情，没有发现她的步子加快了，慢慢地就跟她拉开了距离。

这时，从旁边的胡同里出来一辆自行车，擦着萧南冲了过去，萧南一抬头，看见自行车正歪歪扭扭地冲着不远处的潘多娜而去，自行车上的人慌得大喊道："闪开，快闪开！"萧南也着急地大喊起来："小娜，小心自行车！"一边喊着，一边跑过去。

潘多娜转过头一看，自行车已到了跟前，想要躲开已经来不及了。骑车人猛地一拐车把，自行车朝另一个方向去了，但是车屁股还是把她碰倒了。

萧南跑到潘多娜跟前，没顾上责备骑车人，附下身去，一把抱起潘多娜就跑。潘多娜等他跑得气喘吁吁时，才说："还是回家吧！我没事。"

"不行，我要先送你去检查。"

潘多娜挣扎着从他的怀里跳下来，在地上蹦了几下道："看，什么事也没有。我这人有福，往往都是别人以为我会受伤的时候，我却偏偏不受伤。"

萧南看她神气活现的样子，忍不住笑了："你跟个小猴子似的。真是让人又爱又恨。"

潘多娜看到萧南刚才那种着急的样子，知道他还是在乎自己的，这样想着，心里的气就消了。这会见萧南这样说，便扑到他身上说："有爱才有恨嘛。我恨你，是因为我爱你。"

萧南捏捏她的鼻子，随即也给自己找了个台阶："这下，又阴转晴天了。真是小孩子的脸啊，说变就变。"

潘多娜耸耸鼻子说："我本来就还是个孩子嘛。"

萧南就笑眯眯地看着她。

潘多娜又问："你到底想好了没有？"

"想好什么？"萧南问了一句，随即又明白了潘多娜的意思，便赶紧说道，"想好了，想好了，你说去北京，咱们就去北京。"

"真的？"潘多娜惊喜地问。

"当然是真的喽。不过你要把这边的事处理好，要先征得你家人的同意，不能随随便便就跟我走了，否则，我可能会落得个拐骗女孩的罪名。”

萧南这样一说，潘多娜的脸一下子阴了下来，她已经很长时间没有回家看看了，只是每个礼拜都给妈妈打个电话，说自己在学校很好，因为学习比较忙，不方便回家。安虹听了就忙说，回不了家就先不回吧，学业为重，哪天她到学校去看她好了。潘多娜赶紧阻止她妈，说只要过了这段时间，她一定回家，让妈妈千万不要来学校。她怕和妈妈说多了会说漏嘴，每次都是匆匆地把电话挂掉。

萧南这样一说，潘多娜想这几天是应该回趟家，跟妈妈聚一聚，也好让妈妈放心。

二十四

潘多娜回到家，还没等安虹说话，就抢先开口：“妈，我要去北京了。”

安虹这几天正为潘多娜擅自休学生气，找了几天也不知道她究竟在哪个地方工作，又接不着她的电话，心里正烦着呢。她正要责备女儿几句，却被这句话惊得几乎跳了起来：“什么，你要去北京？去北京干吗？”

潘多娜笑着把安虹拉到沙发上坐下，才说：“妈，我去北京是要去上学，上北京电影学院。我知道，你这几天在为我休学的事生气，怪我没有跟你商量，可是我要是说了，你能让我休学吗？不休学，我又哪来现在的机会呢？”

“可是，小娜，你知不知道北京电影学院不是随便什么人都可以上的，你就这样赤手空拳地跑到北京去，也不怕碰壁？回来的时候落个难堪。”

“不会的，我已经跟人说好了，有人愿意帮我联系上学的事。”

“是谁？他是干什么的？他为什么愿意帮你这么大的忙？”安虹很警惕地问。

潘多娜迟疑了一下，才说：“是……一个业务上的朋友。”

“业务上的朋友？小娜，你到底现在在干什么工作？休学快一个学期了，你也不告诉我，你还是个孩子，对社会上的许多是是非非都弄不明白，妈妈是担心你会上当受骗。这段时间，我也想通了，从小我就逼着你学这个学那个，却一点也不尊重你自己的选择，让你在心里总是对我抱着怨恨，现在你也快成年了，我应该放手让你去闯。你要是实在不愿意在师范读下去，我也不逼你了，这样子就算你能读个师范毕业，我看也是不能安下心来的。你现在虽然说得这么轻易，有个朋友愿意帮你，可是，我就是放心不下，老怕你遇到骗子，我想我经历得多，总能帮你参谋一下，免得你多走一些完全不必要的弯路。”安虹很诚恳地说道。

潘多娜心里乱起来，她知道妈妈这些话是出自肺腑的，她差点就把自己这段时期以来的事原原本本地告诉妈妈，可话到嘴边，她又咽了回去。毕竟，她已经走得太远了，远得已经让她的妈妈无法想象得到了，要是妈妈知道了这一切，肯定会受不了的。

潘多娜稳了稳神，故作轻松地笑着说：“妈妈，你就把心踏踏实实地放回肚子里吧，这个帮我的人呀，是个公司的老板，他看我的身姿好，又学过舞蹈，他帮助我去北京上学是想要我到他公司里去，因为他的公司里有个模特队，专门在各种商业活动中演出。我答应只要他送我去北京上学，我就跟他签三年合同，两年里的演出不要任何的经费。你看，就是这样，这下你该放心了吧？”

安虹更加疑惑了：“这样的事听来有点匪夷所思，小娜，你打听清楚了真有那样的公司吗？千万不要是那种骗子公司，专门骗一些单纯的女孩子去做一些不合法的事情啊。”

潘多娜上去抱住安虹撒娇道：“妈，你看你，怎么老不相信我呀，我又不是小孩子，哪里就能那么轻易上人的当呀，你别老是自己吓自己了，好不好？”

安虹望着潘多娜说：“可是你还就是个孩子呀，无论什么时候，在妈妈眼里，你都是个孩子，妈妈哪里敢放下心来呢。”

潘多娜急了：“妈妈！”

安虹一听潘多娜急了，心里知道这样说下去，女儿肯定会和自己闹翻，如果真闹翻了，非但阻止不了女儿，还不知道她以后会做出什么事来。安虹在心里揣摩了一下，用缓和的口气说道：“小娜，妈妈不是要阻止你，你也长大了，是该走自己的路了，可妈妈就是放心不下，妈妈想跟那个公司的老板见见面，打探一下他的底细，看他到底能不能靠得住。”

潘多娜惊讶地：“你还是不相信我？”

安虹摇摇头说：“不是不相信你，是妈妈不相信自己啊！”

“你自己？”

“一个做母亲的，连自己孩子的心思都不明白，休了学都还蒙在鼓里，平时的行为更是一无所知，你说这样的母亲是不是失职得很厉害？这样的母亲能不能值得相信？”

潘多娜的心咯噔了一下，她愣怔地看着安虹说：“妈，你……”

“小娜，我一直以为我是一个合格的母亲，是爱你的，关心你的，直到现在我才明白，我对你关心得太不够了。我更多的是在意自己，自己的面子，我真的不是一个称职的妈妈，我……”

“妈，你别说了！”潘多娜打断了安虹。

“我现在没别的想法了，只希望你一生都平平安安，顺顺利利的。我呢，也就安心了。”安虹缓缓地说道。

潘多娜沉思了一会，才下定决心一般地说道：“那——好吧，我带你去见那个老板，成了吧？”

安虹这才长舒了一口气，点了点头。

因为在电话里事先约定好了，而萧南本身又是个很有气质的成功人士，所以他很成功饰演了那个愿意与潘多娜签约的公司老板的角色。安虹在与萧南一番长谈之后，果真相信了潘多娜的话，放心地让女儿随自己的意愿去了。

潘多娜开始着手准备着和萧南到北京去了。

在最后忙碌的几天里，潘多娜没有再去歌舞厅，她想自己从此就要告别那样一个娱乐场所了，她的人生会有一个大的转折了，这样一段岁月在她今后的人生中，就像一阵过往的风，会消失得无影无踪，不会有人记起，也不会有人再提起了。她自己，也会将这段日子从记忆中删除掉。

自和安在东分手之后，潘多娜只上网聊过几回天，那次她从网友那里替自己要回了一杯孟婆汤，她真的把安在东忘了，不过是忘在了心里，在舞厅的日子，她轻易是不会打开心让安在东从里面走出来的。和萧南同居后，安在东就被她埋藏得更深了，深得甚至她自己都已经不记得了。

但一上网，一进入那个色彩缤纷的网上世界，被深埋起来的意识就会如同微风中的小草，无法控制地轻轻摇动着，安在东这个名字就像一个无法抹去的梦，把她带进了一个恍惚不定的世界里。

毕竟，安在东是她在网上寻找到的最初的精神和情感寄托，也是在她少女的情怀里第一个真实存在过的人，不像况儒，只是像影子一样让她朦朦胧胧地感受过，却不曾拥有过。更重要的，是安在东的出现使她的人生出现了不可逆转的改变，他改变了潘多娜的生活，使潘多娜的平静和单纯从此像一江春水向东流去了；他改变了潘多娜的性格，使那个阳光可爱的女孩变得充满了欲望，充满了世俗的气息。

但潘多娜不恨安在东，尽管安在东的背叛一度让她心如死水，可是没有他的出现，她现在依然还在师范学校那个象牙塔里，无奈地等待着可以预知的命运的到来。没有他的出现她就不会如此决绝地走上社会，当然也就不会认识萧南，不会是现在这个样子。

这时候的潘多娜真是百感交集，在不到一年的时间里，她的人生真算得是变化莫测啊。这一切，应该说源于网络，没有网络的出现，就不会有后来发生的一切事情了。

潘多娜感觉自己像一条鱼一样游进了网上的聊天室，于是，她随手给自己取了一个名字：一条鱼的梦想。

一条鱼的梦想主动靠近了一个叫“一江春水”的人。

一条鱼的梦想：一江春水向东流，流走了多少个春与夏？

一江春水：先别忙着打听我，说说一条鱼的梦想究竟是什么？

一条鱼的梦想：找寻一个美丽的世界。

一江春水：什么样的世界在一条鱼的眼里是美丽的？

一条鱼的梦想：没有残杀，没有撕咬，没有欺骗，平静、安详，天蓝莹莹的，水绿漾漾的，能让一条鱼生存的世界。

一江春水：呵呵，这么简单，真的是一条鱼的梦想。

一条鱼的梦想：怎么，你不相信？

一江春水：我？相信！可是真的很简单的世界呵。

一条鱼的梦想：越是简单的世界越是成为梦想。

一江春水：呵，好有哲理意味的话。一条鱼，我这一江春水就可以成为你的梦想了。

一条鱼的梦想：春水无情。

一江春水：谁说的，春水泛暖，暖入人心，何况一条小小的鱼儿。

一条鱼的梦想：你还没说你流过多少个春夏呢。

一江春水：那你呢？你从哪江哪河游过来的？

一条鱼的梦想：是我先问的，你得先答。

一江春水：哦，鱼儿入水，鱼大水大?

一条鱼的梦想：有关系吗?

一江春水：当然。

一条鱼的梦想：水大，水可以无鱼，鱼则不可无水。

一江春水：聪明！我是水，你是鱼，水大于鱼，鱼要尊重水。

…………

潘多娜终究只是一条小鱼儿，敌不过水的诱惑，交锋了几下，便被对方套了不少话，自己就像一个被骗去零食的孩子，可怜巴巴地望着自己空无一物的手掌，等她明白过来，她索性耍起赖来，冲着一江春水大喊大叫了起来。一江春水还了个笑脸，并不计较她的任性。两个人谈得倒也别有情趣。

最后是一江春水要告别了，一江春水留下了他的电话，他说如果以后小鱼儿在网上找不到人聊天的时候，给他打个电话或发个短信，他有空一定上来陪聊。若有机会来北京，记得找我。一江春水最后说。潘多娜一看一江春水是北京人，心里暗暗窃笑，心想他如果知道自己真的很快就要去北京了，一定是不肯留下电话的!

网上的人都是这样的，光会玩虚的。

二十五

潘多娜终于到了梦寐以求的北京。

因为还不到电影学院招生的时期，萧南便在离中关村不远的地方租了一套房子给潘多娜，又往她的金卡里打进去一万块钱，把一切都安排妥当后，他就离开北京回家了。

潘多娜虽然是第一次来北京，却对这个心中向往已久的城市一点陌生感也没有，她用新奇的目光打量着这个热闹繁华的城市。她拿着地图，坐着公交车，去她想去的每一处：天安门，故宫，颐和园，王府井……只要她知道或听说过的地方，她都不放过。第一次站在天门安前时，她的心中油然荡起一种磅礴之气，这就是北京啊，大气、庄重，却又不乏现代的气息。她还去了长城，站在雄伟逶迤的长城上，感慨万千。最后去的地方才是北京电影学院，就像一个孩子，通常会把自己最喜欢吃的东西留到最后。站在北京电影学院门口，潘多娜有些失望，从外面看，这是一个很普通的地方，那个黑色的写着“北京电影学院”的牌子一点也不气派，不醒目，倒像是一个走路走累了的老人，随便找个地方坐下似的，一副有气无力的样子靠在门口。尽管这样，潘多娜在内心里还是酝酿了一些激动，这就是她日思夜想的北京电影学院啊，这里曾培养出许多优秀的、著名的演员。不久以后，她也会成为里面的一名学员，她会努力地学习，成为一个红遍中国的青春偶像。

一个人东游西逛地过了一段时间，潘多娜终于感到无聊起来，萧南给她打电话，说是还要打理生意，暂时还回不了北京，让她耐心等待一下。

五月的北京，天气已慢慢开始热了起来，风沙也开始刮了起来，再出去游逛，会弄一身的沙尘，潘多娜也不愿出去了，就整天泡在网上，狂聊狂吹。但是一下网，空虚感就像漫过沙滩的浪潮将她整个儿淹没掉。忽然，她想到了来北京之前遇到的那个叫一江春水的人。一个念头动了起来，潘多娜翻出他聊天时留的电话，毫不犹豫地打了过去。

电话里传出一个很沉稳的声音：“喂，哪位？”

潘多娜捏着嗓子说：“你是不是一江春水？”

电话的那头迟疑了一下，问：“你……你是哪一位啊？”

潘多娜继续用假嗓子说：“有一个叫一条小鱼的梦想的，你还记不记得？”

“你……是那个小鱼儿？”

“咦，你还记得这个人啊？”

“当然啦，我当然记得你。你很可爱的。”

潘多娜眨眨大眼睛，诡秘地一笑：“谢谢，可我不是小鱼。我是她的朋友，她让我来找你的，她说要看看你是个什么样的人，好人还是坏人。”

电话那头呵呵一乐：“欢迎审查，是不是还要单位开证明啊？”

潘多娜莫名其妙地说：“开证明干什么？”

“审查完了，拿上证明去打结婚证啊。”

潘多娜的脸一红：“原来你真是个坏人！”

“哈哈，跟你开个玩笑。你是在北京吗？在哪里？我去看你。”

潘多娜随口说道：“我在中关村。”

“是吗？那好极了，我这儿离中关村不远。你告诉我，你在中关村哪个地方？”

潘多娜这下有点犯愁了，她可以说出中关村来，却对中关村一点也不了解，对自己所住的具体地址确实说不上来，她咬了咬唇，忽然灵机一动，说：“我现在在人民大学附近。要不我们在人民大学东门口碰头？”

“好，说好了，在人民大学的东门。我的车是黑色帕萨特，车号是京……。”

潘多娜换了件浅蓝色的T恤衫，穿着牛仔裤，并没有在脸上涂抹些什么，就这样出门打了辆车，十几分钟后便到了人民大学的东门口。一下车，她就看到一江春水说的黑色帕萨特停在离人大门口不远的辅路上，一个三十岁左右、气宇不凡的男人就在车旁边立着。她微微一笑，落落大方地走了过去。

潘多娜在男人面前停住，他还是微微笑着，伸出手说：“我叫齐宇凡。你呢?”

“潘多娜。”她毫不犹豫地回答。

“潘多拉?”齐宇凡诧异地问道,“是个化名吧?

潘多娜笑了一下说:“你看,我有这个必要吗?”

“那么说,你可是个魔盒了?”

“你说呢?我是潘多娜,安娜的娜!不知与魔盒有没有关系?”

“噢,是我弄错了,对不起,我不是一个聪明的人。来,上车吧,这风沙又刮起来了,这北京,真是没救了,一到这个季节,简直不叫人活了。快上车吧,到车里我们再谈。”齐宇凡替潘多娜拉开车门,自己从另一侧上车后,又说道:“真想不到,网络里面也会出来一个美女。我都已经做好被吓一大跳的准备了。”齐宇凡一边说一边启动了车。

“也是你有敢于直面现实的勇气啊。”潘多娜说。

“你都有这份勇气,我还能退缩啊,好歹我也是男人。男人永不言败,更不能被女人打败。”齐宇凡自信地说。

“那你有没有被吓一大跳?”

“呵,快被想象与现实的差距砸晕了,以为会是一个平淡无奇的女孩子,不料却是如此美丽出众,气质高雅的女子。”齐宇凡说。

齐宇凡开始确实以为潘多娜会是一个很平凡的女孩,也当然不会认为潘多娜是“一条小鱼的梦想”的朋友,他肯定潘多娜不会长得很漂亮的,否则就不会假借一个朋友的身份给他打电话了。但他还是认为潘多娜的言谈倒也有趣,想着反正也没有什么事,又是自己主动留过电话的,见就见呗。没想一见,便被这个身材修长,神色喜悦,衣着打扮十分普通,却在普通随意中有一种无法掩饰的阳光气息的女孩引住了。

潘多娜毫不掩饰自己对齐宇凡的好感,一米七八的个头,理个板寸头,看上去很冲,这种男人就是能让女人一眼就喜欢上的男人,他成熟，又气度非凡，风趣幽默，在经历过男人的潘多娜看来，齐宇凡当属于他这个年龄段的男人中的精品。

接下来的几天，潘多娜跟着齐宇凡在北京城里到处乱窜，黑色的帕萨特像一支带响的箭，穿梭在北京城的大街小巷。潘多娜快乐极了，她对北京的感觉就像是一个小孩子得到某种垂涎已久的美食一般，那份欣喜越来越浓越来越厚。

就在潘多娜和齐宇凡的关系越来越密切的时候，萧南打来电话说他要到北京来了。想想这段时间以来，萧南一直很冷淡，潘多娜也不知道他怎么了，也懒得打听，反正她每天都跟齐宇凡出去兜风，已经把他渐渐忘在脑后了。

潘多娜听电话里萧南的声音并不是很热切，心里也没有多少失落，也就很懒散地说："来就来吧，反正你来也是待不长的。"

萧南觉出潘多娜的兴致不高，稍沉默了一会儿，说："丫头，我是很想你的。"

潘多娜握着手机，愣了一下，她意识到自己的情绪有些消沉，调整了一下自己的状态，用很欢快的声音说道："真的很想我吗？那你就快快来吧。"

挂断电话，潘多娜坐在床上发起了呆，萧南离开的这段日子，她开始的时候因为寂寞还会想一想他，每天打一次电话，但和齐宇凡见面后，情况就不一样了，齐宇凡的风趣、体贴、活跃都是萧南所不具有的。和萧南在一起是沉静的，像一泓池水，虽有风起时的波澜，但更多的时候，是不动声色的平静。而和齐宇凡在一起，她骨子里活泼好动的因素就被完完全全地激发出来，她成了流动的水，不停地哗哗地奔流着。

潘多娜不能判断自己是否喜欢上了齐宇凡，不，喜欢是肯定的，她不能肯定是不是爱上了齐宇凡。说爱好像有点不太贴切，可是她又确实有那种欲舍不能的感觉。开始她还盼着萧南早点回北京，可现在她却不希望他回来了。她知道，只要萧南一来，她的快乐就没有了。可是，她也知道，事实上，齐宇凡和她是没有关系的，是萧南给她创造了条件，而且萧南还要给她的人生镀上一层金色。齐宇凡现在却不能，她不能再与他来往了，她要收收心，安安静静地等待萧南的到来。

但萧南始终没有来北京。潘多娜不知道，他正面临着一个即将破碎的家庭。

萧南在另外一个城市里有女人的事，不知是谁告诉了他的妻子，其实，萧南的妻子也知道萧南在外面并不寂寞，他的身边总是不缺少女人。但她是一个好女人，也不跟萧南闹，她懂得闹的结果只会是两败俱伤，她只是默默地、始终如一地替萧南打理着她所在的城市的生意。可是后来别人告诉她，这次萧南是在外面包养了一个看上去只有十七八岁的年轻漂亮的姑娘时，她终于愤怒了，她可以容忍丈夫寻花问柳，因为即使这样他的心始终还在家里，可是她无法容忍丈夫包养一个和他女儿一样年龄的女孩，这不仅仅是一个道德问题了，简直成了乱伦，她绝对忍受不了这种事实，终于，她勇敢地站出来，站到丈夫的面前，告诉他，她要和她离婚。

萧南一听妻子要闹离婚，自然是不愿意，他其实是个顾家的人，和妻子的关系也一直相处的很好，不管在外面怎样，他从来没有想到过要抛弃自己的家庭，他觉得，自己是爱家的，他不会为了外面的女人而不要自己的家，不要曾和自己同甘共苦的妻子与孩子。

可是潘多娜在萧南的心里毕竟不同于他以往经历的那些风月场合的女人，不世俗，也不媚俗，活泼可爱，虽有点任性。更重要的是，她还是个孩子，一个需要他照顾的孩子。所以，他的心里对潘多娜总是歉意得很，但他现在又不能跑到北京去。这个时候，稍有不注意，他的家庭就有可能面临破碎。他只好每次给潘多娜打电话时，说是要打理这头的生意，暂时不能过去。他原来想只要过了这个危险时期，他还是可以去北京的，妻子总不能守着他一辈子吧？他也总是要到别的城市去顾自己的生意，他终究是个生意人啊，到那时，他就可以去看潘多娜了。但他没想到，妻子断了他的念头。她趁着萧南洗澡的时候，从他顺手放在桌上的手机里查出了他常打往北京的电话。那果然就是潘多娜的电话。

潘多娜接到电话，自然是明白萧南妻子的用意，好在她没有辱骂她，只是好言好语地相劝。潘多娜在那瞬间有一种强烈的羞辱感，她只管听着，闷着头一声不吭。最后，萧南的妻子说，我知道你也是个善良的孩子(她也了解清楚了潘多娜的一些情况，知道她年龄不大)，你不会在意我为了捍卫我们的感情所作出的这一切。但是我们可以补偿你，只要条件合适，我们会答应的。

她用的是“我们”。潘多娜痛心地想。

在后来的日子里，潘多娜想其实她还是比较幸运的，遇到的是这样一个有风度和涵养的女人，没有给她难堪，虽然她在萧南离开以后的一段日子过得十分沮丧和无序。

萧南就像一个水泡一样，咕咚咕咚很是热闹地冒了一下，然后又在潘多娜的生活里消失了。潘多娜倒说不上有多悲愤，毕竟她和萧南的年龄相差太大，如果不是因为安在东的叛逃，是不会有机会走进潘多娜的生活中来的，他对潘多娜而言，并不代表着爱情，而是一种依靠。而潘多娜对于萧南，也如同路过一个街口时偶然与他撞在一起的一个行人，两人彼此笑笑，说上两句话，然后便告别各走各的了，走的时候当然也忍不住会回首一下，让对方的身影定格在自己的目光中和心中。毕竟，这也是一种缘分。

潘多娜的生活又沉寂了下来。

萧南给潘多娜的卡上还有一万多元钱，潘多娜算算，这些钱根本无法让自己进北京电影学院，充其量，只能维持自己在北京待上一年多的生活费用。她发愁了，她来北京是为了上学的，不是长住的，现在萧南不再回来了，她的梦也就破灭了，既然不能上电影学院，她又有什么必要还在北京待下去呢？

经过一番痛苦的思索，潘多娜终于决定离开北京。但齐宇凡不同意，齐宇凡的一句话就像一盏明灯似的，一下子照亮了以为走进黑暗的潘多娜。

齐宇凡听了潘多娜的叙述，当然，潘多娜只说萧南是她的叔叔，答应送她上电影学院，可是这事让她的婶婶知道了，不同意帮助她。叔叔只好给了她一些钱，让她自己去想办法，可是，她哪里能想什么办法，哪里有能力呢？她只是一个师范还没有毕业的女孩子，又是第一次出远门。

齐宇凡听完后，毫不犹豫地说，我来帮助你。不过，你上电影学院比较困难，下个学期开学时，我还是先给你报个电影学院的表演培训班吧。

潘多娜愣了，她没有想到齐宇凡会这么豪爽地答应帮助她，只是她的一个网友，他们只不过是在一起相处过几日。

齐宇凡见潘多娜一副疑惑的样子，便笑了起来："只不过上个培训班嘛，只要报个名交个学费就可以了，又不是什么大问题。我呢，再帮你找找关系，尽量想办法帮你就是了。"

潘多娜还是用不敢相信的神情看着齐宇凡，过了会儿才说道："可是……你……为什么要帮我呢？我们认识的时间并不长啊。"

齐宇凡很真诚地说："人和人之间相识相知是一种缘分，不是说交往的时间长，就能合得来，也不是交往时间短就一定交情浅。既然有缘，就不在乎时间的长短。"

潘多娜埋下头，声音细如泉流："可是……"

齐宇凡洞悉一切似的笑笑说："不用说可是了，如果是钱方面的问题，你需要的话，尽管言语好了，就当给我一个帮助你的机会行了。”

二十六

夜深人静的时候，因为孤独而无法入睡的潘多娜有一种被世界遗弃的感觉，她睁着眼睛在昏暗中静静地想着自己的未来，未来终究是难以揣摩的东西，不管她如何去想，也是模糊不堪的。何况，现在她的未来从寄托在萧南身上转移到了齐宇凡的身上，最后的结局会怎样，她哪里能想象得出来呢？

潘多娜从床上坐起来，看着窗外被路灯划得支离破碎的夜色，心也像这夜色一样明明暗暗，支离破碎了。她想起萧南，此刻的萧南应该在睡梦中吧，旁边是不是他的妻子守着他呢？她想着，慢慢拿起自己的手机，拨着萧南的电话，但是他的电话已经关机了，手机里面冷静而冷漠的声音在潘多娜的心中震荡出一片巨大的失落感来。她又往自己家里拨电话，但拨到最后一个数字的时候她挂了，这夜半时分，吵醒妈妈，她又能跟妈妈说什么呢？她给妈妈编了个谎言，难道还能再亲口把这个谎言戳穿？妈妈难过和伤心不说了，她一定会再也放心不下她的。

潘多娜长长地叹了口气，越发地心烦意乱起来。

她跳下床，赤脚跑到桌子边，把电脑抱到床上来，她要上网。晚上自然比白天时要清静许多，但还是有不少的网虫此刻在网上精神奕奕地活动着。

潘多娜到一个网站的论坛里看了好多别人的帖子，她不喜欢跟帖，再加上也没有注册，就躲在一旁静静地翻看别人缤纷的帖子，她觉得在这样一个夜晚，能够让很多人的故事在自己面前流动，也是一份惬意呢。到看得有点累了时，她又跑到聊天室。聊天室里的人不多，她一进来，便有好几个人过来向她问好。

潘多娜早已不是刚开始上网时的那个潘多娜了，她自然不会再甘于死心塌地地和一个人聊，像当初守着安在东一样。但聊的人多，速度总是有些慢，她不停地给人赔笑脸，说自己打字不快。就有很宽容的人说不着急，我等你。这样的话倒让潘多娜有些亲切，她喜欢宽容的人。

静静的夜里，键盘被敲击的急促声音像一曲无节奏的乐曲，潘多娜置身在这种声音里，畅游在网络构置的虚幻世界里，她是那么投入，她忘了自己的烦躁不安，忘了自己即将要面临的未来的一切。

二十七

齐宇凡在没有空带潘多娜出去的时候会抽空给她打电话，而这个时候，潘多娜通常都是在网上，一手拿着手机，用另一只手的手指一个键一个键地敲字，眼睛仍是不离电脑屏幕。齐宇凡几回都听到那像单脚在地上跳一样的啪啦啪啦的声音，就问潘多娜是什么声音呀。潘多娜诡秘地笑笑，说是洗手间的水龙头坏了，拧不紧，在滴水呢。齐宇凡奇怪地问："水龙头滴水是这样的声音吗？"

潘多娜哈哈笑着，把手机用头和肩膀夹着，双手在键盘上重重地胡乱地敲着，问："是这种声音吗？听出来我在干吗了吗？"

齐宇凡也跟着笑了起来："你是不是在上网？敢情你还挺忙的呢。"

潘多娜一听，情绪立刻晴转多云："我忙什么呀，还不是无聊了才上网。要是有你的那份忙碌，我也不至于到网上去跟别人聊天了。你倒还来取笑我。"

齐宇凡赶紧转换话题说："小鱼儿，明天你不要出去，我去找你，我要给你一份惊喜。”

潘多娜一下子兴趣盎然起来了：“是什么惊喜？齐宇凡你快告诉我。”

齐宇凡颇为神秘地说：“现在告诉你还能叫什么惊喜？明天你就会知道的。”

潘多娜央求道：“可是要我等到明天，这一大段的时间很难熬的。你现在揭开谜底，从现在到明天，都让我一直在这惊喜当中，那多合算。你还是搞贸易的呢，连这点算计都没有。”

齐宇凡笑出声来说：“真是个会狡辩的家伙。那好吧，我就告诉你，明天我要带你去见一个人，一个导演，他导过很多电视剧的。嗯，前一段时间在电视里热播的那个《格格选驸马》的电视剧，你知道吧？那就是他拍的。”

要去见一个导演！这可真是一个天大的惊喜，潘多娜从来都没想到过会认识什么导演，在她心里，导演可神圣着呢，他们都是决定演员命运的权威人物，一部戏，导演说让你演，你就有机会红，不让你演，你拼死了劲也甭想有露脸的机会。

潘多娜果真兴奋起来，她冲着电话那头的齐宇凡叫起来：“齐宇凡，你好可爱，这世界上我认识的人当中，数你最最可爱。”

齐宇凡倒不在乎自己是不是这世界上最可爱的人，他只在乎潘多娜是不是高兴，见潘多娜真的高兴了，他也很开心。不过他倒是没想到见一个导演，就能把潘多娜乐成这样，只是去见一见，又不是去和导演签哪部片子的约，她怎么就会高兴成这样子？到底还是个孩子。不过，想一想，又是有几个女孩子不想靠着一个好导演拍几部好戏出名？倒也怨不得这些女孩子们，明星的光环太灿烂太耀眼，就像那个能让灰姑娘成为公主的水晶鞋，谁不想得到它呢？何况，潘多娜来北京的目的就是为了上北京电影学院，她的最终目标不就是为了做个演员或是节目主持人吗，一个导演在她心目中的分量自然也就会比平常人要重得多了。他也不就是为了要帮助潘多娜完成她的心愿，才千方百计地托朋友，朋友又托朋友才认识了这个导演的吗？

齐宇凡觉得自己对潘多娜的感情是很奇怪的，他明明是很喜欢潘多娜的，可又竭力不想让潘多娜知道这种感情。他比潘多娜大十二岁，又离过婚，在他眼里，潘多娜还只是个孩子，一个让他千般怜惜的孩子，他不愿把他对潘多娜的这种感情演绎成世俗里每天都在上演的那种故事，所以，在潘多娜的面前他尽量掩饰着自己的情感，让她觉得他只是把她当作一个好朋友，对她没有任何其他男人那种庸俗而下作的念头。但是，当他把自己的感情掩饰得滴水不漏时，他又希望她能看出来他对她的爱，希望潘多娜能明白他所有为她做的一切。

但潘多娜丝毫没有觉察出他内心的骚动，只是把他当成一个可以依赖的好朋友，或者说是兄长，她在他面前可以放任自己的情绪。

她怎么就不懂我的心呢？齐宇凡拿着电话怅怅地想着。

电话那头的潘多娜可不知道齐宇凡此刻在想些什么，她见自己的热烈没有得到响应，立马声音降下了八度，她问："齐宇凡，你现在有空吗？"

齐宇凡收回心思，莫名其妙地问："干什么？"

潘多娜说："我从早上到现在还没吃饭呢，你能不能请我去吃肯德基？"

齐宇凡心里忍不住紧了一下，这个孩子，真的是太不会照顾自己了。但公司正在开会，他是趁休息的间隙来打电话的，他没法出去，可是又不忍心让潘多娜继续饿着肚子，他沉默了一会儿，说："你等着，我马上让人去给你订餐。"

潘多娜撒娇地说："你不能来吗？我很想见到你呀。"

齐宇凡说："现在不行，等下班后我再过去行吗？我们中午要陪客户吃饭，下午也没有空。”

潘多娜很失望地说：“那……好吧，我等你好了。”

搁下电话，潘多娜想她是继续在网上聊天呢还是坐下来好好想一想明天去见导演的事呢。见导演当然是大事，可是她又不知道那个导演是什么样的，齐宇凡只说带她去见，在什么场合见也没说，是单独见呢，还是跟看戏一样，跟着一大帮人去看？她也是太激动了，什么也没问清楚就挂电话了。她想再打电话去问齐宇凡吧也不合适，人家齐宇凡也是要工作的，不能老是打扰他。嗨，管它呢，明天见了再说，反正她现在连电影学院的学生都不是，就是见个导演，导演又不能立马就让她演电视剧。不过，不重视也不行，万一那个导演有心要让她演一部电视剧呢，一看她这懒懒散散的样子，说不定就会改变主意了。不行，不管明天是以什么样的方式去见，她都不能打无准备的仗，机会是给有准备的人准备着的，说不定时来运转，就一下子天降大任了呢。

这样一想，潘多娜立马就精神起来，她也不聊天了，匆匆告别那个正和她聊得兴起的叫“FOOD”的网友，去查找那个名叫黄格的导演的资料。

她先输入电视剧的名字，关于这部剧的文章很多，批评的，赞誉的，不痛不痒的，言辞激烈的，一应俱全，可就是没有一篇文章提到这部剧的导演。潘多娜生气地拍打着电脑，骂了一句粗话，继续查找。皇天不负有心人，终于，她在一篇文章里看到一句这样的话：“黄格导演的戏很逼真，他的眼泪竟把在座的所有人都感动了……”

呵，原来是一篇小说里一个叫黄格导的人。潘多娜生气过后，反而忍不住笑了起来。她发现网络真是个很好玩的世界，就像一个串串烧，什么都可以串起来卖。

潘多娜放弃了继续查找导演资料的念头，虽然她没有看过《格格选驸马》这部电视剧，不过她已从网上众多的评论中大致了解了剧情，想来再没有什么可说的时候，倒也可以利用这些评论来为自己垫一垫底了。

折腾了一番，潘多娜没有兴趣再去关注那个导演的资料了，她又跑进聊天室，她看到刚才那个“FOOD”还在。

你怎么还在啊？她问。

FOOD 问她不是有事出去了吗，怎么又回来了？

潘多娜说，完事的速度有快有慢，她属于神速的那种。她反问 FOOD，难道我办完事就不能再进来了？

FOOD 打出一个笑脸，问她刚才是出去办什么事去了。

潘多娜说你看过《格格选驸马》这部电视剧吗？

FOOD 说看过，没什么意思，就是一群莫名其妙的女孩子整天叽叽喳喳地，不停地弄出一些是是非非来。

可是你问这个干什么？FOOD 问。

我明天要去见这个电视剧的导演啊。潘多娜说。

呵呵，那你一定是个漂亮的 MM 了。FOOD 说。

你为什么这么认为？潘多娜问。

大凡漂亮 MM 都爱做明星梦啊。FOOD 说。

难道不漂亮就做不得这些梦了？

FOOD 却避开了这个话题，问起了潘多娜个人的事来。

潘多娜说你是不是查户口啊？

FOOD 说我只是觉得你一个女孩子孤身在京很有勇气，佩服你啊。

潘多娜送去一个笑脸，说我现在已经面临困境了，如果再不出去找份工作的话，可能再过几天就要断炊了。

FOOD 说有那么严重吗？不行的话你来找我，我看能不能帮你忙。

潘多娜觉得这人倒也实诚得厉害，便开玩笑地说，你真的能帮我吗？如果是这样的话，我太感谢你了。

FOOD说，一人有难，八方支援，同是阶级弟兄嘛。

于是两人互留了电话号码，留电话的时候，潘多娜还是犹豫了一下，但随即又一想，反正她也没有事情可做，留个电话以后能找人谈谈天，也能打发无聊的时间。FOOD说了他的名字：李书平。潘多娜却在一闪念中，给自己取了个假名：郝梦绮。

她对FOOD说我叫郝梦绮。

她觉得这名字还挺适合自己的，好梦绮丽。在北京有一个绮丽的好梦。

齐宇凡让人订的肯德基快餐送来的时候，潘多娜正和FOOD告别呢，FOOD说他有事要下线了，让潘多娜以后有什么事可以打电话给他。潘多娜最后追问了他一句：FOOD，你能不能不告诉我你是做什么的呀？

FOOD笑笑，说我是一个很普通的公务员。

齐宇凡来找潘多娜的时候，已经是傍晚七点多钟了，这时候的潘多娜还趴在床上睡觉呢。

潘多娜睡眼惺忪地打开门，齐宇凡一见她懒散散的样子，就知道她是准备过颠倒晨昏的日子，下午把觉睡足了，晚上就有精神头上网了。他拉着衣冠不整、神情倦怠的潘多娜到洗浴池旁，扯下毛巾，淋了水，拧干，就要给她擦脸。潘多娜倒被他吓了一跳，那懒散劲一下子没了，她一把从齐宇凡的手中扯过自己的毛巾，瞪圆了亮亮的眼睛，尖细着嗓子问："齐宇凡，你要干吗？"

她的过激反应也把齐宇凡吓了一跳，他看着潘多娜瞧见怪物一般惊奇的眼神，一下子手足无措起来。他指指她手中的毛巾说："我……我……你赶快擦把脸，我们……出去。"

潘多娜向窗户外面望了眼，外面已经有了要黑下来的意思了，她打了个长长的哈欠，疑惑地问道：“出去干什么呀？天都快黑了。”

齐宇凡摇摇头说：“出去带你吃饭呀。你不饿呀？”

“饿是饿了，不过没关系的，我晚上会吃点心的。”

齐宇凡怜惜道：“你这几天就是这样过的？”

潘多娜毫不在意地说：“是呀，也不知怎么回事，我现在晚上老失眠，我就想反正晚上也睡不着，干脆就把晚上当白天过，把白天当晚上过好了。你看，我的白天还没开始呢，你就把我吵醒了。”

“算了，你今天还是按正常人的正常时间过吧。咱们先去吃饭，吃过饭呢，再来个夜逛北京。”

潘多娜来了兴趣，几下洗漱完毕，跟着齐宇凡出去了。

吃罢饭，北京城已经彻底地被夜幕笼罩住了，灯火中的北京比白天多了一分安详和温和，也多了一份艳丽和妩媚，就像一个浓妆倚门的艳俗女子，浑身都充满了渴望。

齐宇凡的车开得慢，夏夜温润的风从开着的车窗缓缓地吹进来，潘多娜全身的毛孔都张开了，她舒坦地靠在靠背上，望着前方绵延不尽的变幻的灯光。

“北京的夜色真美啊!”潘多娜发自内心地称赞了一句。

齐宇凡没说话，他把车在街道旁边停了下来，反身从后座上拿过一个盒子，递给潘多娜。潘多娜不解地望着他。

“打开来看看就知道了。”齐宇凡微眯着眼睛温和地看着她。

潘多娜慢慢地打开盒子，里面是一套黛青色亚麻套裙，短袖，长裙，在车内的灯光映照下，透着一种温暖的宁静来。

“给你明天穿的。”齐宇凡目光柔和而动情。

潘多娜用晶亮的眼睛看了看齐宇凡，她微微地笑了笑，把裙子叠好，放进盒子，还给他。

齐宇凡不解地问道："怎么了，你不喜欢?"

潘多娜笑着说："哪里啊，是我好多年没穿过裙子了，我不喜欢穿裙子，绊手绊脚的，一点都不方便。"

"可是我倒觉得女孩子穿裙子会更好看，更有女人味。"

潘多娜伸了一下懒腰，说："管她好看不好看，反正我不会随随便便收别人的礼物的。"

齐宇凡说："我又不是别人，我是你的朋友啊。难道朋友间这么一个简单的东西也不能收吗？除非你不当我是朋友。"

"齐宇凡，你还是送给你别的朋友吧，给了我，我又不愿穿，放着岂不太可惜了。"

"谁说你不穿，我是给你明天穿的，明天你要去见那个导演，穿得女孩子气些不是更好?"

潘多娜到底还是喜欢这裙子的，听齐宇凡这么一说，迟疑了一下，就答应了："那……好吧。你平时帮我那么多，我已是很感激不尽了，这衣服你也不要送我，多少钱，我给你钱好了。"

齐宇凡生气地说："你到底还是说出真心话了，你就没有把我当朋友看待，才把账算得这么清楚。"

潘多娜羞愧地低下头，说："不是啊，我……我不想……"

潘多娜自己也说不清楚了，她看出来齐宇凡是把她当朋友，真心想帮助她，也正因为这样，她的内心对他抱着感激之情，才不想欠他太多。她想过，等她上了电影学院，将来有了自己的事业，她绝不能忘记的便是他。在她内心里，她喜欢他，可是他对她却只有朋友和兄妹之情，面对这个真诚、善良的男人，她不敢表露出自己的喜欢，她害怕自己的经历会让他瞧不起她。

二十八

潘多娜到底还是没有穿齐宇凡给她买的裙子去见那个黄格导演，她就像开始赴齐宇凡的约会一样，穿了一件黑色的短袖T恤和牛仔裤。齐宇凡一见，也没好意思问，拉上她就走了。

黄格导演的样子令潘多娜没有想到，四十岁左右，脸色蜡黄，胡子拉碴，稀稀拉拉的头发像用麻油浸过一样，油光发亮，眼睛是眯缝眼，窄窄的，绿豆样的眼睛珠子倒是滴溜溜地转得飞快。

黄格导演是齐宇凡朋友的朋友请来的，朋友的朋友和齐宇凡也是见过面的，他们彼此打过招呼后，朋友的朋友开始向黄格导演介绍齐宇凡和潘多娜。

对齐宇凡，黄格导演一点兴趣都没有，只是淡淡地点了点头，就像看到了只飞过的蚊子似的。

介绍到潘多娜时，黄格导演细眯着的懒洋洋的眼睛，一下子变得炯炯有神起来，他伸手握住了潘多娜纤细的手，眼神像碾子一样迅速地在潘多娜的脸上、身上慢慢地碾过了一遍，然后才收回目光，笑眯眯地看着她，不停地说："哎呀，潘小姐真是好漂亮，好有气质呀！"手上竟忘了放开她的手。

潘多娜抽了抽自己的手，无奈黄格导演将她的手掌捏得很紧，丝毫没有要放开的意思。对他那句重复了又重复的赞美话，她只好笑着接受。齐宇凡见状，赶紧过去请黄格导演到餐桌旁入座，这才帮潘多娜解了围。

黄格导演这才停止了对潘多娜的无休止赞扬，却依然没有松开手的意思，他拉着潘多娜的手坐到桌子旁边，让她坐到他身边的位置上，这才松开了手，抿了一口茶水，对已经就座的朋友的朋友和齐宇凡说："我本来是没有空来的，只是明礼一再相邀，其情之切，让我实在是难以拒绝，不得已只好推掉其他朋友的应酬。想不到遇到的是你们两位，一个是丰神俊朗，风度翩翩；一个青春靓丽，气质非凡。也真是不虚此行啊，值，值啊。"

黄格导演口中的明礼就是朋友的朋友，叫田明礼。他见黄格从一见面就对潘多娜赞不绝口，就知道他对潘多娜有好感，有了好的第一印象，以后若有合适的角色，自然会不忘关照一下潘多娜的。田明礼觉得，齐宇凡的初衷就是为了让潘多娜认识一下导演，从而为她今后的发展打开一个局面，现在看来，这个目的已经达到了。

齐宇凡可是对这个黄格导演一点也没有好感，看他色眯眯地看着潘多娜的样子，都恨不得一口把她吞到肚里去。他这时已经开始有些后悔把潘多娜带来见这个导演了。

潘多娜虽说一开始对这个色眯眯的黄格导演很厌恶，但人家毕竟是导演，而她是迟早要进入演艺圈的，她不敢把厌恶放在脸上，表面装着一副很高兴的样子和他不停地说东扯西，说到高兴的时候，她还会冲着他撒一撒娇，耍一耍孩子的脾气。黄格不但不生气，反而很高兴她这样率性而为的性格，他说潘多娜身上有一种灵性，而这种灵性，正是一个演员所应该具有的。潘多娜明知道这是奉承她的话，可她还是很高兴，这毕竟是一个导过电视剧的导演对她的称赞。

饭桌上的气氛很热烈，慢慢地就谈到了潘多娜想上北京电影学院的事。这时，黄格才知道了潘多娜为上北京电影学院而放弃了学业的经历，他很感慨地说，中国有那么多的影视演员，可是又能有几个专业演员有潘多娜这样对艺术的执着精神呢。很多人演戏，不是为了给观众一份怡人的精神食粮，而纯粹是为了出名，为了挣钱。当然喽，他继续话里有话地说道，一个好演员，没有遇到好导演，也是拍不出来什么好片子的，拍不出来好片子，观众凭什么认可你？

但是一个好导演，却是能把一个素质并不怎么样的演员打造出来的，有不少演员就是靠着一部片子红起来的，这就是导演的本事了。

桌子上另三个人商量好了似的，轮流不停地向黄格敬酒，潘多娜不喝酒，就用茶当酒，黄格也不在意，喝得十分高兴，一杯紧接着一杯，来者不拒，直喝得舌头都大了，但他大脑还兴奋着呢，也刹不住话，就信马由缰地一路说下去。

“我拍《格格选驸马》的时候，哼，那一个个都是些什么呀，除了演那格格的，剩下的全是赞助方硬塞进来的人，你……们知道吗，当时把导演那个愁呀，几乎连饭都吃不下，不停地问我怎么办，我说怎……么办？那就把剧本改动一下，多加几个格格进去不就得了，再把那长得不咋地的，扮成丫环，也给点戏份，反……正，让大家都露个脸，这不……挺好的吗？导……演听了，说我这办法很好，他还说我……以后也可以当导演了。你……看，我现在不就是导演了吗？我……”

潘多娜和齐宇凡面面相觑，闹了半天，这原来是个假导演。突然间，她的心就像掉进冬天的水渠里一样，不但湿淋淋的，而且还冰凉冰凉的。她试探性地问黄格：“黄导演，那，那个《格格选驸马》的戏里，你是干什么的呀？”

“我？”黄格指指自己的鼻子说，“我是干吗的？我想想，让我想……我想起来了，我是做道具的。唉，你们是不知道，做道具不容易呀，那些……乱七八糟的服装，这个格格那个格格的，弄得我头都大了。拍完这部片子，我也不干道具了，累死累活的，还……让人看不起，算什么呀。后……来，我……我就出来当导演。当导演多好，走到哪只要你一说是导演，哼，立马有人请你吃……饭，还有好……酒。嗯，当导演真好，真好……”他一边说一边喝，最后终于趴在桌子上睡着了。

除了黄格的呼噜，桌子上的另外三个人你看看我，我看看你，谁也没有说话。

还是田明礼打破了沉默，他很歉疚地说：“我……不知道他是个假导演，我也是通过朋友才认识的，朋友说他是《格格选驸马》的导演，我也就信了，所以……”

齐宇凡看看潘多娜，潘多娜自是一脸的失望，但这又能怪谁呢？大家都在为她奔忙，谁也不是有意要认识这个假导演的，这只是个无心之错。她想起自己在网上拼命去查找这个黄格导演资料时的情景，再看看面前这个骗吃骗喝、此时正趴在桌子上死打呼噜的黄格，竟忍不住笑了起来。她这一笑，齐宇凡和田明礼看着这一桌的残羹剩饭，也忍不住笑起来，他们也算是在商场风云中拼搏过的人，却居然会栽在一个小阴沟里。

潘多娜倒没有多少沮丧的感觉，反正见这个黄格导演她也没太多奢望，她相信只要她上了电影学院，成了科班出身的演员，以她的能力并不愁没有导演看上她，现在最关键的问题不是找导演的问题，而是上学的问题。眼看着学校就要放暑假了，她在北京也待了快两个月了，可是什么收获也没有，这不能不令她心生焦虑和惆怅。

齐宇凡看出了潘多娜的心思，他安慰道：“你不用担心上学的事，无论如何我会尽力去帮你的。”

潘多娜明白这是齐宇凡的真心话，但她也看出来了，对于她上电影学院的事，齐宇凡并无多大的能力，但她仍为他的话倍感宽慰，不管怎么样，她现在在北京不再是孤单的，至少会有他支持和帮助她，尽管这种支持和帮助也许只是暂时的，但她也满足了。

一旁的田明礼犹豫了一下，他知道自己此时不好再说什么，可他天生的热心肠，此时见到齐宇凡和潘多娜的神情，他猛然间想起一个人来，这个人是他的一个哥们儿，他叔叔据说就是北京电影学院里的一个领导，也许他可以帮一帮潘多娜。

齐宇凡和潘多娜一下子又兴奋起来。他请田明礼帮他们牵牵线，去见见他那个哥们儿。田明礼毫不犹豫地答应了，他拿出手机跟他那个哥们儿联系，但对方似乎并不愿意揽这样的事，田明礼好话说尽，他才勉强允诺了下来。

事情进展得很顺利，没过两天，田明礼就给齐宇凡打来电话，说他的那位哥们儿回话了，他叔叔其实早已经不在北京电影学院了，本来不想管这些事的，经不住他哥们儿的再三请求，最后答应帮潘多娜试一试，但他要先见一见潘多娜，看她到底具备不具备当一个演员的先天条件，他不能随便去帮一个不值得帮的人。

齐宇凡又惊又喜，心想到底还是找着门道了，但有了上一次假导演的事，他还是有点不放心，问田明礼他这个哥们儿的叔叔能不能靠得住。田明礼拍着胸部说，这次没问题，我不知道事情能不能办成，但人是绝对假不了的。

人假不了就好。齐宇凡说。

田明礼哥们儿的叔叔到底是见过世面的，见了潘多娜，虽是眼睛一亮，却只颔首微微一笑，伸手指着面前的椅子，对潘多娜和齐宇凡说："你们请坐！"自己依旧气定神闲地坐着。

田明礼早已告诉过他们，哥们儿的叔叔姓徐，名可青，现在是北京一个文化部门的高层领导。

潘多娜把自己的情况详细介绍了一番，徐可青听完没有说话，他像是在沉思，也像是心思不在面前的这些人身上，屋里静静的，除了几个人呼吸的气息声，再没有任何一点别的什么异样的声音了。

潘多娜的心怦怦直跳，她第一次如此紧张，她紧紧盯着徐可青那张已有了岁月厚度的脸，她知道只要他一说话，她的命运或许就有了真正意义上的转变了。

徐可青终于从那沉思的状态中清醒过来，他望了望屋里的几个人，忽然神情很放松地说：“是不是我家里的气氛太压抑了，咱们要不要出去找个轻松的地方坐坐?”

他这一开口，齐宇凡立马意识到了，他赶紧说：“对对，咱们还是到外面谈。现在才七点多钟，要不我们去唱卡拉 OK 吧，潘多娜的舞跳得还很不错呢。”

齐宇凡看过潘多娜的舞蹈，那充满了灵性和生命力的舞蹈使他对她的美有了一种质的认识，他相信舞蹈是潘多娜最精髓的地方，所以他也希望徐可青从她的舞蹈中来认可她。

潘多娜何等的聪慧，她明白齐宇凡的提议就是为了给她一个在徐可青那里表演自己才能的机会，在那样的地方，她才会很轻松地释放她自己。

众人也都赞同，徐可青也没有什么异议。大家来到就近的一家歌舞厅，齐宇凡要了一间比较大的包厢。

潘多娜对这样的地方一点也不陌生，岂止是不陌生，刚走进来的时候，她的心里还泛起一种亲切感呢。徐可青等人也自是对这种地方不陌生的，所以气氛很快就被调动了起来，大家握着麦克风可着劲儿唱了起来。潘多娜受大家的邀请，就着歌曲的节奏跳起了舞。舞是她自编的，舒缓的音乐里她的舞蹈深情而柔缓；劲歌中她的舞姿热烈而动感。每一曲结束，大家都忍不住为潘多娜鼓起掌来，倒是唱歌的人，歌唱得好与坏，却没有人去注意了。

徐可青是真心为这个女孩子叫好，他从她舞蹈的身姿里，她舞蹈时变幻的表情中看到了她表演的天赋，她内在的潜力。潘多娜的歌唱得也很动听，她实在是一个能歌善舞的女孩子。

徐可青终于答应帮潘多娜联系一下。

二十九

在等待音讯的时间里，潘多娜的日子是难熬的，她每天除了上网，就是不停地给齐宇凡打电话，追问徐可青有没有跟他联系过。齐宇凡说徐可青不是留下了你的电话吗，你放心，有消息，他会直接跟你联系的。办这事总是需要时间，你不要着急，现在不是才高考结束嘛，离学校开学还早着呢。这些话在潘多娜那里就像对病痛的患者打麻醉剂一样，只能起到暂时的宽慰镇痛的作用，但终究不能治根治本。有时候齐宇凡在开会不能接电话时，她就一个人发呆，东想西想，她觉得自己现在就跟过独木桥一样，老担心一个不小心，或有人推一把而跌下去。

这样过了几天，终于等来了徐可青的电话，潘多娜那份激动简直就像已经拿到了北京电影学院的录取通知书。

徐可青并不提前面的事，只问潘多娜有没有时间，他要约她出去吃饭。潘多娜想都没想就答应了，她本来是约好和齐宇凡一起出去的，可和齐宇凡什么时候都可以见面，徐可青却不是那么好见的，既然他能主动来约自己，那就表示他把她的事还是放在心里的。

潘多娜打电话给齐宇凡，告诉他晚上有事不能和他一起出去吃饭了。齐宇凡问她什么事，需不需要他和她一起去。潘多娜迟疑了一下，说没别的事，她在网上认识了一个和她差不多大的女孩，两个人很能聊得来，约好下午五点钟见面一起逛商场，然后再去逛夜市。

“那你小心一些，北京的骗子是很多的，可千万别轻信了人。”齐宇凡叮咛她。

徐可青带潘多娜来到北四环边上的一个规模并不大的新开时间

不长的饭店。饭店的外表并不张扬，但室内布置却很别致宽敞，空荡荡的大厅只有几张桌子，桌子和桌子之间隔着屏风，那屏风上面是蓝蓝的水和绿绿的草，看得人心神不由得清静下来。装修也很有情调，好像人来到这里，不是为了吃饭，而是为了休息，或谈情说爱。

徐可青见潘多娜用好奇的目光四处打量着，就赶紧解释说："我也是偶然发现这个饭店的，是有一次经过这里的时候，吃过一次饭，感觉味道还不错，环境又好，隔了一段时间还挺想念这里饭菜的味道。这里虽然路远了一些，可是却也清静得很。你不知道，现在要找个清静的地方吃顿饭还确实不易呢。"

潘多娜笑着点头说："这确实是个好地方，只是一点都不像是饭店。这个地方这么冷清，开这个饭店的老板不知道要怎样的赔钱呢。"

徐可青不觉得诧异，倒是颇有些意味深长地说："蛇有蛇道，虾有虾招，谁都不会傻到尽干亏本买卖的。"

潘多娜好奇地说："那这饭店的老板用什么招才不赔钱啊?"

徐可青很好笑地看着潘多娜天真的模样说："你这丫头，还爱操这心。这都是商业机密，我哪里能知道。"

潘多娜冲着徐可青伸了伸舌头，她俏皮的样子逗得徐可青忍不住笑了起来。

饭桌上的潘多娜像个什么都不懂的小孩子，每上一道菜她都要问一问徐可青，这道菜叫什么名字，有什么特点。等徐可青解释清楚了，她才拿起筷子挑着菜往嘴里一送，一边嚼着嘴里还不停地称赞："嗯，这个好吃。""这个也不错!"她夹着菜送到徐可青的碗里说："你别光看呀，看是看不饱的，只有尝了才能品出味道，吃了才能填饱肚子。只闻其香不动筷，光看其色不动嘴也能顶饿的话，我带你去厨房得了，还不用掏钱。可比咱们坐在这里划算的多。"

徐可青一听潘多娜那一句“只闻其香不动筷，光看其色不动嘴”的话，竟哈哈大笑起来，潘多娜瞪着她黑亮的眼睛看着他说：“怎么了，是不是我的吃相太难看了？可是你知道吗，为了等你的消息，我这几天每天都只能吃下去一顿饭，有时还是方便面。想一想一个本来是很饥饿的人，在看到这一桌美味的时候，能不胃口大开，能不狼吞虎咽吗?”

徐可青自然明白潘多娜话里的意思，但他就是不接她的话茬，潘多娜就好像是他要钓的一条鱼，钓鱼当然要有鱼饵，在鱼还没有完全上钩之前，他怎么会轻易地撤下鱼饵呢。当然，他也不是那种光顾自己贪吃而不给鱼食的人，潘多娜的事对他来说是举手之劳，他想好了，等过上一段时间，在学校的招生工作开始之前，他就帮她把事情办好，不就是办个自费嘛，其实哪个学校都愿意招自费生的，收费比正常招收来的学生要高，也是一种创收的途径嘛。只是自费生的名额毕竟有限，所以好多人即使有钱上，也只能是望洋兴叹。

潘多娜实在是可爱得很，面对着她，徐可青就像年轻了几十岁，也轻狂了起来。他跟着潘多娜大口大口吃起来，一边吃还一边学着她的样子不停地赞赏着。

这一顿饭一直吃了近三个小时，等他们结完账出来，天都黑透了。这时燥热的空气也慢慢变得有些凉快了，时不时地，还会有一阵风从他们身边走过，像个调皮的孩子似的，围着他们转个圈，然后又飞快地跑远了。

潘多娜立在黑暗中，她是茫然的，她以为徐可青会告诉她，哪怕是一点点关于她上学的事，可是没有，他什么也没说，只和她说些不着边际的话。她以前是从来不喝酒的，但是今天晚上她却喝了一些，借着酒劲，她问徐可青帮她联系上学的事。徐可青只说再等等，再等等，让她不要着急，可她能不着急吗，她背着妈妈休了学，她跑到舞厅里去赚钱，她死打烂缠跟着萧南从她生活的那个城市来到北京，萧南离开她了，剩下她孤单单的一个人，要不是齐宇凡，她快支撑不下去了，没有人可以倾听她内心的苦痛，她的过去像一段腐烂的木头，她要把它扔弃。现在，她以为终于有一线希望了，可是徐可青还要让她等等，她害怕啊，她费了这么大的劲，她能得到她想得到的吗？

徐可青见潘多娜站在路边上老半天不上车，不知道发生了什么事，便走了过去，却听到她轻轻抽泣的声音。也许是这样一个清冷的夜软化了徐可青心中筑起的那道坚硬的防线，也许是潘多娜孤单的样子激起了他心中残存的柔情，心里忽然对她充满了同情，他在想他是不是对这个孤身闯北京的女孩子太冷酷了？他都已经快奔五十岁的人了，而潘多娜却还二十岁不到，论年岁，她都可以勉强喊他一声“爷爷”了。这样一想，他有些羞愧难当了。他伸出手，真的就像个长辈似的抚着潘多娜的肩膀，轻轻地问：“小娜，你怎么了？是不是有什么不开心的事啊？我告诉你，你上北京电影学院的事，我一定会帮你办的，只是——只能是自费，但我会尽力帮你说说，把费用减少到最低程度。我能做的也只有这些了。”

没想到，潘多娜不但没有止住抽泣，反倒像个孩子似的一头扎进了徐可青的怀里，放声痛哭起来。这下，徐可青慌了，他的身子一下子僵了，他想我才放弃了我的想法，这孩子怎么就硬要闯过来。他刚要往外推她，但是又不忍心把这样一个伤心的孩子推出去，他叹了口气，心想这就是劫数，只是不知道是谁的劫数。潘多娜的双手已经十分自然地搂紧了他的腰，他控制不住自己了，一把抱紧了她娇柔的身子。

徐可青几乎是把潘多娜抱进车里的。车灯没开，黑暗中潘多娜准确无误地再次扑进了徐可青的怀里，在他身上乱摸起来。徐可青忍不住了，本来他就对潘多娜怀有不良企图，如今潘多娜的主动更是让他无法抑制住自己的欲望。他像疯了一样，在黑暗中寻找着潘多娜的双唇。

一切都是在黑暗中完成的，徐可青自己都奇怪这件事情发生的竟是如此自然和顺利。看来潘多娜已经知道他的想法了，这个可怜的孩子竟然会为此做出如此大的牺牲，可见她要上电影学院的决心之大，这也就不难理解她休学的举动了。事毕之后，徐可青对潘多娜多了一份恻隐之心，这份恻隐之心让他真的帮潘多娜解决了实质性的问题。

三十

潘多娜在床上躺了两天。这两天里她一直是闭着眼睛的，像睡着了一样，但大脑一刻都没有停歇。她什么都想了，从走进师范学校的第一天开始，一直到现在，她怎么也想不透究竟是哪里出了问题，她走的路好像有点偏离了原先设想的那种生活。她想到了况儒，如果他还在这个人世，一定会帮她解决很多难题，他是那样善良，又是那样的热心，他一定不会让她独自一个人茫茫然在这个世界上艰难行走。还有安在东，他现在会不会想到她？他是真心爱她的，可是他更爱他那个有地位的家庭，他对她的爱，是如此的脆弱不堪，是他最初改变了她的生活。要不是他，她现在还会在学校里，和方小华她们一样，听着枯燥无味的课，等待着无望的明天。哦，方小华，她还好吗？她现在会时常想起她吗？还有萧南，是他把她带到北京来的，但他却将她像一条废弃的小船一样扔在了北京这个茫茫大海上，一任她孤独地、伤心地、没有一点方向地随波漂流着……两天了，她没有饿的感觉，只有被这个世界遗弃、践踏的苍凉、悲愤感。

有人打电话过来，她知道那肯定是齐宇凡，除了他，是不会有人给她打电话的。她不想接，闭着眼睛，一任电话铃尖锐的声音在屋里不停地响着。齐宇凡是她什么人呢？什么也不是，只是她的一个网友，一个为人真诚的朋友。她和他之间的距离遥远得几乎无法触摸，可她明白，他是真心对她好，但也仅仅是一个好。他是把她当成妹妹一样关心、爱护和帮助着，她在北京无依无靠的，却能遇到这样一个好人，不能不说是她的幸运。

电话铃固执地响了好长时间，终于不响了，屋里又重新归复寂静。潘多娜翻了个身，趴在床上，她终于听到了自己的肚子发出的“咕咕”的声音。

手机又响了，她竟忘了关手机，爬起来去看号码，还是齐宇凡的电话。她拿着手机愣愣了老半天，犹豫究竟是接还是不接，等下定了决心要接时，电话却断了。她苦笑了一下，想很多时候，人就是在这一愣神之间，错失了很多的机会。

潘多娜还握着手机发愣的时候，手机又响了，她一看，这回是徐可青的电话。徐可青这时候给她来电话又会是什么事呢？她厌恶地皱了皱眉头，她对这种衣冠禽兽的男人算是看透了，但她却不敢错过这个电话，按下接听键。

但正如她所猜想的，徐可青什么事也没有，他只是问她想不想去郊县，现在正是水果大量上市的时候，他想带她去水果基地采摘去。这要在平时，潘多娜是愿意的，不但愿意，而且还一定是踊跃的，可是，她对徐可青实在是没有什么好感了，刚开始时的那一点点崇敬之情早已随着那个夜晚发生的事情而消失殆尽了。

潘多娜语气蔫蔫地说：“不去了，我哪里都不想去，只想睡觉。”

徐可青一听潘多娜无精打采的声音，赶忙问：“你怎么了，是不是不舒服啊？”

潘多娜顺势说：“是呀，好像是有点感冒，不过不碍事，只是不想出去了。你还是找别人去吧。”

听了这话，徐可青更是热心得不行：“那可不好，我怎么能丢下你不管呢？你等着，我给你送药过去，很快就过去。”

潘多娜还没来得及推辞，他就把电话挂了。

潘多娜一直不接电话，齐宇凡就打算一下班便去她那里看一下，他想现在她可能又是和她那个网友出去逛街了吧，这个女孩子平时总窝在家里不出去，想不到一找着知音就现出女人爱逛街的本性来了，还一出去就是两天都找不着人。

齐宇凡急着要找潘多娜，是有一件事要告诉她，他要出国了。他们公司要派个业务代表驻在日本，他精通日语，业务能力强，又是公司的中层干部，思想素质也好，公司就准备派他去了，说好是两年时间，两年后，如果他不愿在日本待下去，他再回国另换他人。齐宇凡想在去日本之前和潘多娜好好聚一聚，想起来，他和潘多娜除了刚开始的那一段时间，已经很长时间没有好好在一起了。

齐宇凡从明天开始就要把手头上的工作移交给别人了，在这段时间里，他应该是比较清闲的，他想利用这段时间加强培养一下他和潘多娜之间的感情，至少，他会告诉潘多娜，他对她有的那份感情。

这时的徐可青正驱着车，高兴地往潘多娜的住处赶去，他岂止是高兴，简直是春心荡漾，想起潘多娜那年轻美丽的脸庞，那光滑妖娆的胴体，他的心就跟着了火一样，他觉得自己此时就像一个贪恋美味的人，对尝过的美食产生了深深的眷恋，不让他再去吃一回，他一定会寝食难安的。他给潘多娜打电话的目的是很明显的，就是想再吃一口美食，他知道这时的潘多娜还不会拒绝他。

听到门铃声，粗粗地洗了一把脸的潘多娜赶紧过去开门。门一打开，徐可青布满笑容的脸就出现在了视线中。潘多娜努力让自己也换上一副甜甜的笑脸来，把徐可青迎进了屋。

徐可青装模作样地打量了一下屋子里的陈设："嗯，不错，这么雅致的陈设，很适合你这样的女孩子。"

潘多娜笑了笑，这屋子是她后来在齐宇凡的帮助下重新租的，原来的那套房子在萧南匿迹后，她无法支付那高额的房租退掉了。房子其实很简单，一个衣柜，一张饭桌，一张书桌，两个沙发，床是齐宇凡帮她买的，她不喜欢原来屋里的床，很老旧，很寒酸。她把窗帘重新换掉了，虽然不是落地窗，却换成了绿底子的落地窗帘，占了一面墙，这使屋子里洋溢着一种宁静、平和之气。

徐可青见潘多娜不语，忙拿出他在途中买的"康泰克"："快，你赶快吃些药，吃了药感冒就会好了的。可千万别不当一回事，孤身在外，要懂得爱惜自己。身体是自己的，只有自己珍惜了。"

潘多娜本是托词，见徐可青真当成一回事了，也不好意思推却，只好接过药。两天没吃饭的人了，身体自然有些虚，转身时有些猛了，身体就摇晃了一下，徐可青眼疾手快，一把就扶住了她，然后顺势把她拥进了怀中，嘴贴上了她那柔软的唇上。

潘多娜心里自是恼怒的，却不能发作，只好任徐可青的嘴在脸上像猪似的乱拱着，任他的手急切地在她身上游移。

该做的最终都做了。潘多娜躺在床上闭着眼睛一动也不动。徐可青疲惫不堪地在一旁躺着，心里却在回味刚才自己的勇猛。

两人都躺着，谁也没有说话，谁都知道这是一种交易，赤裸裸的交易。

潘多娜有些不可思议地睡着了。空调发出细微的响声，就像一曲催眠曲，将两天来大脑一直处在紧张中的潘多娜送进了梦乡。

徐可青奇怪潘多娜的入睡，他撑起身子看着她，她脸上的绒毛是那般的清晰，未褪尽的稚气中还挂着一丝淡淡的忧伤。他看不厌这张脸，这张白皙的、可爱的脸。

黄昏渐渐地从远处走来，太阳像个顽皮的孩子，吊挂在天边，迟迟不肯下到远方的山那边去。城市的喧嚣在到达了一天的顶峰之后，开始慢慢地一点点地归于平静。齐宇凡从公司一出来便给潘多娜打电话。电话终于吵醒了睡得很沉的潘多娜，她发现徐可青已经走了，只有他带来的药还在桌子上放着。

齐宇凡到达的时候，潘多娜已经起床洗漱好了，见到她的第一句话就是："找你真难！我还以为你被你那个网友拐骗了呢。"

潘多娜笑了笑，却并不言语，只是默默地跟在齐宇凡的后面出了门。齐宇凡奇怪了，平时手不停嘴不停的潘多娜今天却沉默得有些出奇。他问潘多娜发生了什么事，怎么不高兴了。

潘多娜瞅了瞅齐宇凡，随口说道："我有点不舒服，这两天跟我那网友逛街太累了，北京太大了。不过，你今天也很奇怪的。"

齐宇凡被无意中说中了心思，他笑笑说："我有什么好奇怪的。"

潘多娜说："你一脸的神秘。是不是想要对我说什么事？"

齐宇凡说："没有啊，我这几天会闲一些，我要好好陪陪你。"

潘多娜轻轻吐了一口长气："你别陪我，有时间陪你的女朋友好了。"

齐宇凡半开玩笑地说："那你做我的女朋友好了。这样，这段时间我还是陪你。"

潘多娜的脸倏地红了："齐宇凡！"她像一只受了惊的小兔子似的，声音近乎于尖锐了。

齐宇凡吓了一跳："怎么了？跟你开个玩笑也不行啊？你不愿意做我女朋友就算了。"他脸上掠过一丝明显的失望。

潘多娜的心情不好，一时倒也不知道怎么说了。她埋着头，加快了脚步，走到了齐宇凡的前面，她感觉到了他投过来的目光，她的心猛然间酸涩起来，眼泪一下子涌了出来。

齐宇凡以为潘多娜真的是生气了，后悔起自己的轻薄来，他有时候也会和潘多娜开玩笑的，从来也没见她有这么大的反应，而且还会和他你来我往地胡说一通。今天也许真是她太累的缘故。

上到车里，齐宇凡没急着发动车，他坐在车上不动。潘多娜也不说要齐宇凡开车的话，只是很安静地坐在副驾驶的位置上，定定地看着车窗外的一个地方发呆。这样过了一阵，齐宇凡不想沉默下去了，他就开口说："小鱼儿，我过几天要出国了！"

潘多娜猛地扭回头，惊讶地望着齐宇凡问："你要去哪儿？"

"日本。我们公司在日本需要个业务代表，我被派去哪儿了。"

"那……要去多长时间？"

"两年。"

两年！两年里要发生多少事啊。潘多娜想，她依旧什么也没有说，只是很平静地问道：

"什么时候走？"

"过几天，等我这边把手头的事情都移交好了就走。"

潘多娜的心里很是失落，难得在北京有一个这样真心实意地对待她的朋友，结果他却要走了，而且这一走就是两年。她怅怅地看着齐宇凡，感觉这时的齐宇凡不是坐在车上要和她一起去吃饭，而是在机场里，正要登上去日本的飞机。

齐宇凡终于什么也没有说，他把表白埋在了心里，直到他离开中国，也没有说出口来。只是他不知道，在他走的那一天，潘多娜穿着他给她买的那套裙子，在屋里呆呆地坐了一天，整整一天。

三十一

八月的北京，酷热难耐。

潘多娜躲在屋子里，每天除了上网就是打电话，她的网友已经不是一个两个了，从二十岁到四十多岁，几乎是来者不拒。电话本上新增的电话号码也越来越多，她每天都要接到不少网友的电话，然后她有选择地与一些网友见面。在北京这个偌大的城市里，这段时间，上网交友成了她唯一的生活方式。

齐宇凡刚到日本时，还给她发过几次 E-mail，问她的好，说他很惦记她，隐隐约约地透露着自己的心思。她看着信，想起齐宇凡对她的好来，竟泪流满面的。但她没给齐宇凡回一封信，她把他放进了心里，像她小时候珍藏的一些美丽的图片，不开心的时候就拿出来看一看，回味一下，安慰安慰自己寂寞的心灵。慢慢地齐宇凡就不写信了，潘多娜想他的生活是忙碌的，会有很多跟她不一样的人，也会有让他喜欢的女人走进他的生活，然后，他就像忘记一件细小的事情一样，把她忘记，从此不再记起。

徐可青倒是隔几天来上一趟，每一次来，都不说帮她把事办得怎么样了，总是匆匆地说上几句话，手就会爬上她的身子，然后就把她抱到床上。潘多娜曾怀疑过徐可青的能力，可转念一想，现在除了这个人，她也没有谁可以依靠了，反正成与败对于现在的她来说，都是无可奈何的事了。就索性什么也不去想，跟徐可青把床上的戏演完，等他前脚一走，她立马就打开电脑上网。她就这样浑浑噩噩地在网上度着日子。

徐可青终究还不是潘多娜曾猜想过的那种衣冠禽兽，他还是讲点情分的，到底还是帮她进了北京电影学院的表演系，只是比正常入学的学生多了不少的收费，好在潘多娜的金卡上还有些钱，可以支付这笔费用。

潘多娜就这样笑笑，她毫不推辞地接过徐可青的钱，她不想也不问徐可青是怎么帮她弄的，反正付出了，她要的只是付出的回报。徐可青拿钱给她的目的是很明显的，潘多娜也一样觉得理所当然。

潘多娜就成了北京电影学院表演系的一名学生，但她不是太激动，这时的她，自以为经历了人生的许多沧桑，看透了世态的炎凉，心中已经没有了当初一想到要上北京电影学院便涌起的那种热情了。尽管如此，当她走进电影学院时，还是忍不住顾盼四周，她的脸上是平静的，不像走在她身边的其他学生，欣喜和感叹一目了然，但在她心里，还是有点心潮起伏的，这是她多少年的梦想啊，她经历了她这个年龄的女孩子很少经历过的一切，也失去了她原本并不该失去的东西，就为了今天，北京电影学院，她终于成了这所倾慕已久的院校里的一名学生。

潘多娜接到 FOOD 的电话时茫然不已。她想都没想，就说：“对不起，你打错电话了。”把电话挂断了。但没一会儿，FOOD 又打过来：“你是不是那个想上电影学院的郝梦绮？我是 FOOD。”潘多娜愣了半天，断定这个人是她的网友，否则，他怎么知道她想上电影学院呢？她慢慢地终于想起来了。FOOD 对于她，确实是有点太遥远了，在网上他们只聊过一次，而且又是很久以前的事了，他能记得她，倒是令潘多娜惊奇不已。

潘多娜和 FOOD 见面的时候仍然用的“郝梦绮”这个名字。

FOOD 对潘多娜一见钟情，可是潘多娜 FOOD 却没有感觉。FOOD 的样子就像他的网名，是让人一看就能想起食物。在“麦当劳”里面，FOOD 的喋喋不休让潘多娜有一种要休克过去的念头，她不知道，这个在网上很沉着稳重的男人，怎么在现实中却是这样唠叨和琐碎。她一边跷着手指拿薯条蘸着番茄酱吃着，一边看着FOOD一直在动的嘴巴。FOOD的嘴唇是他脸上最性感的部位了，如果没有他的脸，那嘴唇肯定让男人和女人都会心动的。潘多娜自顾自地笑笑。FOOD停下，疑惑地看着潘多娜，潘多娜没有注意到他的表情，她只看到他的嘴一下子不动了，她这才很认真地看着他。FOOD问：

“郝梦绮，你在听吗？”

潘多娜正在舔着手指上不小心弄上的番茄酱，顺口回答道：“我当然在听喽。”

“那你愿意吗？”

潘多娜迷惑地问道：“愿意什么？”

“做我女朋友啊。我现在才知道，我二十八岁了为什么还没有女朋友，原来我就是在等你啊。”

潘多娜神情恍惚了，她想起齐宇凡也说过同样的话，但她却回绝了那个她喜欢的男人，因为喜欢，所以才不敢要那份感情，她清楚自己并不是齐宇凡心里想象的那种人。

潘多娜伸手摸了摸FOOD胖得很柔滑的脸，笑着说：“真的是在等我吗？”

FOOD兴奋地一把握住潘多娜的手说：“真的不骗你，我以前还没有谈过恋爱呢。”

潘多娜问：“那你为什么到现在才给我打电话？”

FOOD说：“我以前也打过，只是你没接。”

潘多娜兴致索然地说道：“哦，那肯定是我不高兴的时候了。”

FOOD说：“以后我不会惹你不高兴的。你要什么我都会答应。”

潘多娜忽然猛拍一下桌子站了起来：“走，冲你这句话，我也要好好地爱你。我们现在去逛一逛公园。”

FOOD 吃了一惊："现在到公园去？"

潘多娜睨了他一眼："怎么，这点勇气都没有？"

FOOD 咬咬牙说："为了爱情，我豁出去了。"

潘多娜眉开眼笑地说："这才对嘛。咱们就去紫竹院公园吧，那里离得最近，人也不算多。"

出了麦当劳的门，虽是下午的时间，阳光却没一点要减弱的意思，像从天上撒下来的炭火，旺旺地在人体上灼烧着。潘多娜在火辣辣的阳光里连蹦带跳，胖胖的 FOOD 却不一样了，每走一步都是大汗淋漓，像蒸过桑拿一样，湿淋淋的衣服贴在他的身体上，黏糊糊地很难受。

FOOD 终于是吃不住劲，紧走几步一把拉住潘多娜说："梦绮，我看咱们还是别去公园了，这大热的天，热不死我也会让汗淹死的。"

潘多娜看 FOOD 狼狈的样子，大笑起来，她走过去拉住他的胳膊说："那你说，去哪儿？我听你的，行吧！"

FOOD 擦着头上的汗水，说："不如我陪你去逛商场吧，商场里有空调，那样也凉快一些。"

潘多娜翻了翻白眼说："我可没钱逛什么商场！"

FOOD 憨憨地一笑说："我有啊？"

潘多娜说："你一个小公务员，能有几个钱啊。"

FOOD 颇有些自豪地说："你不用操心这个，钱是不成问题的。"

潘多娜没说话，不过她看 FOOD 的目光却是比刚才明亮多了，多了些让她自己也感觉到的特别，还多了一些柔情。

于是，潘多娜同意和 FOOD 一起去了"双安"商场。

FOOD 果然出手大方，只要潘多娜看中的东西，即使她不说话，只要用那种留恋的眼神瞄一眼，他也会毫不犹豫地买下来。

一个下午转下来，潘多娜买了一大堆东西，连吃的带穿的、玩的、化妆品，甚至连卫生巾，都买了够用半年的。

看着这一大堆的东西，潘多娜不好意思拒绝 FOOD，便允许他到她租的屋子里。FOOD 一进潘多娜的屋，便说房子太小了。潘多娜疲惫地往床上一靠，懒洋洋地说：“小啊？就这么小的房子，我到下个月就没办法付房租呢。”

FOOD 一听，也不含糊，立马掏出钱包，数出一千块钱来给潘多娜说：“我来替你付房租好了。”

潘多娜看了看钱，并没伸手接过来：“我才不要你的钱，免得让人误会。我自己会想办法的。”

FOOD 把钱往桌上一拍，说：“什么话，我能不管你吗。不然的话，你搬到我那里去住好了，我的房子里还有空房。”

潘多娜撇撇嘴说：“那我不亏死了，我还是个学生呢，而且还是电影学院的学生，我和你还没怎么地呢，别人倒不知要用什么眼光来看我了。”

FOOD 一脸无辜的样子说：“现在男女合租一套房的多了去了，你只是住我那儿，省了你的房租，又不是要你跟我做什么，看把你怕成那样。”

潘多娜从床上跳起来，冲到 FOOD 的面前，伸出手胳肢他：“让你胡说八道。”

FOOD 没有防备，几乎被胳肢得喘不过气来，连连告饶。

潘多娜笑着住了手，一时却不知道怎样把自己的情绪缓和过来，站在 FOOD 的面前，脸贴着他的脸，一脸的笑容灿烂得有如春天的阳光。

FOOD 实在忍不住了，一把把潘多娜搂进自己的怀里。潘多娜闻到他身上浓重的汗味，使劲推开他。

FOOD 愣愣地看着潘多娜。

“快去洗个澡吧，你身上的汗味都能把我熏死了。”潘多娜把

FOOD推进了卫生间。

FOOD喜滋滋地进去冲澡了，洗好后却披着浴巾出来了。

潘多娜瞪着眼睛看着他说："李书平，你就这样子出来？"

FOOD很无辜地看着潘多娜说："你又没有给我衣服，我又有洗完澡就洗衣服的习惯。没有换洗的衣服，又不能光着身子出来，就只好这样了。"

潘多娜把自己所有的衣服都翻了翻，她这里也确实是没有FOOD可以穿的衣服，她冲着用期望的眼神看着她的FOOD做了个鬼脸说："要不，你在这里等着我，我现在就出去给你买套衣服回来好了。"

FOOD一把拉住潘多娜说："梦绮，不用了，如果你不喜欢我在这里多呆的话，我就穿着湿衣服走好了。"

潘多娜眨巴眨巴眼睛，叹息了一声说："算了吧，你还是等衣服干吧。"

FOOD一脸的坏笑："这可是你说的，如果有什么事发生，可怨不得我。"

潘多娜嘻嘻笑着，用手捅着FOOD裸露着的有些突出的腹部说："能发生什么事啊？你告诉我，你告诉我啊！"FOOD经不住这样的挑逗，他一伸手就把不防备的潘多娜又拉进了怀里，"没有汗味了，现在可以了吧？"话刚说完，他稍一用力，不想浴巾却散了开来，他赤裸裸的身体出现在了潘多娜的面前。

潘多娜惊叫了一声，猛地捂住了眼睛，转过身去的时候，却笑得直不起腰来。

FOOD慌忙从地上捡起浴巾，往腰上一裹，要潘多娜给他找根带子系一系。潘多娜笑够了，过来把浴巾从FOOD的身上一把抓了下来，往沙发上一扔，说："这个样子不是更好？是不是比你披着浴巾要舒服？"

FOOD愣愣地看着潘多娜。潘多娜的脸一下子红了，她看到FOOD下体有了十分明显的变化。

赤身裸体的FOOD朝潘多娜扑了过来，把她压在床上。潘多娜不动了，FOOD也不动，他的喘气声却一声高过一声，一声比一声急促。

潘多娜的手开始轻轻地、小心翼翼地在FOOD的身上滑走，那细微的、若有若无的感觉给了FOOD鼓励和暗示，他大胆地剥开了潘多娜的衣服。

空调制造的凉气淹没了这一对癫狂的男女。

三十二

潘多娜并没有想真的要和FOOD谈恋爱，FOOD却把她看得很紧，每天一下班就到她的房子前守候着。有时候潘多娜和同学出去玩了，回来晚了些，FOOD就不停地给她打电话，等她回来时总要盘问好几遍；有时他还会守在学校的门口等他，让学校的门卫给盘问了好几回，结果很多人都知道门口有一个花痴胖了，好在大家还不知道他等的是潘多娜，因为他始终不知道潘多娜的真名。但就是这样，也弄得潘多娜不胜其烦。她开始以为FOOD也不过是想跟她玩一场游戏而已，却没想到一场游戏最终会是这种结局。她决定跟FOOD摊牌，她觉得要再这样跟FOOD玩下去，自己肯定要疯了。

FOOD却一点也不相信潘多娜所说的话，他用怀疑的眼光望着她："你怎么可能不爱我？我是这样地爱你，这样的心甘情愿地为你付出一切……"

潘多娜不耐烦地打断他："嗨，FOOD……哦，不，李书平，我们只是彼此需要，你付出了什么我不管，但我付出了我的身体。我不欠你的，你甭在我面前装可怜了。”

FOOD真的一副可怜巴巴的样子：“你是不是觉得我不该这样每天都想见到你？我不要这样想知道你的每一次行踪？我也知道不好，对你不公平，可你知道吗，我这都是因为爱你啊，爱你才会有这样在你看来是极端的行为。如果你能体会到我的感受，你一定就不会认为我做的有什么不对了。相信我，梦绮，相信我对你的爱是真的。梦绮，给我一次机会吧，好吗？”

潘多娜听着他一声声“梦绮”地叫自己，忍不住笑出声来，这个家伙口口声声说爱她，却至今连她的真名都不知道，也真是糊涂到家了。她口气十分冷淡地说：“机会有过啊，这一个月来就是我给你的机会，但是你还是没有让我爱上你啊。你说你还要让我怎样？”

FOOD紧紧盯着潘多娜说：“你到底想要我怎样？”

潘多娜避开他的眼睛，看着自己葱一样细长嫩白的手指，皱着眉头说：“我不想要你怎么样，只是希望你不要让我再怎么样了。反正从今天开始，你在我心里就像一摊水迹，我用一块抹布就把它抹掉了。以后就再不会有水迹了。”

FOOD忽然就收了那一副可怜的样子，狠狠地说：“都说戏子无情，果真是如此。你还没到那份上呢，却已经是这样的绝情绝义了。”

潘多娜勃然大怒道：“我绝情绝义是我的事，跟你没有关系。你有情，你去跟别人有情好了；你有义，你也跟别人有义好了。好歹咱们是没有什么关系的。”

FOOD见潘多娜说的决绝，倒一下子来了骨气，他挺了挺腰身，用目光扫了扫潘多娜那张年轻得一掐就要流出汁似的脸庞，嘴唇动了动，终于什么也没说，愤愤地走了。

潘多娜松了口气。她有一种从捆绑中解脱出来的轻松。

潘多娜一心想上北京电影学院，在她的心里，只有北京电影学院才是她真正的容身之处，然而，等费尽心思的她真正进入了北京电影学院，才发现其实这里也没有什么神秘的，课程虽比她以前学过的课程要丰富和深刻许多，却不见得生动多少，依旧听得她两眼无神。这时的她也没有了以前的那份勤奋和努力，当最初的新奇和激动过去之后，她对学业变得漫不经心起来，反正学的都是大学里的基础课程，她认为那些东西对自己并没有多少作用，而每个礼拜的两节专业课在她看来又太过简单。潘多娜平时并不在学校里住，她宁愿每天坐公共汽车来回跑，她嫌在学校里缺少自由，而她，现在已经是不能没有自由的人了，尽管她的自由更多的是在网上。

一个周末的夜晚，潘多娜正在网上狂聊的时候，萧南打来电话，一听到他的声音，潘多娜竟有种恍若隔世的感觉。她早已不再记起他了，虽然他曾经在她的生活里有过一段比较重要的位置，后来又将她遗弃了，但她对他的记忆确实是淡漠的，一个爱也不浓，恨也不深的人就像是一粒沙尘，在她的情感世界里失去了也就失去了。

萧南却是一直对潘多娜割舍不下，他以为她会打电话给他，每一次他的手机响的时候，他总是期望这是潘多娜的电话，但自始至终，她再也没有给他打过一个电话。他曾偷偷地要给她打电话，但电话号码拨到一半时，他又怅怅地挂掉了。他不知道跟她如何说，让她不要恨他？还是让她继续等他？都不合适，连问候一声，他都觉得他已经失去了这个权利。是他把她带到北京的，却又是他把她抛弃在北京不管不顾的，她还是一个孩子啊。

犹豫和牵挂了几个月，萧南终于还是打出了这个电话。

潘多娜的平静是萧南可以想象到的。

萧南问："小娜，你现在过得怎么样？"

潘多娜只说了两个字："还好。"再不肯多说，等着萧南下面的话。

“那……你找到工作了吗?”萧南问。

“我在北京电影学院上学呢。”

这倒是萧南没有想到的，他只想这个孩子孤零零地独自在北京，又是心性儿极高，不晓得会受什么样的苦呢，却没想她倒真的上了北京电影学院了。他的心里到底还是为她放下心来，却又有隐隐的失落感，原来她离开了他生活是一样的好，甚至是更好。

萧南毕竟不是那种无情无义的人，他还是很真诚地对潘多娜说：“小娜，我知道我对不起你，我也是迫不得已。咱们一场情分，以后你要有什么困难，还是可以给我打电话的。只要我有那个能力，我不会坐视不理的。”

潘多娜以为自己面对萧南应该会是平静的，她从来没有恨过他。但是一听这话，却莫名地愤怒了起来，她冷笑了一声，说：“你怎么个坐视不理？萧南，你真以为你是我的救世主？从一开始到现在，你又究竟帮了我多少？我只不过是你曾经养过的一只宠物，如今我这个宠物可以不依赖你了，你心里却又不平衡起来了?”

萧南一时愣了，拿着电话半天不知还要说什么。

潘多娜气急地说：“萧南，你要明白，从一开始，我就不曾依赖你，以前不会，现在当然更不会了。你不要以这样可憎的面目出现在我的生活中，没有你，我会过得更好。”

萧南软了，他明白潘多娜并不希望他的出现，他对她的惦记其实只是自己对良心的一种补偿，但潘多娜不需要他的良心，他在她的心里，从他离开的那一天起，就已经没有了。

潘多娜恨恨地挂断电话，忽然发现自己的脸上是湿的，她流泪了。我为什么要流泪？我凭什么要流泪？潘多娜拿手背狠狠地擦拭着自己的脸。

网友却还在网上呼叫她，她心烦意乱地一把把电脑的插头从墙上的插座上扯了下来，电脑屏幕黑了，像一张乌黑的脸，茫然地对着她。

屋里很是寂静，潘多娜坐在床上更加烦躁起来，她起身在屋里打着转，然后像一只迷路的小鹿一般，立在屋子中间神情萧索、茫然地看着窗外。忽然，她想起了什么一样，拿起电话，翻开电话本，开始拨出一串数字。

夜色欲临未临的时候，潘多娜到了那个叫“都拉”的饭店门口，一下车，她就看到了那个站在门口左侧，手里握着一枝玫瑰花的微微有些秃顶的男人。潘多娜下车的时候，男人就已经紧紧盯上了她，亮亮的眼神在黄昏里显得格外突出。潘多娜故意不去看他，往旁边的地方走去，一看不是自己要等的人，男人的目光就收了回来，瞅着手里浓艳的红玫瑰，神情有些失望的。就在这时，潘多娜出其不意地拐到了他的面前，调皮地喊了一声：“何健!”

男人从惊讶中回味过来，一脸的惊喜。

何健和潘多娜在网上已经聊了好长时间了，当他要约见潘多娜的时候，她总是推托，但这次，却是她要见他了。选择何健，是因为潘多娜知道何健是南京一家企业的副老总，常驻在北京的办事处主任。

潘多娜问何健为什么要选择这个地方见面，何健只是笑笑，并不言语，就带了她向饭店的深处走去。

饭店的里面连大厅都铺了地毯，走在上面，没有一点声音，在灯光下，几个人影晃动着。潘多娜不禁伸手拉住了何健的胳膊，人也自然地贴近了他。何健偏过头来看看潘多娜，笑了起来道：“怎么，是不是觉得很阴森?”

潘多娜不好意思地点点头说：“没有一点人声，空调又那么冷，很阴森、鬼魅的。”

何健安慰她道：“没事，这是饭店，是吃饭和住人的地方，又不是鬼宫，没有人声，却总是有人气的。”

转过饭店大厅靠西的一角，又继续往里走到走廊的终端，何健推开旁边的一扇门，潘多娜眼前豁然一亮，只见这里面灯光通明，犹如白昼，小厅不算太大，也就几个平方米的空间，天蓝的壁纸颇有情调，墙壁上还装有四个烛台，烛台是煤油灯式的，却精致小巧，与天蓝的壁纸十分的和谐。

何健告诉潘多娜，这叫情人厅，是为情人营造二人世界的浪漫气氛的，这是这个饭店的一大特色。他让小姐把烛台里的蜡烛点亮，然后灭了灯。微微的烛光下，潘多娜真的有一种置身于湖边小木屋里的感觉。

潘多娜摇摇头，抛开眼前的幻觉，她问何健她和他又不是情人，干吗要来这里。

何健似乎早已料到潘多娜会问这个问题，他微微一笑，说：“我只是不想把你这样一个高雅的女孩子带到一个俗气的地方，那样让我觉得是对你的冒犯。”

潘多娜慢慢地转动着手中的玫瑰花，用一种很暧昧的眼光看着何健说：“何健，你在决定来这里前，就没想过，也许我让你后悔了呢？”

何健深深地吸了一口气，同样用一种很暧昧的目光望着潘多娜说：“人生本身就是一个大赌，大赌之中又有无数的小赌，不管什么样的赌博，输赢总是不定的。但我知道，在咱们这场赌博中，我一定是个赢家。”

潘多娜好奇地说道：“你为什么这么自信你是赢家？”

何健说：“因为，我是男人，你是女人。”

潘多娜紧紧盯着何健，忽然十分妩媚动人地朝何健一笑：“万一，我说是万一，是你输了呢？而且输得很惨。”

何健有些把持不住，他伸出手轻轻抚摸着潘多娜的脸说：“即使输了，不管多惨，也输得心甘情愿。”

潘多娜哈哈笑着，粉掌朝脸上一拍，打掉了何健的手。何健没屈服，另一只手又过来了，这次潘多娜没有动，任何健的手在她嫩滑的脸上走着。

在情人厅的烛光中吃过这一顿晚餐，潘多娜很自然地就跟着何健到了他的住处，正如何健自己说的，他成了赢家。

在潘多娜的眼里，何健是一条鱼，一条颇为肥大的鱼，她这个饵的目的就是为了让鱼好好地咬饵后面的钩。

“郝梦绮。”在何健那间布置得颇为温馨的卧室里，听到耳边轻轻的呼唤，潘多娜忍不住偷偷地笑了。

三十三

冬天来临的时候，潘多娜想家想得厉害，她奇怪别人都是刚离开家的时候特别想家的，为什么她却是在已经适应了独自一个人在外漂泊的时候，才这样深刻地想念家呢？

刚到北京时，她还打过电话回家，妈妈在电话中又是千叮咛万嘱咐，要她在外面一定要好好保重自己，要勤打电话回家，有什么事要跟她说，在公司如果干不好了就回家，不要硬撑着。因为怕妈妈多心，潘多娜当时还特意买了一张磁卡，在外面的公用电话上打的电话。后来的电话就纯粹是为了给妈妈报个平安，每次安虹问起她的生活和学习时，她就匆匆说上一句“我是请假出来，没很多时间，很快就要演出了”便把电话挂断。她害怕妈妈细问别的情况，她不再是那个把伤害妈妈不当一回事的不懂事的潘多娜了，她宁愿让妈妈对她多些想念，也不愿意让妈妈为她的现状而担忧着。

第一场雪落下来的时候，已是年底了。

那场雪飘得有些突如其来，早上的时候还没有一点动静，上午上必修课的时候，就听到有人轻声地惊叹："下雪了!"很多人都抬起头向窗外望去。潘多娜也抬起头来向外面看去，真的就看到窗外灰蒙蒙的天空中纷纷飘落的雪花，像一朵朵晶莹的绽放着的花朵，静静地无声地舞着，那么的纯净，那么的安详。

下课后，很多同学都涌出去看雪，这时地上已经积了薄薄一层雪，世界在这一层雪的素裹之下，显得分外纯洁和妖娆。

潘多娜站在窗子旁边，雪花依旧飘落，雪地上有了脚印，开始是清晰的，零落的，而后脚印多了起来，雪被践踏得凌乱不堪，也肮脏不堪。潘多娜就有些遗憾，人们总是为了自己的喜欢而不惜去糟践它。倒是那些落在屋顶上的雪，还洁白依旧，保持着一份清爽和洁静。她也曾如雪一样纯洁呢，她想。可是，是谁把她践踏了？是谁让她的生活变得像现在这样凌乱不堪？雪还在下，所有的凌乱将再一次被覆盖，可是她的生活和未来呢？

潘多娜皱皱眉头，她怎么会想起这些。

但是毕竟年底了，很快一个年度就要过去，新的一年又要来了，都说新年新希望新气象，她呢，她的新年又有什么新的希望新的气象？

下午没课，潘多娜便早早地回了她的那个小窝。

回到屋里还没来得及脱下她的羽绒服呢，何健的电话就打过来了：

"梦绮，今天你过来吗？看看我给你买的裘皮大衣。"

这话让潘多娜的颓废一扫而光，情绪顿时高涨起来："你真的给我买裘皮大衣了吗？我只是说说而已，你就当真了？何健，你真好，我好爱你噢!"她在电话里给了何健一个很响的吻。

何健呵呵一笑说："梦绮，有你这句话我也就够了。只要你高兴，我很愿意尽我的所有。"

潘多娜娇嗔道："谁说了要你的所有了？我只要你对我有这份爱就行了。"

何健说："那是当然，难道你还不相信我对你的爱？"

"相信。相信今天，可是不能相信明天。"

"明天我也一样爱你。"何健在电话那头油嘴滑舌地说。

潘多娜撇撇嘴，心说我今天都不爱你，哪里还有你的明天。

挂了电话，潘多娜才把羽绒服脱了，换了鞋，想了想，又重新换上鞋，穿上外衣，在临出门的时候，她又把手机关了，扔到桌子上。

何健一直要潘多娜搬过去和他住，潘多娜坚决不肯。何健开玩笑说你不告诉我你在哪个公司上班，也不说你究竟在哪里住，我很被动，只能等你来找我，我却不能去找你。你究竟是干什么的？不会是贩卖人口零部件的，先来探清我的路数，然后把我出其不意地贩卖给人，让人来取我身上的部件？

潘多娜说，我要是干这种营生的哪还有你在这里说话的份，早把你给阉了。

潘多娜还说道，你的思想倒是跟行为差老大一截了，这你情我愿的事，要追究那么多干什么。就算你知道我在哪里上班又能怎样？你又不会娶我，你也没有那个胆量公开我们这见不得光的关系。若是你非要给咱们的关系定个名，说我是你的情人也罢，只要你能承担得起养一个情人的名分。

何健一听，也有道理，自己确实是承担不了养了一个情人的名分，倒不如就这样来得更随意一些，他也乐得轻松。也就不再追问潘多娜的出处。

但何健这种人也是在女人堆里扎过的，他也明白女人的虚荣，所以，不管潘多娜说缺什么东西，只要他的能力所至，他是丝毫不犹豫的。

当天气一天天变冷的时候，潘多娜似无意地跟何健说起在一家商场里看到一件很不错的裘皮大衣，何健第二天就跑过去看，果然见那大衣在一片冬装里格外显眼，但是价格却也不菲。几天后，正值商场周年店庆，店内所有的东西全部打折，何健咬咬牙把这商场里唯一一件裘皮大衣买了下来。

潘多娜本来天生丽质，穿上裘皮大衣更是一派雍容华贵、典雅大方，把何健都看得惊呆了，连声说人为衣贵，衣为人托，果然是人衣相得益彰。

潘多娜妩媚地一笑，说："真的好看？"

何健发自内心地称赞道："好看。女人果然天生就是尤物。所以才有那么多像我这样的男人，心甘情愿地为女人倾倒，为女人做牛做马也毫无怨言。"

潘多娜讥讽他："是呀，你的女人多得数都数不清，不做牛做马也难啊。"

"你吃醋了？"

"我吃你的醋？哈哈，你以为你是谁。别以为一件衣服能把我给收买了，我可哪套都不吃的。"

何健长叹一声："唉，这就是女人，柔起来柔得似水，把人化了都不知不觉，翻起脸来，却能把祖宗八代都忘了。"

潘多娜一副幸灾乐祸的样子说："你不是为女人做牛做马也毫无怨言嘛。"

何健不怀好意地看着她说："现在我愿意为你做牛做马，累死活该。"

潘多娜白了他一眼说："说风还就来风了，你怎么就这点出息……"

话没说完，何健已一把将她抱了起来："有没有出息那也得看是对什么样的女人了。在你面前，我就是没出息。"

潘多娜不说话了，她望着何健，眼神温柔得像一潭秋水，更是撩拨得他心旌摇动。何健急忙把潘多娜往床上一放，连准备工作都没有，就要直奔主题。

潘多娜却忽然想起了什么，说了一声糟糕，猛地推开了猴急的何健，从床上坐了起来。

何健疑惑地问道："怎么了？你该不是现在要告诉我，你身体不舒服吧？"

潘多娜一脸懊恼地说："我的手机掉在出租车上了。"

何健一听，松了口气，很不在意地说："咳，丢了就丢了吧，重新买一个不就完了吗？就你那么个破手机，还值得这样大惊小怪的。"

潘多娜却不依道："我的手机怎么是破手机了？我那手机还是我妈给我买的，很有纪念意义的。再说了，我又不是你，换手机跟换个女人一样勤。"

何健被潘多娜的比喻逗得笑了起来："你这是什么跟什么呀，乱七八糟的。难不成你对个手机还要搞从一而终？"

潘多娜点点头，可怜兮兮地看着他说："我是有这个打算啊。你不知道，从小我的家境就不好，爸爸早逝，妈妈又体弱多病，为了供我上学，妈妈吃尽了苦头。我从来不乱花我的那点薪水，我要把它们攒下来给我妈，我要给我妈治病，让她生活得好些。所以我对我的好多东西都使用得很小心，就是为了能让它们的寿命长一些。"

潘多娜说着说着，眼里还溢出了泪花。她是在编一个谎言，可是心里却真的在想自己的妈妈了。

何健心软了，他坐到床上，搂着伤心的潘多娜说："梦绮，我还以为你是一个很叛逆的女孩子呢，没想到你却是一个很有孝心的孩子。你不用伤心了，不就是丢了一个手机吗，我重新给你买一个好了。”

潘多娜摇摇头说：“可是你买的跟我妈妈买的意义却是不一样的。”

何健笑了起来道：“意义不意义的，自己心里面记住就行了。这手机是消费品，本来就更新换代得快，你妈妈也能理解的。再说了，你不换新的，手机的消费市场还怎么激活呀？经济还怎么发展？从大的方面说，这消费的意义更大了，是为社会作贡献。”

说得潘多娜这才破涕为笑了：“何健，你心甘情愿吗？”

“不就是一个手机吗？还有什么心不甘情不愿的？傻丫头，别想这个问题了，咱们还是该干吗干吗吧。”

外面的雪下得更大了，潘多娜紧闭双目时听到了雪花拍打窗子的声音，在何健进入她的那一刹那，她的脑海里一下子浮现出她的初次，那场大雪的夜晚，那家令她很少回想起来的旅馆，还有那个叫安在东的男孩。

一切都是从雪夜开始的。

潘多娜的泪从眼角的两边滑了出来，兴奋的何健感觉到了潘多娜指甲嵌进了他的肌肉里的疼痛，他一阵痛楚，却更加奋力地运动着。

天在刺眼的雪白中迟迟没有要黑下来的意思。

三十四

元旦来临了。

各个系里都组织了元旦晚会，潘多娜因为舞跳得好，被班主任推荐到了系里。元旦的前夕，潘多娜每天都留在学校里排练。她平时是不怎么和同学来往的，但因为排练的缘故，不仅是班里的同学，连高她一两届的同学也在一起彼此认识了。

认识了以后，大家才发现，原来潘多娜并不像她外表那样看上去很冷，她其实也是很活泼的一个女孩子。而潘多娜，或许是在北京的这段时间里没有朋友，一个人独来独往的，也孤独的有些怕了一般，在这短短的与同学近距离的接触中，很是开朗和活跃。

潘多娜有一个独舞的节目，给她伴奏的是比她高一届的一个男同学陈晨。陈晨的名字潘多娜早就听说过了，因为他长得有点像影视演员李亚鹏，同时还因为他会各种乐器，据说有很多女孩子对他迷恋得死去活来。

潘多娜是在排练厅里见到陈晨的，因为来自不同的班级，当时负责筹划节目的老师正在把大家一个一个地介绍着。介绍完了潘多娜时，穿着半高领的宽松毛衣、牛仔裤，身材颀长的陈晨，样子很酷地向潘多娜伸出手，说："我是陈晨，你的伴奏。"

潘多娜没理会陈晨的手，她好奇地打量着他，说："你就是陈晨，那个迷倒了很多女孩子的陈晨？"

周围的人一听，"哗"地一声全笑开了。

陈晨缩回自己的手，样子很尴尬地笑着。

潘多娜从笑声中觉出自己的唐突，她赶紧笑着伸出手，握住陈晨已经缩回去的手说："我们是搭档，握个手是应该的。"

这样的见面方式使她和陈晨之间没有了初次见面的那种陌生感，等老师把情况一介绍完，他们就在排练厅的一角开始了合作。

潘多娜很奇怪她和陈晨首次合作，彼此之间竟然就有一种默契，每当她想要用舞蹈表达一种感情时，陈晨就能很快地看出她要表达的东西，在他的音乐里，她也就能感受到那种相应的感觉。

以前潘多娜的舞蹈是用录音带里的合成音乐，她只能让自己的舞蹈来适应音乐，想要表达的东西总是无法淋漓尽致地表现出来。而在陈晨演奏的音乐里，她把舞蹈的精髓发挥到了极致。

元旦晚会上，潘多娜投入的舞蹈动作和陈晨那颇有些苍凉感的伴奏赢得了阵阵掌声。下来后，她听到有人称她和陈晨是一对金童玉女般的黄金搭档。

金童玉女？潘多娜忍不住笑了，笑过之后心里却满是苦涩的味道。这种味道现在就像根植在了她的生活中，只要静下来，那苦涩便会一点一点渗到她心里，而她，却又不知道能和谁去诉说自己的这份苦涩。

元旦过后，潘多娜的生活重新回归到了之前的那种独来独往的状态，她就像一只离队的大雁，在天空中孤单地飞翔着。

周末，打探清楚了潘多娜在学校生活规律的陈晨，在潘多娜等公共汽车的时候出其不意地出现在了她的面前。他以为潘多娜会作出一副惊喜状的，很多女孩子看到他都是这样的。然而，潘多娜只是很平淡地点了点头，她以为他们是无意中遇到的，虽然他们在一起合作过，可那毕竟已经过去了，何况陈晨是那样一个受女孩子欢迎的男孩。

陈晨对潘多娜的这种反应失望极了，他走到哪儿都是很受女孩子瞩目的，还很少受过冷淡呢，一时倒不知自己该不该上前去和潘多娜说话。想了老半天，眼看着潘多娜要上公共汽车了，他急了，大喊道："潘多娜，你先别走。"

"你有什么事吗?"潘多娜停住了要上车的脚步，回转过身来问。

陈晨红着脸，鼓足了勇气说："过几天，我同学的姐姐在家开一个 Party，你和我一起去参加吧?"

潘多娜摇摇头，说："不好意思，我没有时间。你可以邀请别的女孩子去呀。"

陈晨一脸失望地说："是吗？你是不是要和男朋友约会呀?"

潘多娜静静地看他了一会儿才说："不是。"

"我朋友的姐姐是电视台的，我听说她还邀请了几个电视导演呢，你不去看看？说不定会遇上机会呢。”

潘多娜眼睛忽地一亮说：“真的吗？都是哪些导演呢？”

“这就不大清楚了，反正去的很多都是在社会上很有成就的人。我也是因为朋友邀请我去帮他们伴奏才有这个机会的。”

“那我去了是不是很不合适？”

“不会的，我朋友说了，我可以带……个人去。”陈晨不好意思说了，他本来想说可以带他的女朋友的。

潘多娜沉默了一会儿，才下定决心说：“那好吧，我跟你一起去。”

陈晨高兴地说：“那就说好了！到时我在学校等你？”

“不用了，我直接去好了。”

“那也行，你到时候给我打电话。”

“好的！我要坐的车来了，我走了，再见！”

“再见！”

回到自己的小屋，潘多娜正要上网聊天，何健的电话却来了。潘多娜拿起手机，手机还是原来她的那只旧手机，不过号码却换成了何健给她换的新号。

潘多娜问何健找她有什么事。何健在电话中说想你了呗。

潘多娜皱了皱眉说：“我今天没空啊，你别找我。”

“你还能有什么事？是不是瞒着我要去约会别的男人啊？”何健在电话中开着玩笑。

潘多娜也半真半假地说：“是啊，你说对了，我就是要去约会别的男人。”

“梦绮，你可是我的女人，你可不能三心二意啊。”

“何健，我很清楚你是谁的男人。我们是什么关系你我心里都很明白的。我不是你的女人，你也不是我的男人，我们在一起，只是各取所需。你可没有权利干涉我的行动自由。”

何健愣了一下，说：“梦绮你别生气呀，我爱你关心你才会在乎你。”

潘多娜哼了一声道：“何健，我倒说不上太了解你，可我也知道，你挂在嘴上的爱只不过是你哄女人的道具罢了，你以为我真就信了？”

何健一听就急了：“我会哄女人不假，可那都是以前的事了，现在我的心都在你的身上，很少去找别的女人。这话真的一点也不掺假。”

“行了，何健，别演戏了。咱们都不是那种死缠烂打的人。你需要我，是因为我比你玩过的女人要年轻漂亮，这话可是你自己说的。”

“那还不都是以前说的吗，现在我和以前不一样了。”

“以前？我没有兴趣了解你的以前。”

“好，我不说我的以前了。我给你打电话本来是想请你帮我一个忙的，当然，这个忙不会让你白帮的。”

潘多娜沉默了一会儿，还是问了出来：“什么忙？”

何健说：“等你什么时候有空，我们再细谈吧。我现在也不耽误你了。”

何健说完，没等潘多娜说话，就挂了电话。

潘多娜本不想理会，但好奇心却像是一根疯长的藤，很快就把她的心挤得满满的。她决定还是到何健那里去一趟，反正除了上网也没有别的事情可做，去看看他到底是真有事还是在逗她玩。

打定了主意，潘多娜很快穿好衣服出了门，还不到六点，天就已经完全黑透了。等她到达何健的家门口举着手刚要按门铃时，门却开了，何健穿着大衣，戴着帽子，一副正要出门的样子。

看到潘多娜，何健呵呵一笑说：“你到底还是来了。”

潘多娜也是一笑道：“听你这口气，好像知道我要来似的。看你这样子，要去哪儿？是赴女人的约会吧。”

何健把潘多娜拉进了屋，把门合上了，才说：“你别以为我只会会女人。我今天可是为公事。”

潘多娜讥讽道：“呵，破天荒了，今天才正儿八经地听到你跟我谈‘公事’这两个字。说吧，要我帮你什么忙？”

“我要带你去见一个人。”

“什么人？”

“是我们公司的一个大客户。”

“你们公司的客户我又不认识，我为什么要去见他？”

“这就是我要你帮的忙了。宏利公司以前一直跟我们公司关系很好，但不知什么原因，自从这个叫潘捷胜的人当上管销售的副老总之后，就不肯再要我们公司的产品，说我们公司的产品不合格。可事实上，我们公司出品的产品那质量是绝对没问题的，是国家级达标产品呢。”

潘多娜不屑地说道：“现在都加入世贸了，你们应该向国际市场看齐，人家不要你们的产品，那还不是因为你们因循守旧，抱着旧的标准，不提升自己产品的质量，这样不被市场淘汰才怪。”

何健苦笑着说：“我们开始也这样认为，所以我们一方面加快了产品科技含量的提升；另一方面是通过产品国际标准的认证。但后来经过我们的调查，才发现那家公司采用的取代我们公司的产品，都是质量还达不到我们公司生产的质量标准的产品。”

“那是为什么？是不是你们把人家得罪了？”

“不知道啊，这么多年来，我们公司和他们其实合作得挺愉快的。”

“哦，我明白了，你要我去帮你们调查这其中的原因。”

“不仅是这样，这原因已经不是最重要的了。”

“那重要的是什么？”

“帮我们把这个大客户再拉回来。”

潘多娜吓了一跳，说：“你以为我是谁？神仙啊，会仙术，这么一挥手，就让人乖乖地跟我走？我又不认识人家，我怎么帮你们把人家拉回来？开玩笑也不能这么开嘛。”

“我知道你不是神仙，可你是女人，女人是会妖术的，会让男人神魂颠倒……”

“你是要我去跟那个副老总睡觉吧？”潘多娜冷冷地说，“何健，你太小看我了，你以为我会听你的摆布？”

“哎，不是让你去跟人家睡觉，是要你去公关。公关也是一门学问呢，一个好的公关人员是攻无不克的，我自信你就是这样一个好的公关人员。”

潘多娜嘴角微微上翘了一下说：“我凭什么又要帮你公关？就因为我跟你睡过？你不是睡过好多女人嘛，你怎么不找她们去？”

“我可以以公司的名义正式和你签一份聘用合同的，就是聘用你为我们公司的公关人员，如果你能把这个客户拉到我们公司来，我们可以支付你一笔不薄的酬金。”

潘多娜心里一动，问道：“那……酬金是多少？”

“五万。”

潘多娜没动声色，五万元钱对她来说确实不少，但她以前跟萧南在一起的时候，虽然没有亲历过，但也听他说过这方面的一些事情，她知道何健提出的这个价在这笔买卖中是微乎其微的，说白了就是欺负她没有这方面的经验。潘多娜睨了何健一眼，见他正用期待的目光看着她。她忽然莞尔一笑说：“何健，我愿意帮你，可你也得要有诚意才好，不要以为我什么都不懂。”

何健愣了一下，明白潘多娜是嫌钱太少了。他确实以为潘多娜并不懂这方面的行情，他们公司在提案时出的是二十万元的奖金，后来又增加到二十五万元。何健接到这个任务时，第一个想到的就是潘多娜，她聪明、漂亮，身上有一种很高贵的气质，首先就能抓住男人的心，同时，她还会不动声色地玩一些小手腕，把人骗了，被骗的人还无知无觉，等醒悟过来，也都晚了。

何健是何等的聪明人，潘多娜要他是因为他心甘情愿，他已经看明白了，潘多娜并不是她自己说的是公司的职员，她十有八九是个大学生，从她对音乐的悟性来看，她还可能跳过舞，说不定就是哪个艺校的学生呢。但他不会戳穿这点，戳穿了对他也没有什么好处，倒不如大家就都这样心知肚明，却朦朦胧胧、糊里糊涂的好。

何健原以为五万块钱是可以打动潘多娜的，对一个没有经济来源的学生来说，五万块钱确实是一笔巨资了，他以为潘多娜会很爽快地答应下来，那剩下的二十万奖金自然也就归了他何健的荷包。但潘多娜似乎并不为所动，他到底还是低看了这个年轻的女孩子，她的胃口并不像他想象的那样小。

何健咬咬牙说："那我回去跟公司老总商量一下，只要你能让那位副老总在我们的合同书上签字，我们把酬金提到十万。"

十万！那是多少钱啊，潘多娜想都没想过自己会有这样一大笔钱。她以前在舞厅里，那些客人给她的钱她全部攒上也不够一万块钱，就是萧南，给她的花费在当时的她看来已经很足够了，却也不过如此。想想自己的爸爸，为了多挣点钱给她上学，放弃了开小车的舒适工作，而辛辛苦苦地去开大车，出长途，就是这样，一年又能挣几个钱呢？到最后，连性命也搭进去了。妈妈就是因为没有钱，才要她上师范学校的，想要她从师范一出来就能挣到工资。但是按现在的思维去想一想，即使她顺利地读完师范，一个月能安安稳稳地拿上那些固定的工资，就算她不吃不喝，又要攒多少年才能攒上十万块钱呢？她现在已经是北京电影学院的学生了，或者以后她有机会出名，也可以大笔大笔地挣演出费，可现在，她仍是一个居无定所的学生，一个今天有不知道明天会不会有的自费学生，靠着自己的东奔西走，靠着自己的色相来获得简单的生活费用的京漂女。是的，她就和那些怀揣着出人头地的梦想闯荡北京的人一样，在这个热闹而繁华的城市里，像浮尘一样漂着。

潘多娜决定接下这笔生意，她已经在心里把这称做生意了，她要竭力去完成这笔生意。

三十五

潘多娜在长城饭店见到那个叫潘捷胜的副老总之后，对自己攻下这个堡垒有了莫大的信心。潘捷胜四十多岁的样子，身材中等，脸庞消瘦，一双眼睛看人的时候总是有些阴沉，让人忍不住联想起沙漠中饥饿的狼的眼睛。

何健向潘捷胜介绍潘多娜时说："这是我们公司的郝梦绮小姐。"

潘捷胜很认真地看了潘多娜一眼，眼神里露出了一丝笑意，这一丝笑意使他看起来少了一分阴鸷，多了一分柔和，多了一分亲切。

潘多娜向潘捷胜伸出自己的手，说："潘总，您好！很高兴能认识您！"她彬彬有礼，举止大方得体。

潘捷胜浅浅地握了握潘多娜的手便迅速地松开，但他的眼睛却一直停留在潘多娜那张姣好的脸上。

何健看在眼里，知道潘捷胜对潘多娜是有好感的，他的人选是没有错的。

简单地用完餐，几个人来到饭店的歌舞厅。在音乐声中，舞池里已经有了几对翩翩起舞的男女。还未坐定，何健就向潘多娜不停地使眼色。潘多娜微微一笑，站起身，向潘捷胜做了一个"请"的姿势。

潘捷胜有点身不由己地随着潘多娜进入了舞池，就在他的手搭上潘多娜的肩时，他才局促地说了一句：“郝小姐，我不会跳舞。”

潘多娜嫣然一笑说：“没关系，我来教你。”

潘多娜就一招一式地教潘捷胜，她嘴里喊着节拍：“一二三四，转！一左脚，右脚跟上，转圈……”

潘多娜耐心地教着，潘捷胜虚心地学着，不一会儿，他就可以踏着音乐的节奏，步伐也就开始有条不紊起来，等到第三支舞曲响起来的时候，他已经很放松很自如地跳舞了。

“潘总，你学得真快，舞也跳得好。”

“是真的吗？我以前没跳过舞，每次别人邀请我，我都拒绝，想着自己也不会跳，就别出丑了。想不到跳舞原来也是放松精神的一种娱乐方式呢。”

“当然喽，跳舞是全身心的放松，在紧张的工作之余，能够到舞厅里来跳几支舞真的是件很快愉的事情。其实你真的很有舞蹈天分，只是你以前没跳过舞，不知道你潜在的这份才能。”

潘捷胜笑笑说：“我以前把更多的时间都投入到了工作中，认为生活的真正意义应该是在工作中体现的，所以就忽略了生活中更多的情趣。”

“你这样的想法就不对了，生活是生活，工作是工作，如果把工作当成生活的话，人该有多累啊，神经总是绷得紧紧的，没有一点松懈的地方，这样的工作效率又能有多高呢？”

“唉，郝小姐，我跟你毕竟不是一代人，我的想法你是没办法理解和接受的，但是现在，我觉得我能够理解和接受你们这些年轻人的生活方式了，要工作，也要休息，这样人才不枉在这个世上走一遭嘛。”

“潘总，你能这样想就对了。每个人的生活方式都是不一样的，可把生活经营得更多姿多彩一些，却是很多人都在追求的。”

“到底是你们年轻人有想法，知道怎样来变通生活。不像我，古板、守旧。”

“不会啊，我一点也不觉得你古板，不但不古板，还很可爱呢。”

“我可爱？哈哈，我都这么大年龄了，怎么还能可爱的起来。”

“谁说可爱不起来？在我眼里，我就是觉得你可爱嘛，所以一见到你，我就有一种亲切感。你不就是四十多岁了嘛，有什么嘛，人家不是说，男人四十一朵花，是黄金年龄，你不要老觉得自己有多老似的。”

潘捷胜对潘多娜新奇的观点很有兴趣，不知不觉中，他被她吸引住了，完全忘掉了自己是在和什么人在一起，那一开始就树起的戒备之心在潘多娜的言谈中也慢慢地消失了。

何健在一旁一直关注着两个人的情况，当他看到潘捷胜每支曲子都必邀潘多娜上场时，他的心里有点底了，他全神贯注地注视着潘捷胜，看到他不时高兴地笑起来，就明白他已经解除了防备心理，一颗心也就放了下来。为了能请潘捷胜出来吃顿饭，他花费了很大的心思，潘捷胜根本就不理他的茬。他急得一个人在房子里团团转着，最后厚着脸皮再打电话，向他保证坚决不提工作上的事，纯粹是作为私人交往，才算把他请了出来。

潘多娜进展得很顺利，再往后面就看她怎么施展手段，把潘捷胜这块阵地彻底地攻下来了。何健想着现在自己应该退隐了，把空间完全地留给潘多娜，让她去做自己该做的事情。他在吧台上给潘多娜留了一张条，然后悄然地走出了舞厅。

直到跳得满头大汗，潘捷胜才松开潘多娜下场休息，这才发现何健已经不在了。

潘多娜奇怪地说了句：“咦，何总去哪儿了，怎么招呼也不打一声就把我给撇下了。”

潘多捷明白何健的用意，他没有吭声。

这时，服务小姐走了过来，递给潘多娜一张纸条，潘多娜看完纸条，懊丧地说："潘总，何总有急事提前走了。"

潘捷胜说："有急事走了就走了呗，谁还没个急事。你甭担心，我会送你回家的。"

"可今晚我是主，您是客，哪有让客人送主人的道理。"

"你不是我的舞蹈老师吗？我这个学生很愿意为老师效劳的。"

"那……我就摆一回老师的谱?!"潘多娜挺了挺胸，手一挥说，"潘学生，现在，咱们打道回府！第一站：老师的公寓。"

潘多娜调皮的样子引逗得潘捷胜笑起来，他一个立正，敬礼道："YES SIR！"

两个人的样子引起旁边的人观看，潘多娜吐了吐舌头，拿上外衣拉着潘捷胜赶紧从舞厅里出来。

夜凉，潘多娜从暖意融融的饭店一出来，就被凉气袭击了一下，她狠狠地打了个喷嚏。潘捷胜已经走在了潘多娜的前面要去开车了，他回过头，关切地问道："冷吧？你先到大厅等一会儿，等我把车开过来，你再出来。"

潘多娜为潘捷胜的细心心里柔软了一下，她摇摇头说："没事，可能是刚跳舞跳得热了，一下子从里面出来，鼻子受到刺激了吧。"

潘多娜坚持要和潘捷胜一起去开车，车停在离饭店几十米的地方，潘多娜走在潘捷胜的身边，她冻得都听到了自己的牙齿打战的声音。潘捷胜也听到了，他侧过头看了一眼潘多娜，一伸手，拉着潘多娜的手就跑了起来。还没等潘多娜反应过来，几十米的路很快就跑完了，潘捷胜迅速打开车门，让潘多娜进去了。

潘捷胜发动车子，却没走。潘多娜问他为什么不开车。

潘捷胜说："别急，等车里稍微暖和一点，要不然车开起来，不知道从哪里能漏进来一丝丝的凉风。这样会更冷的。"

潘多娜没说话，怔怔地看着潘捷胜，她想不到这样一个看上去阴鸷的男人竟是有一颗如此细如发丝的心。

车开得不快，看得出来，潘捷胜并不想早早地把潘多娜送回去。

潘捷胜问潘多娜说："郝小姐，你在德利公司是个什么职务？"

终于，他主动问到这个问题，潘多娜心想，她一直在等待着这样的机会。

"我是销售部的销售员。但我的业绩并不是很好。"

"为什么？你这样一个又漂亮又可爱的女孩子应该是很有业绩的。"

"也许就是怪我年轻没有经验吧，我每次出去跟人谈业务，很多人都喜欢跟我谈条件，我说我可以不拿提成，把提成给他们，可那些人却说不要提成。我知道他们想要什么，但是有些事情是要你情我愿的，总不能让我为了那一点点业务就把自己出卖了吧。所以我空手回来的时候更多些。我们老板说了，如果我今年再不能完成任务，就要炒我的鱿鱼了。"

"哦，我明白。"潘捷胜简短地说了这么一句。

沉默了好一会儿，潘多娜很小心地问潘捷胜："潘总，我能不能问，您为什么不愿意把业务给我们公司呢？难道是我们公司的产品真的不如别人的吗？"

潘捷胜看了她一眼，她赶紧摇着手说："我只是好奇地问一问，没有别的意思，您可以不说的。"

潘捷胜把车慢慢地停了下来："郝小姐，你这笔业务对你很重要，是吗？"

潘多娜愣了一下，才轻轻地说："是，但对我们公司更重要。"

潘捷胜淡淡地一笑说："你想知道我为什么不愿意和你们公司合作？"

潘多娜没吭声，只是瞪大了眼睛看着一脸平静的潘捷胜。

“几年前，我还是一个和你一样四处奔波的业务员，那时生产你们公司这种产品的厂家很少，你们公司的产品几乎是供不应求。当时我从你们公司的销售科长求到总经理，希望你们公司能供应一批货给我们。因为当时我们公司的规模不大，在价格方面也竞争不过别人，所以我受尽了白眼和讥讽，也没有从你们公司拿到一批货。回到厂里，我被大家异样的目光压得都抬不起头来，我知道他们都觉得我无能。这段经历让我终生难忘啊。生意场的事是很难说的，此一时彼一时，谁也说不准。后来我们厂慢慢地发展了起来，所做的业务也越来越多。而你们的公司却在经济市场中面临的竞争对手多了，市场份额少了，反过来是你们求着我们要你们的产品了。也许是我小心眼，老记着当时在你们公司所受的那些委屈，但是我也作过市场调查，你们公司的产品质量是没有什么问题，可是价格却高出其他厂家很多。你想想，同等质量的东西，我们为什么要买高价格的？这就算是让我逮着了一次公报私仇的机会吧。如果是在公平竞争的基础上，我相信这种事情是不会发生的。”

潘捷胜说完，静静地看着潘多娜。

潘多娜疲惫地把头靠在椅背上，过了会儿才说了一句：“走吧，送我回去吧。”

潘捷胜把潘多娜送到了她的住处。潘多娜下了车，潘捷胜坐在车里没动。

潘多娜似乎很奇怪地说：“潘总，你不上去到我那里坐坐吗？”

潘捷胜摆摆手说：“以后吧，今天很晚了。”

潘多娜却一点也没感觉似的固执地邀请着：“还早呢，不到十一点。来吧，上来喝杯热茶再走吧。”

潘捷胜敌不过潘多娜的热情，他泊好车，就跟着潘多娜到了她的房子里。

从寒冷的屋外一走进屋里，那股温暖的气息很迅速地迎了过来。潘多娜帮潘捷胜挂好了外衣，让他先坐着，她去厨房泡茶去了。

不一会儿，潘多娜把茶端了出来说：“我这里可比不得外面，我这里只有普通的茶，好茶也喝不起啊！”

潘捷胜说：“是进来喝杯茶暖暖身子的，又不是品茶，哪还在乎什么茶。”

“那就慢待潘总了！”

“哪里的话，只是打搅你了！”

两人都不由自主地说着客套话。潘多娜在潘捷胜的身旁坐下来，两人端着茶杯只是静静地抿着茶水。茶香袅袅，仿佛每一口茶的味道都是不一样的，他们都在细心地品着、回味着每一口茶的味道似的。

喝完了一杯热气腾腾的茶，潘捷胜说他要走了，眼睛看着潘多娜，身子却坐着没有动。

潘多娜心里明白，目光就柔柔地看着潘捷胜，不说让他走，也不说不让他走的话。

一张妩媚动人的脸，一个勾魂摄魄的眼神，潘捷胜像所有的男人一样，生理上的反应是自然而然的，何况他也知道，今夜，面前这个女人其实就是何健为他准备的。潘捷胜并不是个好色的男人，但也不是柳下惠，在面对美色的时候能坐怀不乱，尤其这美色是让他心动的那种。但不管怎么说，他到底也还是个理智的男人，否则，处在他这种位置上，要面对的美色又是何其之多，他哪里又能兼顾得过来呢？

潘捷胜终于艰难地站了起来，向潘多娜告别。潘多娜还是没有说话，但她的眼神却在变化着，他看到了失望，看到了委屈，还看到了她眼中慢慢溢出来的、在灯光下晶莹透澈的眼泪。

看到潘多娜的眼泪，他的心一点一点地软了，这个从小失去父母，靠奶奶养大的女孩子为了报答奶奶的养育之恩，（潘多娜告诉潘捷胜，她的父母在她很小的时候就病故了，她是靠奶奶养大的，如今奶奶在乡下，她想多挣钱，在北京买一套房子，然后把奶奶接过来。）竟愿意为他出卖她曾经牢牢捍卫着的女性的自尊，因为他手中掌握了她的生死大权。他苦笑了一下。

潘捷胜在打开门要出去的时候，回头对潘多娜说："郝小姐，你跟何总说上一声，只要你们公司在价格上愿意做一些让步的话，我还是愿意摒弃我个人的恩怨，跟你们签一笔单的。"

何健接到潘多娜的电话，几乎有点欣喜若狂了，他没想到事情会这么顺利，价格上让一些步，这是公司已经决定了的事，只是因为潘捷胜根本就不愿跟他们合作，所以他们也没有机会坐在潘捷胜的对面和他谈判。

何健问潘多娜，潘捷胜有没有决定什么时候和她签单。

潘多娜故意说："这个嘛，那就得看我什么时候高兴去和潘总签了。说不定我不高兴就不想去了，打个电话告诉潘总我和他之间的合作中止了……"

何健慌了，赶紧打断潘多娜说："梦绮，这可不是开玩笑的事情，你可千万不能拆我的台啊。我还就指望这笔业务做成，好在这个位置上再待几年呢。"

潘多娜也不绕弯子了，直截了当地问："何健，那我的酬金你什么时候给呀？"

何健嘿嘿一笑说："这个容易，你什么时候拿上合同，我什么时候让公司把钱给你打过去。"

"那好吧，你就等我的好消息吧！"潘多娜自信地说。

三十六

这天是个好天气，太阳难得地灿烂着。快十一点了，陈晨打过来的电话打破了潘多娜的美梦。

陈晨一听潘多娜还在睡觉，就叫了起来："都几点了，你怎么还在睡呢？"

潘多娜睡眼惺忪地看了看表，说："不到十一点，太早了，你打电话来总不会是叫我起床的吧。"

陈晨不好意思地说："不是，我是怕你忘记咱们约好的事情，特地打个电话来提醒你。"

潘多娜一听，无可奈何地摇了摇头，说："陈晨先生啊，我还不到二十岁，哪里就能得健忘症呢。你就是要提醒我，也不要这么早嘛，现在离下午六点还早着呢。你打碎了我多好的梦，知不知道？"

陈晨忍不住大笑起来："不知道啊，是什么梦，究竟有多好啊？"

"多好？地上都是钱，任我捡，我拿麻袋装都装不完，兴奋啊，激动啊，以为自己从此就可以躺在钱上过着神仙一般逍遥的日子了，天下的美食尽我吃，天下的锦衣任我穿，美女帅男任我使了。可结果呢，我还没开始吃遍美食没有穿一件锦衣，连美女帅男也没来得及使唤，你的电话就把这一切都毁掉了。痛心啊！"

陈晨在电话的那头笑得腰都直不起来了："潘多娜，我真的不知道你有这等好梦，早知道，就宁死都不打这个电话了。"

"算了算了，反正你电话打也打了，我的梦迟早也是要碎的。下午我不会误约的，你现在可以放心了吧！"

“哎，好的，那咱们下午六点钟再见!”

挂上电话，潘多娜又在床上赖了好一会儿，才起床、洗脸、刷牙。一看时间，也到了快吃午饭的时候了，她寻思着是自己随便做点吃的呢，还是去外面吃。这时，她突然想起潘捷胜来，翻出他的名片，照着上面的手机号打了过去。

潘捷胜听出是潘多娜，就问她有没有吃饭，他说他正在外面吃牛肉面呢。

“牛肉面真是好吃。”他一边呼噜着牛肉面一边含糊不清地对潘多娜说。

潘多娜说：“有好吃的怎么就把我给忘了？我还没吃饭呢，好歹让我蹭你一顿牛肉面也行呀。”

潘捷胜在那头就笑了，说：“想吃牛肉面容易，多贵我也能请得起。反正今天我也没什么事，我去接你，地方任你挑，我看着你吃就行了。”

潘多娜也笑了，说，“你当我是猴呢。不如咱们约好个时间，我请你吃牛肉面好了。”

“呵呵，行啊，不过可不能老是牛肉面，得换一换口味。”

潘多娜问：“换什么？”

“你给我个时间好好想一想，这一时半会儿的，我也想不出来什么东西好吃。既然逮着了宰你的机会，我得想个能宰得狠一点的东西吃。”

潘多娜忍不住笑出声来说：“鲍鱼、鱼翅也没什么新奇，请你吃孙二娘的人肉包。”

潘捷胜说：“那还真是过瘾……”说着猛然意识到了什么，赶紧住嘴。

潘多娜也意识到自己的话很有些黄色的意味，吐了吐舌头，赶紧结束通话：“潘总，你先吃饭吧，我要出去办点事去。”还没等潘捷胜说什么，就挂了电话。

下午还不到六点的时候，潘多娜就到了甘家口陈晨说的那个“于都”饭店。远远地她就看见陈晨站在饭店的大门口，像饭店的门童一样。看到从出租车上下来的潘多娜，他眉开眼笑地迎了上来。

“潘多娜，你还真准时。”

潘多娜一歪头说：“那当然，君子既出一言，必当信守诺言。”

Party 还没有开始，大厅里已经有不少的人，三五成群地挤在一起交谈着，不时地拿眼睛睃一下后面从厅外进来的人。

陈晨是被请来奏乐的，所以，他也没有时间陪潘多娜。潘多娜倒是并不介意有没有人陪，她四处张望着，看自己能不能从这一群显得十分温文尔雅的人群里发现一两张让自己熟悉的脸来。

都是陌生的脸。

潘多娜有些失望，她端了一杯饮料坐到一边，样子很有些落寞，心想除了陈晨，她谁也不认识，她这趟来得实在是太没有意义了。

但是她的漂亮、高雅和落寞的样子还是引起不少人的注意，有人不停地把目光往她这边睃来。因为，在这个 Party 上，像她这样年轻而又美丽的女子实在是太少了，多的只是一些浓艳而自以为高傲的女人。

有人坐到了潘多娜的对面的椅子上，饶有兴趣地看着她。

潘多娜一抬头，正好与这个男人的目光相遇。这是一双十分温和的眼睛，眼角微微向上挑着，一笑之间，那眼角便露出几抹微波似的细纹，脸是看不出年龄的那种，不算精细，但还是像京戏里的小生一样，十分具有书生气。

男人很友好地朝潘多娜点了点头问道：“一个人呀，没有伴？”

潘多娜摇摇头，指了指厅角上乐队里的陈晨说：“我的朋友在那里。”

男人又是点点头："你是电影学院的学生吧？学表演的？"

潘多娜惊异地问："你怎么知道？"

男人笑笑："猜的。我知道他们，"他用嘴努了努乐队，"他们都是电影学院的学生。我曾经也是。"

"那你是谁？"

"我？"男人说了一个名字，潘多娜一听，几乎都晕过去了，天啊，这个男人就是那个捧红过好多明星的人。

潘多娜有些不屑的眼神里一下子全部充满了对这个男人的崇拜，她在网上看过这个男人的档案：司徒登子，1960 年出生于一个书香门第，1979 就开始写剧本，22 岁考上江苏的一所大学，24 岁时因不堪忍受学校太多的规矩，休学在家专门写剧本，25 岁，拿着自己的剧本跑到北京，把剧本卖了十万块钱，在当时曾引起极大的轰动，有很多女孩子都哭死哭活地要嫁给这位年轻的富翁。后来，被北京电影学院的导演系破格录取，一毕业便成了受人瞩目的年轻导演。在此后的几年里，陆续拍出了几部很有轰动效应的电影，比如《谁打倒了我》《女人的歌》等等。

潘多娜就像一个在沙漠中长途跋涉寻找绿洲的旅人，终于看到了那大捧大捧的绿色一样，心里甭说有多激动了，她指着司徒登子，结结巴巴地说："你……你……真的是司徒登子？"

司徒登子似乎早已料到潘多娜会有如此反应，他的神态很平静地说："当然是喽。我只不过是一介草民，谁还能假冒我不成？"

潘多娜兴奋地都快说不出话来了："我……叫潘多娜，真是没……想到，您会出……现在这里。"

司徒登子见怪不怪，他坦然地笑笑："我为什么就不能在这里出现？难道这里有什么特别？"

潘多娜说："不是，我是说……您这么有名……"

司徒登子伸手阻止了潘多娜下面要说的话："其实，人和人都是一样的，有名又怎样，无名又如何？还不都是一样食人间五谷杂粮啊。”

潘多娜第一次跟个有名的导演这样零距离接触，并且就听到他这样毫不端架子的说法，心里的崇敬之情更是又增加了几分。

司徒登子很善谈，他说话不急不缓，脸上的表情一直是淡淡的，很从容。在潘多娜看来，无论发生什么事，司徒登子也一定是沉着和冷静的。

得知潘多娜为了追求自己的理想，而毅然放弃了自己在师范的学业时，司徒登子用很欣赏的目光看着她。他跟潘多娜说了好多演艺圈里的事，他说很多人都觉得当明星很风光，可是却不知道很多明星在大红大紫之前却是付出了很多代价的，这代价，并不是一言就能道得尽的。还有更多的人，并不是她的才艺不好，也不是她的容貌不美，只是因为始终没有机会，这一辈子就在平淡和萧条中度过了。

“其实干我们这行的，很多事也是身不由己啊。”司徒登子感慨地说道。

潘多娜没想到连这么有名的大导演都会发出如此的感慨，一时倒不知说什么好了，只好继续保持着脸上的微笑。

司徒登子见潘多娜不说话，又说道：“看小潘你的神态，我知道你将来一定会是个好演员。你的气质很好，很适合演具有较高文化素质、很独立也很现代的女性，尤其是白领阶层的。”

潘多娜一听司徒登子的话，高兴地问：“是真的吗？我真的很适合当演员？”

司徒登子依旧端着酒杯，神态恬淡地说：“当然，我的眼光是错不了的。我很自信我的观察力。不过，你现在还只是个学生，还从来没有参与过表演吧？你需要再打磨打磨，一块好钢是炼出来的，不管你有多高的表演天分，多好的表演素质，不经过磨炼是很难成为好钢的。”

潘多娜急忙道：“司徒导演，以后就请您给我一个打磨的机会，我会感谢您的。”

司徒登子一笑：“跟我说这话的人可真是太多了，我的脑袋都快装不下了。”

潘多娜失望地说：“您是说……我很难有这样的机会？”

“机会并不是预约的，看你自己怎么去寻找和把握机会了。”司徒登子说。

潘多娜调皮地说：“我是铁定了要在您那里去找机会的。”

一直在关注着潘多娜的陈晨，这时从乐队那边跑了过来说：“嘿，潘多娜，你们在聊什么呢，看你们聊得很开心的样子？”

潘多娜指指司徒登子说：“这是司徒登子导演，可是真正的名导噢。”又对司徒登子说，“这是我的同学陈晨。这次来参加这个Party就是受他的邀请。”

司徒登子神情冷漠地看了看陈晨，没有理会他已经绽放开了的笑容，把目光从他的脸上挪开，去看着旁边三三两两的人群。

陈晨把潘多娜拉到一边，悄声地说：“来这里的人可都是三教九流，你千万不要轻易地上了人家的当啊。”

潘多娜好笑地说：“我能上什么当？”

陈晨很隐秘地指了指司徒登子说：“我看他的样子不像是导演，倒像个特务，是不是哪个门派的间谍啊？”

潘多娜说：“陈晨，你说话的味道可不对。是不是刚刚受到什么刺激了？”

陈晨装出一副委屈的样子说：“那是当然的了！你应该是我的搭档，可是在这里的人都能跳能玩能聊天的时候，我却只能看着你跟别人在一起有说有笑的，心里确实不是个滋味。”

“我来这里就是冲着你说会有导演来才来的，现在我认识了这样一个大导演，还不赶快和他拉拉关系，以后说不定能让我像赵薇一样，一夜蹿红呢。我怎么能放过这个大好的时机呢?”

陈晨瞪大了眼睛说：“你真的相信他?”

潘多娜说：“为什么不信？你以为自称导演的都是骗子？看他的样子也就不像个骗子，何况这还是你同学姐姐开的Party呢，她能请来假导演？你知不知道，很多机会是自己捕获的，如果前怕狼后怕虎的，最后机会从你面前从容不迫地走过去了你都还不知道呢。”

陈晨直摇头：“女孩子就是单纯，也太容易上当了，我告诉你，现在好多人骗的就是你这样轻信的女孩子。”

“哼，你以为我是那么好骗的？我才没那么笨呢……哎，乐队那边在叫你呢!”

陈晨无可奈何地过去了。

司徒登子又晃了过来说：“你朋友是不是要你小心一点我?”

潘多娜很干脆地说：“不是，他要我把握好自己的机会。”

司徒登子很含糊地笑了笑，没有言语。

Party开得很热闹，但司徒登子似乎对此并不感兴趣，他谢绝了几个来邀请他去跳舞的女人，除了偶尔看一看那群作秀的男女之外，就是和潘多娜谈天论地。被潘多娜吸引的男人也很多，但她毫不犹豫地都拒绝了，她喜欢和司徒登子在一起聊天，从他那里，她获知了许多或许有一天她也会去面对的很微妙的人和事，这些人和事把她听得都有些惊心动魄的感觉。

Party还在进行的时候，和潘多娜聊得十分起劲的司徒登子用对待老朋友的口气说：“如果我寻找到一个好剧本，一定要让你来演女主角。”

潘多娜一晚上要等的就是这句话，她暂时也不去考虑这句话在司徒登子那里是不是随口说说的，但她坚定地认为，她一定会让司徒登子兑现他的这句话的。她，潘多娜，年龄不大，可是经历却一点也不浅，她明白自己应该怎么去做。

还没等到 Party 结束，潘多娜和司徒登子就离开了，是司徒登子主动要送潘多娜的。潘多娜一点也没推让，她要的就是和司徒登子单独相处的机会。

陈晨没法说服潘多娜等到 Party 结束，他送她回去，他用十分沮丧的目光目送着潘多娜的离去。他只看到潘多娜的离去，却没有注意到司徒登子。一个心中充满爱情的年轻人，他的眼里只有自己喜欢的人。

三十七

潘多娜在等待司徒登子的消息。

那天晚上司徒登子把潘多娜送回家时，刚一进门，门还没来得及关上，司徒登子就一把抱住了她，在试探性地脱她衣服的时候，她挡住了他向下延伸的手。司徒登子此时正是火急火燎的时候，以为可以长驱直入的，没想到还有抵抗，他咬着潘多娜的耳朵轻轻地说，他现在看中了一个本子，打算不久就要开拍呢，如果潘多娜愿意的话，他可以让她做里面的女主角。你的气质很适合这个女主角的。司徒登子说。

潘多娜等到了这样的一个承诺，她自然也就把手拿开了。

潘多娜以为自己是司徒登子的人了，他自然会让她出演他说的那部电影的女主角了。司徒登子说了，本子已经定了，赞助也拉到了，现在还有一些小问题没解决好，过两天他就会给她打电话的。

潘多娜就一直等司徒登子的电话，甚至连晚上也不敢关机，但电话一直没来。

何健也在不停地打电话，催问她与潘捷胜签单的事情。潘多娜想起这几天确实也没有时间跟潘捷胜联系，就答应尽快去办这件事。

放下何健的电话，潘多娜就开始联系潘捷胜。似乎早已在等待着潘多娜了，潘捷胜一听到她的邀请，就毫不犹豫地答应了。

搁下电话，潘多娜很得意地在屋子里转了个圈，想着自己这一路走来，经历的男人不少，但正是这些男人，有意和无意地使她的人生一步步地变得花红柳绿起来。她只是一个既没有金钱可以依赖，也没有权势可以依靠，在北京独自漂泊的女孩子，却能在某种程度上要风得风，要雨得雨的，她又怎能不得意呢？

年轻真好，漂亮真好！潘多娜抚摸着自己光滑细腻的脸庞感叹着。

正当潘多娜沉浸在兴奋的遐想中时，有人敲门。

潘多娜把门打开，一下子愣住了，是陈晨，他手里捧着一束花，脸冻得通红。她奇怪陈晨是怎么知道她住的地方的，从进电影学院的第一天起，她就从来没有邀请过同学到她的房子里来过，也没有人知道她住在哪儿。

潘多娜边把陈晨让进屋边说："今天是什么日子呀，怎么要送花了？"

陈晨把花递给她，却并不进屋："什么节日也不是，我就是想给你送花。送完我就走。"

潘多娜很惊讶地说："这大冷的天，你这么晚来，就是为了给我送一束花？"

陈晨点点头。

"可是你怎么知道我住在这里？"

陈晨不好意思地说："我……我是一路跟着你来的，知道了你住在哪幢楼，我再到保安那里一打听，就知道你住在几层几号了。"

"可是你为什么要送我花呢？你就不怕我不接受吗？"

"我没想过，我是你的朋友，朋友送的花你干吗不接受？"

潘多娜被噎住了，就算是普通的朋友之间送束花也是可以的，何况人家的花并不是玫瑰，不过对待一个普通朋友又怎么会选择这样一个时间。

“你是不是经常这样在莫明其妙的时间里给人送花呀?”陈晨不进屋，又没有要走的意思，潘多娜只好和她一个门里一个门外地站着。

“我是第一次给女孩子送花。”陈晨很腼腆地说。

“以前都是女孩子主动给你送花?”潘多娜调侃道。

“哪里，那些都是传言。你不要信的。”

“我当然是要信的，你在女孩子当中确实是很受欢迎的。”

“潘多娜，我……”陈晨都有点急了。

潘多娜一笑：“陈晨，你真的不进来坐坐了?”

陈晨说：“不了，不了，我走了，我还有事要去办。”就赶紧告辞。

看着陈晨慌里慌张的背影，潘多娜忍不住，关上门抱着花大笑起来，这真是一个很可爱的男孩，虽然并不是她喜欢的那种类型，但她的虚荣心还是因此而得到大大的满足。

到了和潘捷胜约好的日子，潘多娜带着何健的意思去和潘捷胜谈判。说是谈判，其实一点也没有正式谈判桌上的硝烟弥漫。两个人一边喝着热热的咖啡，一边闲谈似的谈着合同。那是一家布置得非常雅致的咖啡屋，屋里的暖气开得足足的，足得让人都忘了外面其实还是冬天，寒冷的冬天。

潘多娜按照何健的意思，说她们公司愿意把产品的价格往下压一压，但是，她希望不要压得太低，毕竟潘捷胜自己也承认，她们公司的产品在质量上是胜过其他厂家产品的，优质优价，这也符合市场规则。

潘捷胜毕竟是有心要帮潘多娜的，所以，他也丝毫没有为难她，每个月从他手上签出去的合同都是几千万，他也不在意潘多娜这一笔，何况，何健他们的公司本就是他们多年的合同公司，产品也是合格的，自己压着不签他们的单，本身就是小人之举。现在他们来求自己，也算是报了自己当年受屈之仇了。

合同很顺利地拿在了潘多娜的手上。

想到自己很快就会拥有十万块钱了，潘多娜的心狂跳起来，就这样的一纸合同，就可以给她挣来十万块钱，十万块啊，真跟做梦一样，都是面前的这个男人给了她轻松赚这笔大钱的机会，潘捷胜简直就是她的幸运之神！潘多娜压抑住兴奋的心情，把合同小心翼翼地放进包里，对潘捷胜说："潘总，这是我第一次签这么大的单，无论如何你给我个机会，让我请你吃顿饭吧。"

潘捷胜豪爽地一笑说："好，为了你第一次签这么大的单，咱们是得好好庆祝庆祝。"

潘多娜想也没想，就说："干脆，咱们来个一醉方休，如何？"

"行，我很久没有醉过了，这次就跟你这个小丫头一试高下，看看咱们谁先醉。"

想起徐可青带她去的四环边上的那个饭店，地处较为偏僻，人不多，环境好，潘多娜就决定和潘捷胜去那个地方。

这是一场大战，潘多娜从来不知道自己是这么能喝酒的，她以前不管别人怎么劝，都滴酒不沾，她害怕酒的味道，连闻都不喜欢闻的东西，还怎么能去喝呢？但这次却是不同，她难得这么高兴，她要让自己在酒里彻底地放肆一回。她压住酒火辣辣的味道，毫不畏惧地和潘捷胜碰了一杯又一杯，直喝得是两眼蒙眬，两腮粉红。

潘捷胜倒真的铁了一条心求醉似的，和潘多娜毫不推让。

交杯换盏间，三瓶五粮液空了，潘捷胜没能喝过潘多娜，在第四瓶喝到一半的时候，就在桌子上趴下了。潘多娜还有七八分醒着，强撑着结了账，在饭店服务生的帮助下把潘捷胜扶上了出租车，几乎是跌跌撞撞地回到了自己的住处。

回到家的时候，天才黑了没多久，潘多娜，刚把正睡得酣香的潘捷胜拖到床上，自己就撑不住地顺地躺下，睡了过去。

潘捷胜醒来的时候已是深夜了，他是被冻醒的，一睁开眼他就发现躺在地上蜷睡着的潘多娜，他的睡意一下子没了，赶紧去推她。可是潘多娜睡得实，根本不理会他。他起来把潘多娜抱到床上，帮她盖好被子，自己则找了件衣服盖上，在旁边的沙发上躺下。

此时酒意已过，潘捷胜再也没有睡意了。他躺在沙发上回想着自己和潘多娜斗酒的情形，他模糊地记得，在他们喝完第三瓶酒的时候，潘多娜是流过泪的，但是她为什么流泪呢？她好像说了很多她自己的事，可是那是什么事呢？他一点也记不清楚了。他那个时候已经快不行了，看到潘多娜的眼泪时，他还有一种很奇怪的感觉，而这种感觉却延留到了现在。这个女孩子，她到底说了什么？他拼命地摇着头，想起哪怕一丁半点当时的话，可是不能，除了模糊还是模糊。他转过头看，看床上的潘多娜，她的脸冲着外面，睡态十分安详。听着微微的鼾声，看着那张美丽的、平和的、没有一点伪装的脸，潘捷胜的心里忽然莫名地有了一种躁动，这种躁动在这样的情况下一点也不好，他强迫自己入睡，可已经睡过一段时间，现在他的大脑神经处在极度的兴奋之中，再加上夜晚的寒冷，都令他无法入睡。他在沙发上辗转反侧，感觉着这样一个寂静夜晚的漫长，而最难熬的，是在这样的夜晚里，他就睡在一个让他心动的女孩子的旁边。

他索性翻身坐了起来，摸出烟，点燃抽了起来，用烟来驱散自己的不安和欲望。

睡梦中的潘多娜被烟呛得咳了起来，潘捷胜赶快把烟掐了。这时，潘多娜也醒了，她看着潘捷胜，他也正一脸负疚地看着她：

“不好意思，是我抽烟把你呛醒了。”

潘多娜躺在被子里没有动，她十分迷惑地问道：“你怎么不睡啊？”

潘捷胜抓了抓头说：“酒喝过了头，睡了一觉过后就再也睡不着了。”

潘多娜从被子里坐起来，指指床的另一头，说：“外面冷吧，你上来吧，坐在那头，我们聊聊天好了。”

“你不用管我，我没事的，别耽误你睡觉了。”

“上来吧，我都不怕，你怕什么呢？”

“我……”

“没关系，我也睡不着了。我拿到了合同书，完成了任务，心里很开心啊。”

潘捷胜经不住潘多娜的劝，到底还是上到床上了，两个就围着一条被子，面对面地坐着。潘多娜忽然觉得这情形好熟悉，对了，当初她和萧南就是这样开始的，难道这次会是上一次的重演吗？

潘多娜一下子觉得不安起来。

三十八

潘多娜把合同书交给了何健，何健也没有食言，不到两天的时间，给了她一张打上十万块钱的储蓄卡。有了钱的潘多娜一下子觉得自己底气十足了，她还要再上两年学，这些钱，足够她这几年的花费了。

司徒登子一直没有跟潘多娜联系，潘多娜都有点急了，她想人家到底是有名的大导演啊，身边的美女如云，随便拎一个出来也一定不比她差啊，他又怎会主动跟她联系呢，他当时说会跟她联系，只不过是哄哄她而已。她算什么，只不过是电影学院的一个学生，电影学院那么多学生，他哪里能记得她呢？应该是她主动联系人家才对呀，机会只能去寻找，哪能坐着等呢？

潘多娜找出司徒登子的名片，拨通电话，她说她是潘多娜。司徒登子似乎对这个名字很陌生，半天也没有说话。

潘多娜很失望，她多情了半天，敢情人家根本就没记住她。但她仍是很有耐心地甚至还有点发嗲地说："嗯，司徒导演，你怎么能把我给忘了呢，上上个星期，在'于都'饭店里开的那个 Party 上……"

那头才恍然大悟："噢……没忘没忘，你是那个……那个潘多娜吧？我怎么会忘记你呢？你是那么聪明的一个女孩子。"

"司徒导演真是好记性，我就是潘多娜。"

"哎呀，潘小姐，听到你的声音真是亲切，你怎么不跟我联系呀？我现在正在外地拍一部电影呢，这段时间也一直没在北京。你找我是不是有什么事？"

妈的，这个王八蛋，他还真以为天下女人是任他玩的。潘多娜在心里暗暗地骂着，但还是不敢得罪这个人："没事没事，不就是想你了吗？想你都不行啊？"

"啊啊，可以可以，别的不行，想我怎么都行。这样吧，我明后天就要回北京了，我到时再去找你，咱们再重温鸯梦……"司徒登子色眯眯地说，潘多娜好像看到了他那很小的脸庞上十分色情的模样。

"那好，我等你噢！"

挂断电话，潘多娜忍不住大骂起来，心想不就是一个破演员吗，大不了我不去当演员了，我现在有钱了，干什么不行？还用去讨好巴结一个烂导演？可是，她从小的理想就是要做一个优秀的演员或是节目主持人，又风光又气派，挣钱也轻松，虽然她现在有了一些钱，但这种机会并不是很多的，况且，如果她不是认识了何健，如果没有潘捷胜的垂青，她就算有多大的本事，也是逮不着这样的机会的。她还是要向演艺界发展，她已经在演艺圈的边沿了，要是动不动就轻言放弃，她这一辈子都不会有出人头地的时候的。抓住司徒登子，她就算是抓住了进军演艺圈的希望，只要司徒登子愿意拉她一把，就能把她拉进演艺圈，只要进到这个圈子里，她出名的机会不就更大了吗？

陈晨来找过潘多娜几回，每次见她都是一副魂不守舍的样子，就问她："潘多娜，你是不是有什么事情啊？需不需要我帮你解决？"

潘多娜摇摇头说："你帮不了我的。"

"是什么？你说出来我才能知道能不能帮你嘛。你别把我当外人。"

"我想出名，成为很耀眼的明星，这个，你能帮我吗？"

陈晨一下子就愣住了，连普通的男孩女孩都揣着一个明星梦，何况他们这些学表演的学生呢？

见陈晨不语，潘多娜又笑了起来："跟你开玩笑的，你还真当真了。我没什么事，就是有点想家了。"

陈晨虽然很受许多女孩的瞩目，但他却打动不了潘多娜的心，潘多娜喜欢那种成熟稳健、事业有成的男人，而陈晨，太年轻太文秀腼腆了，身上缺少吸引她的很多东西，可是她却并不拒绝他，既然有很多女孩子喜欢他，而他对自己又情有独钟，就让他做自己的陪衬好了，让别人都能看到，她潘多娜什么手段也不使，却轻而易举地夺取了他的心他的感情。谁敢说，她潘多娜不是一个很有魅力的女孩？

陈晨就以为潘多娜真的只是想家了，他安慰她说："很快就要放假了，你也很快就可以回家见到你的妈妈了。"

回家？潘多娜又恍惚起来，她离家大半年了，妈妈现在怎么样了呢？

每次想家想得厉害时，她都会去约会一个网友，以此来排遣内心深处的孤独、寂寞和对妈妈的愧疚感，这段时间，因为功课很紧，又发生了这许多事情，她几乎都忘了去想家了，陈晨这一提醒，使潘多娜的那份惦念又像磁铁一样，紧紧地吸附在她的心上，她居然无法去掉这块磁铁了。她在这一刹那决定，一放寒假，她就回家。

晚上，她打电话回家，听到妈妈的声音在耳边响起的一瞬间，她的眼泪像开了闸的洪水一般汹涌而出，连她自己都没想到，原来妈妈在她心目中会是这样的亲切和慈祥。

安虹一听是潘多娜的声音，也激动得老半天说不清楚一句话，过了半晌，才说道："小娜，你……回家，放寒假，妈妈想你！"

潘多娜拭掉脸上的泪水说："妈妈，是的，我寒假要回家，我也想你！妈妈，我真的很想你！想家！"

安虹哽咽着说道："知道，妈妈知道。"

就这样的几句话，冰释了母女俩以前所有的不快和芥蒂，潘多娜感觉又回到爸爸去世前，她刚上师范时和妈妈相处的那一段融洽的时光之中。她还把自己帮何健签到了合同拿到报酬的事跟妈妈说了，但她怕吓着妈妈，没敢说挣了十万，只说了五万。"有了这笔钱，这就可以不再受制于公司了。"潘多娜说，因为她告诉安虹，她跟那个"模特公司"解除了合同，她现在已经不需要"模特公司"这样的借口了。

安虹也很高兴女儿从此可以专心致志地去学习了。

"妈妈，你和高叔叔的事情现在怎么样了？"潘多娜问。

"妈妈一直想告诉你，可是你每次打电话都匆匆忙忙的，我也没来得及说。你高叔叔已经向我求婚了，我呢，就想等你回来征求你的意见。"

“不用等我回去的，我同意了！妈妈，你和高叔叔以前就错过了缘分，可不能再错过了，你们快选个好日子结婚吧，这样，你们就可以相互照顾了。”这时候的潘多娜很替妈妈高兴。

“不行，你高叔叔也说了，一定要等你回来！”

“那好啊，你们就放在寒假里结婚吧。妈妈我去给你选婚纱，你和高叔叔去拍结婚照。”

“这孩子，又不是年轻人了，还凑那种热闹干什么。结婚照可以简单点，像我们这种年龄，又是半路夫妻，还那样大张旗鼓的干什么？到时请几个朋友在一起坐坐，吃顿饭就行了。”

潘多娜却不依：“妈妈，你只管当新娘好了，别的事由我来操办，我一定可以办好的。”

母女俩难得这样放松地说话，要不是妈妈听到潘多娜说是用手机打的电话，怕太费电话费才挂掉，两人不知还要聊多长时间呢。

和妈妈聊得心里也高兴了许多，潘多娜又打个电话给方小华，可是方小华却不在，同宿舍的人问她的名字，她想了想，没说，但留下了屋里的电话。

司徒登子果然在第二天下午五点多的时候打来电话，潘多娜正在吃她从外面买回来的快餐。司徒登子说他刚下飞机，正从机场往市里赶呢，他问潘多娜有没有吃饭。“没有吃饭就等着我，我们一起出去吃吧。”他说。

潘多娜赶紧说她还没吃，正要出去吃呢，这样的话，她就不出去了，在家等他好了。

“我很快就会到的。”司徒登子说。

潘多娜果然就把剩下的快餐扔进了垃圾袋，一心一意地等着司徒登子的到来。

大约过去了半个多小时，司徒登子终于到了，他背着一个旅行包，样子很狼狈，一点也不像刚下飞机的人，倒像是一个经过长途跋涉，几天没有洗漱过的旅行者。

看到潘多娜惊异的目光，司徒登子知道肯定是自己的样子太吓人了，他冲着潘多娜苦笑了一下说："没办法，在外面拍片子，时间紧，也顾不得休息。这十几天，我总共睡了不到三天的时间，今天一上飞机就睡着了……我借你的卫生间洗个澡，行吗？"

潘多娜赶紧去给司徒登子放水。

司徒登子走进卫生间刚关上门又打开，向外伸出头说："潘小姐，你饿不饿？再等我一会儿，我很快就洗好的。"

潘多娜笑着说："没关系，我还不是太饿。你慢慢洗吧，把你所有的疲惫和困顿都洗尽。"

司徒登子乐了："好，洗尽疲惫和困顿，然后我们再出去好好吃它一顿。"

令潘多娜没有想到的是，当她和司徒登子在那家叫做"银华"的大饭店里好好饱吃了一顿——严格地说，是司徒登子好好饱吃了一顿，她很秀气地吃了几口菜——之后，司徒登子一摸自己的口袋说："糟糕，刚才洗澡换衣服了，忘了带钱包出来。完了完了，今天可要把人丢大了。"

司徒登子翻遍了所有的口袋，只翻出来几十块钱，他急得直抓耳挠腮。潘多娜一见，赶紧止住他说："司徒导演，你别急，我出来的时候带着钱呢。你刚从外地回来，今天就算我给你接风好了。"

司徒登子停止了翻腾，他愣愣地望着潘多娜说："这……不好吧，这里面的菜很贵的，你一个学生，哪里能付得起？"

潘多娜莞尔一笑道："不就是几百块钱嘛，这段时间我刚好替别人签了一个合同，挣了点外快，还有一些小钱。"

司徒登子这才不好意思地说："要不这样吧，算你借给我的，回去以后我还你。”

“什么呀，难道我这个无名小女子就没有这个荣幸请你这个大导演吃一顿饭呀？以后你可以再请我吃的。”

“这样……也好！”

吃完饭回到潘多娜的住处，司徒登子也不说要走的话，坐在沙发上一边看电视一边和潘多娜聊他这次带剧组在外地拍片子的情况，他讲得津津有味，可是潘多娜却听得心不在焉，不但心不在焉，简直还是满肚子委屈和怨气：明明是答应了要她做这部片子的女主角的，她在这里翘首盼望，苦苦等待，结果他那边却早已江山易主，紧锣密鼓地开拍了。现在坐在她的屋里，居然还跟她大谈特谈拍这部片子的情况，这不明摆着欺负她嘛！

潘多娜越想越气，越气越觉得委屈，一个没忍住，眼泪就流了出来。正在兴头上的司徒登子瞧见了，连忙刹住自己的话，很疑惑地问：“潘小姐，你这是怎么了？这片子又不是悲剧，难道我就讲得就那么好吗，竟能感动你？”

潘多娜“哇”地一声哭出声来了，司徒登子皱了皱眉，他不喜欢看大哭的女人，他觉得默默地流泪是悲剧，大声地哭却像是闹剧，闹而没有内涵。但他还是忍着很柔声地问道：“你是不是有什么心思？”

潘多娜把司徒登子的神态看得一清二楚，她连忙擦掉眼泪，十分委屈地说：“你说过这部片子的女主角让我演的。”

司徒登子显出一副迷惑不解的样子说：“是啊，我是说过这句话，可这个片子的赞助商指名道姓就要这个叫雪映的女人演，没办法，虽然这个女人并不怎么有名气，但没有她我也就没有了赞助，没有赞助我还能拍出什么来？还好，这个女人演得也不赖，总算没有白费我的心机。”

潘多娜生气地说：“这样你就把我撇开了？”

司徒登子叹了口气道：“你以为我是导演就可以说什么算什么呀？我受制的地方多了，只是你不知道罢了。别人都看我挺风光的，其实我也觉着很累，很累啊！告诉你，我真的不想再干导演了，我想还当我的编剧去，编尽这世间所有的故事，让别的导演来导我的戏，你说这样多好，嗯？”

潘多娜不话说了，她怕自己随口一个应承，司徒登子还真的不干导演去当编剧去了，自己好不容易认识个导演，还是个名导演，她哪甘心他改行呢。

见潘多娜不说话了，司徒登子也不说了，他把电视一关，站起身来说：“行了，咱们还是早点睡吧。”也不待潘多娜说什么，就往床那边走去，就像这个地方不是潘多娜的家，而是他司徒登子的家一样，他刚才只是主人招呼客人去睡觉。

潘多娜老半天动弹不了，她费劲地去想自己这时究竟是把司徒登子赶出去呢，还是顺从他的意思，和他像一对过了很多年的夫妻似的，到了点就自然地上床睡觉。

司徒登子已经在脱衣服了，看潘多娜坐在沙发上没有一点反应，就说：“睡觉吧，睡觉吧，有什么事明天咱们再商量。”

潘多娜真的像中了符咒一样站起身向床边走去，然后宽衣，缩进被子里。

反正已经上过床了，就算再跟她上一次床又如何呢？只要，以后他给她演戏的机会。她相信司徒登子一定会让她成为他哪部片子里的女主角的。她用身体换回过很多东西，在司徒登子这里，也肯定不会例外的。

第二天一早，司徒登子刚吃完早饭，就拎着他的旅行包要走了，他说他是先于剧组到达北京的，如果今天他不出现在剧组里，大家肯定要找他找翻了天。潘多娜也没留他，她明白留也留不住，就算是留下了司徒登子，他现在又不能马上让她进入剧组，又能有什么用呢?

但司徒登子下楼没几分钟，又“噔噔噔”地跑回来了，他的包拉链被拉开了，里面的衣服有些半搭在外面。

“不好意思，潘小姐，你能不能借我两千块钱?我的钱夹不见了，肯定是昨天在机场买保险的时候弄丢的，五千多块钱现金呢，没了！还有两张卡呢，我得马上到银行去报失，不过我现在还得先去买件衣服，把身上的换掉，不然，我这个样子别人还以为我是要抢劫银行呢。”

潘多娜没有犹豫，给了他两千块钱，他立马从口袋里掏出一支笔，要潘多娜找纸来，他要给她写张借条。潘多娜说：“不用了，你又不是不还我，写什么借条啊，这样把关系都弄俗了。”

司徒登子连说：“这倒也是，这倒也是。”就收起笔，很迅速地走了。

潘多娜看着他仓促的背影，想起那晚 Party 上的司徒登子，那是一个温文尔雅，像小生一样的男人啊。

三十九

离寒假的日子越来越近了，潘多娜已经开始准备回家给妈妈和高明权的礼物了，她给妈妈买了一套欧莱雅化妆品，她听人说过这种牌子的化妆品很有效果，又给高明权买了一套高档的西装，他很有气度，穿上高档的西装和漂亮的妈妈在一起就显得更加般配了。她还买了不少结婚用品，虽然这些东西在她们那个小城里也能买得到，但她还是愿意从北京买回去。她还决定给妈妈五万块钱，妈妈肯定是不会要的，但这是她的心意，她要让妈妈从此以后对她完完全全放下心来，和高叔叔过他们自己的幸福生活。她还有五万块钱，可以支持她在电影学院剩下的两年半时间了，当然，期间她也还是能有其他办法为自己再挣一些生活费用的，比如在司徒登子的影片里演女主角，报酬的多与少她一定不计较，但她一定要红，只要红了，还怕以后没有前途吗？

潘多娜把一切都计划的很好了，就等着学校放假了。

司徒登子在消失了几天之后又像水泡一样冒了出来，他这次倒像在 Party 上的装束，西装革履，头发梳得溜光，很气派，一点也没有上次见到的那种疲倦和狼狈。和潘多娜没说上几句话，他就从钱夹里摸出一沓钱来，递给潘多娜说："给，这是我借你的钱。"

潘多娜看着钱，没接，只说："算了，咱们谁跟谁呀。"

司徒登子却不依："那哪行呀，你还是个学生，哪能借你的钱不还。"抓过潘多娜的手，硬把钱塞到她的手里。

潘多娜只好接着。

"我又看中了一个本子，"司徒登子往沙发上一坐，看着潘多娜说，"已经让人去联系了，相信很快就会有结果了，等现在的这部片子一杀青，稍事休息一下，我就要着手准备拍下一部戏了。我跟你说，我之所以看中这个本子，纯粹是因为里面的女主角太适合你来演了。"

潘多娜心怦怦直跳，瞪着眼睛看着司徒登子，等待着他继续往下说。

"故事是讲一个女孩子为了给她母亲治病，不顾男朋友的劝阻，放弃了在政府部门里很有政治前途的工作，跑到私企去打工，结果她的爱情也随之失去了，她在痛苦和伤害中拼命地工作，成绩十分突出，受到私企老板的器重。老板得知了她的经历后，对她十分同情，给予了她很多的帮助，她为了钱也为了报恩就做了老板的小情人，但这事被老板娘知道后，又发生了许多的不幸。最后呢，这个女孩不得不再次放弃在私企的工作……怎么样，有兴趣吗？”

“你……真的是为我挑的本子吗？”潘多娜开心得都不知道要说什么了，好运来得有点出其不意，她几乎要被这突如其来的幸福击晕了。但这毕竟还只是司徒登子现在的想法，距离他付诸行动还遥遥无期呢，再说了，谁知道到时会不会又有赞助商提出一个新的女主角来？一想到这些，她的兴奋就像一块正在燃烧的木炭，一下子被探进了水里，“嗤”的一声，冷了下来。

“当然是专门为你挑的。怎么了，你好像不高兴？”

“我只是想，如果再来个什么投资方或赞助商向你推荐一个女主角，你不就又得把我一脚蹬开吗？”

司徒登子哈哈大笑，他伸手揽住潘多娜说：“怎么会呢？实在不行，你自己也可以去拉一笔赞助回来吗，有多少算多少，这样你有实力，谁还敢替换掉你？”

“可是我到哪里去拉赞助？我又不认识什么大企业家。”潘多娜缩在司徒登子的怀里，神情郁郁地说。

“哎，算了算了，你甭操心这事了，我是导演，谁来演女主角好歹最后是要我来定的，你就好好等着你出任女主角的那天吧。”

潘多娜的脸这才多云转晴了。

一番云雨之欢过后，司徒登子躺在床上默不作声，潘多娜正要问他，他忽然转过头来，问潘多娜：“多娜，你手头紧不紧？”

潘多娜还以为司徒登子像别的男人和她做过事一样，过后想要补偿她一些什么呢，就说：“还好，手头上不紧，我不需要你什么。”

“那你能不能先救救我的急？”

“什么？”

“是这样，我一个朋友喜欢炒股，我呢，以前还有些闲钱放在银行里，我的朋友就老说我让钱闲着太可惜，应该拿出去投资。他就鼓动我去炒股，说他帮我炒，稳赚不赔，是我经不住他的劝，也太相信他了，就把钱都给他帮我炒股，可是炒了几年的股，我账户上的钱几乎要乘以零了。偏我有时候还喜欢赌一把，结果运气也不好，赢少输多。在别人眼里，我是个大导演，可是现在，除了股市上被套住的不到十万块钱的股票，连卡上的钱全部加起来，我身上还不到三千块钱了。出去请朋友吃两顿饭就没了。”

“那……你准备要多少？”潘多娜不能不给，她看着未来的那部电影的女主角呢。

“少借点，一万块钱吧，你有吗？唉，算了，我忘了你是个学生。”

“没关系的，我有！”潘多娜赶紧说，生怕自己一犹豫，让司徒登子看出来便又要改变主意，不借她的钱了。她想有些人要演一部戏还不知道要花多少钱呢，她只不过是借给导演，是有借有还的。

“我还想请你帮忙，替我保密，千万不要把我借钱的事说出去，免得圈里人笑话我一个堂堂的导演跟一个电影学院的学生借钱。”

“你放心，我一定替你保密。”潘多娜攥紧拳头，发誓一般地说。

司徒登子就真的很放心地会意一笑。

潘多娜开始想着拉赞助的事了，尽管司徒登子说了不让她操心此事，但她还是觉得自己如果不行动一下，也拉个赞助的话，她的这个女主角的位置恐怕还会生变。可是，怎么去拉赞助呢？她实在不知道该从何处入手。

冥思苦想，终于潘多娜想到了一个人：潘捷胜！潘捷胜一定可以帮她。

在潘多娜的心目中，潘捷胜是个君子，帮了她那么大的忙，却没有占过她一次便宜，即使在那个他们都酒醉后的夜晚，他真的就在她的对面床头上坐了大半夜，直到清晨醒来时，她钻进了被窝里，他就靠着墙睡着了。潘多娜的心中对潘捷胜充满了敬意，正因为这样，她才更需要他真心实意的帮助。

潘捷胜听清了潘多娜的意思，沉吟了片刻，才说："梦绮(潘多娜依然没有告诉他自己的真实姓名)，这是件大事，我作不了主，但是我可以把这个议案向我们公司董事会提交一下，如果董事会决定可以投资的话，那当然最好不过了；如果通不过，那我也无能为力。我只有这么大的力量。"

潘多娜说："潘总，不管能不能通过，我都十分感激您。"

"你为什么不征求一下你们公司的意见？你是他们的员工，说不定你们公司很高兴有这样的机会来作一次宣传的。"潘捷胜提醒潘多娜。

潘多娜一想，对呀，何健那里也是可以去问一下的，不管有没有希望，至少是没有放过希望嘛！

出乎潘多娜意料的是，何健对此事倒是十分感兴趣，但他有个条件：要潘多娜再帮他搞定一个人，这个人不是他公司里的客户，而是某部门一个处的处长，叫江伟，手里掌握着一大笔资金，是国家专门支持相关企业搞高科技尖端产品的，何健说只要潘多娜能把这个江伟搞定，他就有实力说服公司，替潘多娜出演的这部片子出一部分赞助费用。何健的另外一个想法是，如果这个郝梦绮能一炮当红，他何健也算是跟一个当红影星有过肌肤之亲，也是一种莫大的荣耀呢。

潘多娜毫不犹豫地答应了，她想什么样难缠的男人她都见过，还怕再搞不定一个行政要员嘛。

在一家海鲜楼的包厢里，潘多娜见到了她的目标江伟。

江伟长得很秀气，面庞白皙，戴着眼镜，说话细声细气，彬彬有礼，不像行政官员，倒像个搞学术研究的知识分子，看上去很腼腆。潘多娜发现他很像那个不幸早逝的老师况儒，只是比况儒更多了一份男人的成熟和稳重。

江伟一落座并不多言语，对何健以及何健带来的另外两个人的奉承只是浅浅一笑，然后十分谦逊地说上几句推却的话，对何健有意识地向高科技尖端产品研制和开发资金方面靠拢的话题也不搭腔。何健不停地看潘多娜，潘多娜知道他是示意她跟江伟说话套近乎，她就坐在江伟的旁边，但她也看出来了，江伟根本就不是何健想象的那种能让女人搞定的男人，从他的身上，看到的只是一种正气，一种风雨也动摇不了的正气。

潘多娜索性不理何健的示意，只管埋头吃桌上的菜，边吃还边往江伟的碗里夹些菜，用只能让江伟听到的声音轻轻地说："甭理他们，只管吃，不吃白不吃。"

江伟看着潘多娜一下子就笑起来，他知道身边的这个女孩子肯定也是来攻他关的，可是他却没想到她竟然这个时候跟他说出这种肤浅的话来，真是孩子气十足。神情之中，不免就多了几份随意。

何健见潘多娜能让一直跟他们保持距离的江伟一下子放松下来，心里对她就有了另眼相看的意思，心想这个郝梦绮还真是个搞外交的料呢，什么样的男人在她面前都守不住自己的堡垒。让潘捷胜签了合同，他还多少觉得有点侥幸的味道，而江伟这一笑，则让他彻底地服了潘多娜。虽然他并不知道潘多娜跟江伟说了一句什么话。

何健很聪明，一看江伟防守很严，几乎是滴水都泼不进去，也就明白今天这饭桌上并不适宜谈公事，他很知趣地转变了谈话方向，尽说一些很轻松甚至还有些黄色的笑话。饭桌上一派热闹。江伟也不再是客气得好像与人隔着江河，他偶尔也会说一两个笑话，惹得大家都哈哈大笑着。气氛十分融洽。

江伟并不是一个很难接触的人嘛，潘多娜想着自己应该可以做得让何健满意的。

江伟是一个很有政治前途的行政官员，他太清楚处在自己的位置上容易被什么绊倒，所以行事是十分小心的。

潘多娜每次给他打电话，他都挺随意，在电话中有说有笑，但绝不向她透露一丁点关于何健公司想要获得资金的事情。潘多娜也从来不问，她要慢慢磨掉他的警惕，要在他彻底地对她没有戒备之心的时候再攻进去。

但潘多娜有些急了，她要在回家之前把江伟这个堡垒拿下来，否则，何健他们公司拿不上资金，她就拉不上赞助，当女主角的事情也就不是特别牢靠了。

她决定再一次主动出击，一定要把江伟搞掂，为未来的明星路作一个铺垫。

潘多娜再一次拨通江伟的电话："江处，你愿不愿意为一个孤身在京城漂流的女孩子过个生日呀?"

江伟问："怎么，郝小姐的生日要到了?"

"是啊，我在北京也没有要好的朋友。我一个人，无依无靠的，感觉真的好凄凉，就像水中的浮萍，随波漂流，不知道自己在以后的日子会被漂到哪里去，会漂到一个什么样的环境里，那里有没有让我生存的条件……生活里充满了很多的不可知，无法把握我的未来……算了，跟你说这些干什么呢，你是一个国家官员，其实我们本来也是没有机会可以相互认识的，但总算还有缘分——我没别的意思，只是觉得你是一个对人很真诚的人，所以才忍不住要和你做个朋友。如果，你觉得我并不适合，我以后不会再烦你的。"

潘多娜几乎把自己都说得有些感动了，她第一次感到真的应该为自己的表演才能喝一回彩。

江伟果然也是性情中人，听了潘多娜的话，赶紧说：“哎，郝小姐，既然你的生日到了，那咱们就在一起坐坐吧。以后你就把我当做是你的朋友。我这人还真没别的优点，就给人做朋友还比较合适。”说完，自己也觉着挺寒碜的，忍不住笑起来。

潘多娜也笑。

“你几号的生日？我请你吃饭吧。”江伟问。

“就明天，是周末，你有空吗？”

江伟迟疑了一下。

潘多娜十分敏感：“你是没有空？”声音里透着一缕失望。

江伟忙说：“不是，我是在想明天有没有其他的安排，如果没有安排，我到时给你过生日。”

“那……其实我的要求很低的，我只要有个人能陪我过这个生日，我十八岁的生日。我听人说，女人的年龄里，每一次逢八的坎都是很重要的，过完十八岁的生日，就预示着我已经成年了。我不想这样一个很特别的日子里，只有我独自对酒当歌。”

“我不要你请我，我请你好了，这点钱我还是有的。”江伟还没开口说话，潘多娜就急急地又说了句。

江伟笑了，他觉得这个女孩子还真是有趣，就说道：“还是我请你吧，我和你一起帮你过生日，唱生日歌。”

“那也好啊，我只要有几个鸡翅膀就可以打发掉的，一点也不麻烦。”

江伟又大笑道：“你这个丫头，就是请你吃顿大餐，还能把我吃穷了不成？”

“那我们就说定了，咱们明天见，你不许变的。”

“好，明天见！”

潘多娜挂上电话，就发现自己每次和人约会都是以吃为前提的，真是民以食为天，中国人办什么事都离不了一个“吃”，以前不管吃什么，总能吃出一个结果来，但不知道明天，明天能否也吃出一个结果来呢？

只有天知道。

四十

江伟果然没有食言，在潘多娜说好的一家饭店里，他给她订了一个蛋糕，还买了一束花。生日只不过是潘多娜的一个借口，就是为了让江伟能出来。但不管怎么说，她对江伟的这番盛情还是心存感激的，然而这感激与她的最终目的相比，分量终还是轻了许多。

潘多娜希望江伟能跟她谈那笔高科技尖端产品研制和开发资金的事，但不管她怎样暗示和打探，江伟就是不接她的茬儿。他说在这样一个日子里，跟一个小女孩谈一桩不相干的事是件很煞风景的事情。

潘多娜夺口而出：“怎么会不相关？”说完，猛然意识到自己性急了些。

江伟果然很警觉：“郝小姐，你果真是帮何健来说资金的事的？”

潘多娜吐了吐舌头说：“才不是，何健是我同学的哥哥，我只不过跟他去蹭了一顿饭而已，他们公司的事跟我有什么关系，管它资金不资金的，来，咱们喝酒，喝酒！为我的十八岁干杯！”她一口将杯中的酒喝干了。

江伟眼都直了：“嗬，想不到你个小丫头喝酒还挺能的。算了，你少喝点吧。”

潘多娜瞪着他道：“为什么，怕喝多了会掏多了酒钱？”

“我是怕喝多了伤身，尤其是你还是个女孩子，不要动不动就跟人斗酒。不好。”

“江处，你知不知道，你跟我爸爸一样唠叨，可惜我爸爸出车祸死了……还有啊，你还长得特像我以前的一个老师，是我喜欢过的一个老师，可是，后来他也……出了车祸。我见到你，就觉得你亲切，亲切得就像我的亲人。”

“郝小姐，别想以前的伤心事了，即使我像你的爸爸那样爱唠叨，又跟你的老师长得像，你就把我当他们——嗯，不好，当你的亲人好了。来，就冲着这个，今天我不再拦你，而且我还跟你一起喝。”

江伟实在是不胜酒力，才几杯下肚，人就晕得不知道东南西北了，硬指着潘多娜说她有个妹妹，就坐在她的旁边。

江伟从酒醉中醒过来的时候，天还没有黑透。他努力睁开眼睛，发现自己处在一个很陌生的地方，他拼命地想这是在这什么地方，他只模糊地记得自己是和潘多娜在一起喝酒，他喝得多了……那么后来呢？后来——他摇了摇头，猛然发现自己的身边躺着个人，一个女孩，他仔细地瞧了瞧，头“呜”地一下子大了：是潘多娜！江伟猛地坐了起来，他看到自己光着的身子。

潘多娜被江伟的动静弄醒了，睁开眼一看他正用十分惊异的目光看着自己，冲着他微微一笑，神情很倦怠地爬起来和他并排坐着，头搁在了他的肩膀上说：“你早醒了？”

江伟的头木得几乎转不过弯来，好半天才像被蛇咬了一口似的，“噌”地一下往外挪出自己的身子，让潘多娜搁在他肩膀上的头悬在了那里。

潘多娜的笑凝固在脸上，慢慢地她的眼睛湿润了，她盯着江伟说：“你……你把我欺负了，还这样对待我？!”

江伟是过来人，自然明白一对赤身裸体的男女躺在一张床上会发生什么样的事，但他的脑子还是没有转过弯来，他怎么就会来到这里，怎么会躺在这张床上，又怎么会和潘多娜……唉，都是喝酒惹出的祸，如果不喝酒，便什么也不会发生了，可是，事情真的发生过吗？为什么他会没有一点印象呢？但他面前的事实是他和潘多娜赤身裸体在一张床上，这样的情况之下，又什么事不会发生呢？何况刚才潘多娜自己也说他“欺负了她”。这样看来，便一切都是发生了的。

江伟慢慢地反应过来后，心里的懊悔和痛苦简直有如排山倒海一般。

潘多娜看着江伟脸上变化的神色，就知道他已经相信了她制造的这一出戏了。其实江伟和她之间什么也没有发生，他一倒在床上就像失去知觉似的，任由她的摆布了。她帮他脱完衣服后，还上了会儿网，跟网友胡侃了一阵，才把自己的衣服剥葱一样一层层剥了开，然后躺在他的身边。她算定了江伟醒来后一定会为这一幕震惊的，反正到那个时候，不管有没有事实，都是既成的事实了，他是跳到黄河里也洗不清了。江伟是个很小心的人，只有用这事来拿住他，他方会乖乖地听她的话，那么她就会很顺利地从江伟的手里拿到那笔资金。拿到了资金，她在何健那里的任务也就完成了，何健兑现的诺言是当她的赞助商，这样她的明星梦也就实现了。

潘多娜想得很细致，她对完成这次的任务有着充足的把握。

江伟也确实如潘多娜想象中的反应：震惊、慌乱、惊恐、害怕，他是一个很有政治前途的人，一生都是很严谨地走过来的，没想到现在，却栽在了酒上。

江伟愣怔了大半天，才“腾”地一下从床上跳起来，慌里慌张地往自己的身上穿衣服，可是因为手脚忙乱，衣服穿得很是狼狈。潘多娜不动声色地看着他，他越是慌乱不堪，她越是信心十足。

穿好了衣服，江伟却不知道自己下一步该怎么做，是离开这个房间，还是坐下来和潘多娜像喝酒前一样聊天？想起喝酒，他简直是又气又急，他行事总是小心翼翼的，他知道自己不胜酒力，所以总是控制自己不喝多，怎么这次，反倒消除了所有的戒备，把酒喝得过量了不说，还发生了这样的事情。

江伟看着潘多娜说："我……我不知道，这事发生的……"

潘多娜慢慢地合上眼睛，眼中渗出眼泪道："我只是想把你扶到我的床上睡的，可是你……"她说不下去了，拿被子把脸捂住。

江伟叹了一口气说："我不知道这一切都是怎么发生的，我真的是喝多了。你说吧，我要怎么补偿你？"

潘多娜低垂着眼睑说："我也没有说要你来补偿我什么。"

江伟有些将信将疑地说："你……说的都是真的？郝小姐，我不是那种喜欢在外面寻欢作乐的男人，发生了这种事，你也知道不是我的本意，只是……我喝多了，如果，你真的不需要我的补偿的话，那么以后，我们之间就什么关系也没有了。"

"我个人当然是不要你补偿什么，但是我希望江处能够为我们公司尽些绵薄之力，让我们公司能拿到那笔高科技尖端产品研制和开发资金。这样，无论是我们公司还是我个人，都会对你感激不尽的。"

"郝小姐，我们之间的事和那笔资金是两码事，我不想把这两件不相关的事扯在一起。"

潘多娜笑了："江处，你真是天真得很。"

江伟愣了会儿，看着潘多娜："原来这件事是你早就策划好的，你有心把我灌醉，然后把我带到你的房间里来跟你来发生这种事情。"

"江伟，我是好意，我不想让你这样一个领导在外面出丑。再说，不管你怎么说吧，在这件事情上，不管你有什么感觉，事实上我才是受害者。”

“那你想要怎么样?”

“当然是何健他们想要的那笔资金。”

江伟沉默了一会儿:“郝小姐,你还是开个价吧。我知道你们也不易。”

潘多娜变了脸:“江伟,你什么意思?你把我当成妓女?”

江伟从口袋里掏出自己钱包,从里面取出所有的现金和一张卡,平静地说:“我身上只剩下这几百块钱,不过这卡里还有五千多块钱,我想,这近六千块钱也应该可以补偿你了吧。我就当自己撞了一回鬼,从此以后,你是你,我是我,我们再没有任何瓜葛。”

江伟忽然的泰然自若令潘多娜生气了,他把她当成妓女更是叫她愤恨,她不是妓女,她只是为了生活,为了改变自己的命运才会这样行走于各种男人之间,但她并不认为自己和那类做皮肉生意的女人是一类人,她们是卖笑赚钱,而她是未来的明星,这是本质的不同。

潘多娜深深地吸了一口气,让自己也平静下来:“江伟,我不是你想象中的那种女人,我也说过我不要你的什么补偿,但我要为何健负责,他把我介绍给你的目的就是为了那笔资金。这件事情确实也如你说的是我策划好的,而且,”她指了指桌上放的一架摄像机,“我们之间发生的一切都在那里面。”

其实摄像机里什么都没有,那是潘多娜借来的,她想把自己上的最后几节表演课拍摄下来,准备带回家让妈妈看看她在北京电影学院上课的情况。她原也没想到会用这招,只是见江伟如此对她,心生愤怒,才临时借用了这一损招。

但江伟并不知道这些。他顺着潘多娜的手指看到那架乌黑着镜头的摄像机,脸色一下子变了,他愤怒地盯着潘多娜:“你……你真卑鄙!这种手段也使得出来。”

潘多娜咬了咬自己的唇："我也是不得已而为之的，因为我要是完不成这件事，何健也就不会帮助我。我需要他们的帮助。何况，何健他们公司，本来就应该有条件拿到这笔资金的，难道不对吗?"

江伟摇摇头："我真的以为你是个好女孩，没想到你是这种下流无耻的女人。"

潘多娜冷笑着一下子揭开被子，光着身子站在了地上，她指着江伟："下流的是你们这些男人，不是你们的下流，哪能有女人的无耻。"

潘多娜雪白的身子像一道光束直刺江伟的眼睛，他看着那美丽的身子，愣住说不出话来，目光像被粘住一样怎么也无法从那丰满和秀挺的身上挪移开，他直直地看着潘多娜赤裸裸的身子，呼吸紧促，眼神里充满了色情。

潘多娜丝毫不动，她的身上因为寒冷，泛起了一层白白细细的疙瘩。

江伟忽然轻吼了一声，冲着潘多娜扑了过去，但就在他手忙脚乱地扒光自己要进入潘多娜时，他却停住了，扇了自己一个耳光，就从潘多娜的身上爬了起来，匆匆穿上衣服，夺门而去。

潘多娜在床上摊开自己，在寂静的屋子毫无思绪地躺着。

四十一

就到放寒假的日子了，潘多娜因为还没有帮何健搞到那笔高科技尖端产品研制和开发资金，就延缓了回家的时间。她打电话回家跟安虹说是学校选了一批学生参加市里的一台大型晚会，她就在其中，因为节目是要现场直播的，不能出一点纰漏，所以学校为了加紧排练，她们暂时不能回家。她跟妈妈说这样的机会是很难得的。

安虹虽然有些失望，但还是为潘多娜有这样难得的机会而感到由衷的高兴，她说："小娜，暂时回不来就回不来吧，妈妈是想你，可是更希望你能过得好，只要你的发展前途好，妈妈心里一样为你高兴。"

潘多娜说："妈妈你放心，如果排练顺利的话，我也许可以赶在春节前回去的。过完春节再帮你和高明权叔叔把喜事办了。"

安虹在电话那头笑了起来："你不用操心我们了，你还是专心排练吧，什么时候让你走，你再回来。我们不会怪你的。"

潘多娜也笑笑，妈妈永远都是妈妈，总以为自己的女儿是最好的。潘多娜想如果妈妈知道了自己在北京的所作所为，她会怎么看待自己呢？她一定是失望极了。

为了不让妈妈失望，她也要把该做的一切都做好，只有做好了，她才有自己的发展前途，才能宽慰妈妈的心，继续保持她对自己的这份信心和骄傲。

潘多娜又拨通了江伟的电话，她对帮江伟接电话的人说："我姓郝，请你转告江处，我帮他录制的光盘是寄到他家里还是寄到处里。"

她说完这句话，就挂了电话，她知道这句话江伟是一定可以听得到的，而且他也一定会给她打电话，她现在要做的，就是坐下来，等着他的电话。

果然，十几分钟后，江伟把电话打了过来。他的声音听上去有些气急败坏，这让潘多娜很开心，他的态度决定了她的命运。

江伟压低的声音问道："你想怎样？"

潘多娜像平时和他聊天一样，乐呵呵地说："我没想怎样呀，只是这段时间没见到江处，而你又不接我的电话，我挺想念你的。我把上次你醉酒后和我做的那场游戏刻了个光盘，想送给你好好欣赏呀。"

“……”江伟什么话也说不出来了，但他粗重的呼吸声却清楚地通过电话线，传送到了潘多娜的耳朵里。

“怎么，江处不想看看？”

“你想拿这个来胁迫我？”

“什么叫胁迫呀？我只是要让你回忆一下和我在一起的那段美好时光。”潘多娜油腔滑调地说。

“你好毒辣！你还要毁我清誉。”

“哼，我怎么毒辣了？我还是个女孩子，你就这样把我欺负了，难道还要反过来向我要清白不成？”

“郝小姐，我和你无冤无仇的，你打电话让我帮你过生日，我可怜你是孤身一人在京城，可是却想不到你会把我灌醉，还策划好了这一切，你……”

“哎呀江处，你都快成祥林嫂了，你烦不烦呀，不就是做了一回男人和女人该做的事嘛，你把事情给我办了，什么话不好说？我们以后可能还是朋友呢。”

“我没法帮你，资金是国家的资金，不是我江伟个人的钱，我没有权力自行决断。除非他们的条件达到了要求。”

“咳，事在人为，达到了条件我们还来找你嘛。你只要伸伸手，稍微地一使劲，就把我们大家所有人的事都给解决掉了。帮人也帮了己，你何乐而不为呢。”

“如果我不呢？”

“你知道我会怎么做。我相信你的政治前途一定会受到影响的，你的家庭也会从此不安定的。”

江伟沉吟了一会儿说：“那你什么时候把光盘给我？”

“拿到资金的时候。”

“好，你回去告诉何健，他们公司可以拿到这笔钱，但希望他们把这钱用在正道上。”

潘多娜没想到江伟会一下子来了个一百八十度的大转弯，利利索索地答应了这件事，她不知道是不是其中有诈，但想到自己手里终是有他的把柄，料他也不敢耍她，还是很高兴的。

“江处，你说的是真的吗？”

“当然是真的，要不然不是让你白忙活了一场？”

潘多娜抑制不住内心的喜悦道：“我也是迫不得已，以后我会跟你说明这一切的。”

但是这边的江伟心里却在说，以后，会有以后吗？

潘多娜打电话告诉何健，江伟已经答应帮他们公司搞定那笔资金。何健也不想多问潘多娜是用什么手段让江伟答应下来的，只要能看到让他满意的结果，就行了，至于过程，他想也无非是动用了一些女人天生的本钱，他是做梦也不会想到潘多娜使出的那一招的。

潘多娜问何健什么时候给她要演的片子提供赞助费。何健说只要这笔资金一到位，他立马把赞助费拨过来。

资金到位，那怎么也得几个月以后了，可是，潘多娜却等不及到那个时候了，司徒登子不停地打电话催问她赞助商谈好了没有，他说现在已经有人看好了他手头上的那个本子了，也要他们自己看好的演员来演，只要他一松口，这个本子的主角就可能落入别人的手里了。司徒登子又说他也和几家企业谈过了，但是他们都只愿意掏广告的钱，却不愿意把大笔大笔的资金投进来。就算是广告，多弄上几家打在片头片尾也能积少成多呀。不然你多跑几家企业，看有没有广告。只要你拉的资金最早入账，这个本子的主角就谁也夺不走了。司徒登子最后说。

潘多娜岂能不知道一部片子男女主角竞选的激烈性，司徒登子能这样帮她把这个角色守住已经是仁至义尽了，如果她还不能拉来一笔资金的话，恐怕再过一段时间，司徒登子就会因为资金的缘故，又将本子的女主角易人了，就像他上部片子一样。

潘多娜心急如焚，她一面答应司徒登子尽快把企业的赞助说好，一面加紧了对潘捷胜和何健的攻势。潘捷胜说他已经把情况向公司汇报了，公司愿意以广告的形式投入一笔资金，但数量不会太大，最多也就是十万块钱。

在潘多娜的概念里，十万块钱已经是不少了，她当初从潘捷胜的手中拿到合同后，何健给她的十万块钱回扣让她兴奋了好长一段时间，总觉得自己已经是个大富翁了。她把这个消息告诉司徒登子，司徒登子说，十万块钱在他眼里就跟打发叫花子似的，白给他都嫌少，何况还是要做广告的钱，但他没有跟潘多娜说不要，只说潘多娜尽了力就行，管它多少呢，反正是广告嘛，插在片头片尾也不影响什么，多一笔收入总是好的。

司徒登子这样一说，很是打击了潘多娜的积极性，她以为司徒登子会像她一样为这笔铁板钉钉的钱高兴呢，谁知他的反应却是如此平淡。看来希望只能寄托在何健那里了。

何健打电话给江伟，询问那笔资金的事。江伟一听就火了："不是告诉过你们了嘛，这次会给你们企业下拨这笔款的，你不停地打电话催是什么意思？怕我不遵守？像你们这样自断后路的企业，我看就是给你们钱你们也不一定能发展起来。"

何健听得有些莫名其妙，不知道江伟为什么会发这么大的火，但他肯定是因为潘多娜的缘故，不过，既然江伟已经亲口说了会有他们公司的资金，这就证实了潘多娜的话没错，至于她和江伟之间发生了什么，只要不影响这笔资金的到位，他就没必要去在意了。

潘多娜软磨硬泡，再加上以说服江伟改变主意为威胁，终于说通何健答应先期为她即将加入的那个剧组投入一部分资金。听说潘捷胜愿意投入十万的广告款，何健就答应了二十万，他无论如何也是要胜出潘捷胜一筹的。

现在就差司徒登子向企业出具剧组的各种手续和银行账号了。

要确认这个剧组的存在，然后才考虑投资问题，作为企业来说，是很正常的。可司徒登子却不这样想，他对潘多娜说她找的企业一个个都拿不出几个钱来，却还那么多事，把他这个赫赫有名的导演都看成什么了，这样的事以后传出去，还不是让同行们把他给笑死了？要不是为了她，他干脆就不要这样的资金了。

潘多娜无话可说，说动潘捷胜和何健的投资已经让她筋疲力尽了，除了尊重企业以外，她不敢再有任何一点点的变故了。

几天之后，潘多娜拿到司徒登子给她的一沓文件，果然，看了这沓材料的潘捷胜和何健不再有什么怀疑，和受司徒登子委托的潘多娜签订了合同后第三天，就从公司向司徒登子给出的账号里打进了各自的资金。

万事俱备，只欠东风。潘多娜只等待暂时还未成立的剧组开工的那一天，那一天当然也就是她即将成为影视界一颗冉冉升起的新星的一天，是她人生的道路上又一次转折的一天。

四十二

资金打入账号后，司徒登子开始和潘多娜联系得更加紧密了，他要潘多娜随时做好入驻剧组的准备，他说剧组已经在筹备当中了，就差一些相关的人员配置还没有完全到位，相信很快就会搞好的。

潘多娜问司徒登子春节前能不能入驻剧组？

司徒登子稍一沉吟就说应该没有问题吧，然后问潘多娜是不是还有什么事情没有办妥。

潘多娜听着司徒登子说话的口气，感觉剧组一两天还组织不起来，就想着利用这个空当，先回家去，她问能不能先回趟家去看看妈妈。

司徒登子毫不犹豫地说那你就去吧，不过春节一过，你一定要赶回来。

潘多娜连说没有问题。

解决了赞助，当司徒登子片子里女主角的事也随之搞定，潘多娜的心里别提有多高兴了，她回想了一下自己在北京这一路走来的每一件事情，虽然失去了一些东西，可是从中得到的却比失去的要多得多。

她算了算时间，离春节还有不到十天的时间了，她要抓紧时间回家，和妈妈好好共度这段难得的时光。于是她开始准备自己的行李，因为他们那个城市没有飞机场，她只能订火车票，但临近年关，火车票很是紧俏，她出了高价，才从票贩子手中订了一张三天后的火车票。

潘多娜就要回家了。

临近走的前一天，潘多娜接到了陈晨的电话，她的第一反应是厌倦。

她很无奈地听着电话里陈晨欢喜的声音："潘多娜，你没有离开北京啊？我一直给你打电话，可是你为什么总是不接呢？"

潘多娜说："我很少带手机，再说卡里面也没多少钱了。"

陈晨一听，赶紧说："你是不是需要钱，我给你买充值卡好了。"

潘多娜忍了忍，到底没有说出很绝情的话来："谢谢，我现在已经给卡里充了值了。"

她其实早就和陈晨正面交谈过，把自己的感觉告诉了他。而陈晨却出于一个被女孩子宠惯的男孩子的傲气，想着平时只有女孩子追她，他看上的女孩子反而不买他的账，心里很有些失落，所以不停地给潘多娜打电话，想用自己的柔情来感化她，抚慰他这样一个骄傲的男孩子的心理。可是潘多娜终究不是一般的女孩子，她有自己的想法和打算，她不愿意在这样一个能尽情发挥自己年轻和美丽优势的时候受到某种束缚，她要让自己真正地像条鱼一样，在这个充满了各种竞争的社会上自由自在地畅游。

陈晨一时也无话可说了，他像忽然想起一件事来似的说道：“潘多娜，你记不记得在那次 Party 上，我们见过的那个叫司徒登子的导演？”

潘多娜心想我很快就要成为他片中的女主角了，怎么会不记得他呢？但她当然不会跟陈晨去说这件事，她要等到片子出来让她的同学都大吃一惊，想一想，有几个人能在上学期间就可以在一个名导的片子中出演女主角啊？

她懒洋洋地说道：“记得，怎么了？”

陈晨饶有兴趣地说：“我昨晚在电视里还看到他了，好像跟我们上次看到时有些不一样了，长得胡子拉碴的，有点像唱歌的火风，不过可能是拍片的时间太长了吧。我听主持人说他最近在拍一部电影，还没有杀青呢，整个剧组还要到欧洲去拍一些镜头，还要拍欧洲的风光呢。”

潘多娜听着陈晨的话，心想这怎么和司徒登子对她说的不一样呢？拍片子不假，可司徒登子说已经拍完了，后期制作都快结束了，怎么又要让剧组到欧洲去？她前几天还见过他，跟他签过合同，他脸上平平坦坦，精致得不像个男人，又哪里来的火风一样的胡子？

潘多娜越想越不对劲，忙问陈晨：“你看的是哪天录制的节目？”

陈晨听潘多娜的声音都变了，也不知道为什么，只当她是好奇，就说：“应该是前两天的吧，我看上面的时间就是前天的。再说娱乐新闻一般都是比较新的，太旧了就没人看了。现在网上什么新闻都会有，你要有兴趣关注司徒登子，就上网看一下好了。”

陈晨的话提醒了潘多娜，她急忙挂断电话打开电脑上网，果然查到了陈晨跟她说的司徒登子要到欧洲去拍摄几个镜头的新闻。文章的旁边还配有几张图片，图片很小，效果又不怎么好，但潘多娜还是认出了司徒登子，真的有一把火风一样的胡子。

潘多娜糊涂了，这个应该是司徒登子，媒体是不会搞错的，可是这个司徒登子跟她认识的那个司徒登子虽然在形态上有些相似，却多了胡子，她认识的那个司徒登子也从来没有跟她聊起过要去欧洲的事呀。难道，难道……

潘多娜一下子想起最初和齐宇凡见到的那个自称是导演的骗子，头上“唰”地一下冒出冷汗来，那时不管怎么说只是一顿饭的事情，可现在却不一样了，这人不但骗了她的身子，还有潘捷胜和何健公司的三十万元，三十万啊，在她的眼里，那是多么庞大的一笔钱啊。

她不敢往下细想，拿起电话就拨司徒登子的手机，在等待接听的过程中，她的心跳得都要爆了，紧张、不安、担心、恐惧……她知道其实答案已经揭晓了，她听到和看到的就是事实，可是此刻的她就有如在深海溺水的人，哪怕是一根稻草，她也愿意当作是帮她泅渡的船。

司徒登子终于接听电话了，听到他的声音，潘多娜一时倒不知说什么好。倒是司徒登子，不停地问她有什么事。

潘多娜强迫自己冷静下来，说：“司徒导演，你今天有没有空？我想跟你一起聚一聚。”

司徒登子连忙说：“哎呀，过几天吧，我这两天恐怕是没有空的。”

潘多娜试探地问道：“你是不是要外出？”

“我哪里有空外出，光是组建这个剧组的事都让我头晕脑涨的，现在是男主角有点变化了，原来选定的男主角他居然要我换女主角，说是要换个有名气的女主角他才愿意演这个角色。妈的，有点名气就把自己看得比天大了。我说了，他要能演就演，不能演就拉倒，女主角我是绝不会换的。再说了，我凭什么听他的，到底他是导演还是我是导演？”司徒登子忿忿地说道。

“导演，要不我就不演了，你还是换演员吧。那两笔赞助费我也抽出来好了。”潘多娜急中生智。

“哎呀，你们这些姑娘，一个个都怎么了？前面要死要活地要演主角，怎么这会儿又给我出难题了？还嫌我这里不够乱是吧？”

“不是啊，是我的这两家赞助企业不愿意干了。他们都反悔了。”

“都到这时候了，哪由得他们反悔？不管他们了，你只等我通知，到时候来剧组就行了。好了，就这样，我没空跟你说了。”司徒登子挂了电话。

潘多娜再拨，手机已经关机了。

以后不论潘多娜怎么拨，司徒登子的手机始终处于关机状态。

潘多娜失去了司徒登子的信息。

潘多娜急了，她打电话给陈晨，让他向那个开 Party 的同学的姐姐打听一下，当晚到场的司徒登子的情况。陈晨问她是不是出了什么事，潘多娜不想多作解释，只说帮朋友打听一下。

很快，陈晨回话说，同学的姐姐并没有请司徒登子导演参加她的 Party。

潘多娜彻底绝望了，她扔掉电话，号啕大哭起来。

潘多娜再也想不起要回家了，她简直疯了一般，在北京城到处寻找那个骗了三十多万的假司徒登子。可是，偌大的北京城，又冷又寒的北京城，她到哪里能寻到这个骗子呢？

何健此时到处在找潘多娜。江伟给他打电话，说他们公司本来是可以拿到那笔高科技尖端产品研制开发资金的，但是因为他们公司使用了不正当的竞争手段，他报告要求撤销了拨付给他们的这笔资金。

何健一听，老半天没反应过来，不是潘多娜把江伟搞定了吗？怎么反而是江伟报告要求撤销他们的资金呢？不正当的竞争手段又是什么不正当的手段？他很懊悔当时没把情况向潘多娜了解清楚一些，弄得现在心里一点底也没有。

他硬着头皮问："江处，我们只是在一起吃过一次饭，其余的我们什么也没有做呀，怎么吃顿饭也算是不正当竞争？"

江伟在电话那头冷冷地说："何总，你去问你们公司的那位郝小姐吧。我还要请你转告她，我已经做好辞职的准备了，如果她还要一味胡来的话，我会和她在法庭上见的。"

何健不清楚潘多娜用的是什么方法把江伟惹恼了，他在江伟挂断了电话后的第一个反应就是：这个郝梦绮把他给涮了。公司赞助的二十万元已经打到别人的账上去了，可公司应得的资金却黄了，他何健做了一次赔了夫人又折兵的蠢事。

潘多娜为了找那个假司徒登子，已经是筋疲力尽，疲惫不堪了，所以对何健的追问，她已无力隐瞒，只好一五一十地把她用假光盘威胁江伟的事全部说了出来。

没等听完，气急败坏的何健就喊叫了起来："郝梦绮，你真是有正道不走，偏走些歪门邪道。本来是有我们公司资金的，可现在却让你给搅黄了，你让我怎么向公司交代？"

潘多娜一听也火了："何健，什么叫正道不走？你给我的是正道吗？你让我去给你攻关本来就不是正道，你有什么资格装模作样地在这里教训我？既然本来就有你们公司的资金，当初你又何必硬要我接触江伟?”

何健被潘多娜噎了一下，一时说不出话来，想了想说：“咱们多余话也不说了，错的也都错了，现在我上哪儿买后悔药也买不上了。该拿的拿不上，你也不要说我绝情绝义，那笔不该拿的二十万元，我限你在一个礼拜之内还给我们公司，否则，我会和江伟一样，跟你在法庭上见的!”

潘多娜的气焰就像一盆正燃烧的炭火，被何健这一盆凉水当头浇了下来，“哧”地一声熄灭了。她拿着电话沉默了老半天，才轻轻地、疲倦地说：“何健，你给我长一点时间，我会把钱给你还回来的。”

何健怒气冲冲地说：“好，那就给你半个月的时间，半个月以后如果你还不能把钱拿回来，我会给你好看的。”

潘多娜拿着电话愣怔了好长时间，她的心就像一朵正在枯萎的花，一点一点地萎缩起来。已经梦碎的她，感受到了什么是真正的孤独和飘零。她倒在床上，两眼无神地看着天花板，天花板是冷漠的，却是平静的，这种平静让她更是有一种要大哭一场的冲动。此时此刻，她多么想有一个肩膀让她靠一靠啊，她太倦了，太累了，来北京近一年的时间里，她承受了她这短短的一生里都不曾承受到的起与落，甘与苦，悲与痛，累与乏。

泪水慢慢地浸湿了枕巾，此时此刻，她多么想有个人可以安慰她，帮助她啊，就像以前齐宇凡那样。齐宇凡，潘多娜一下子想起这个曾经真心待她的男人来。自从他离开北京后，她就一直强迫自己忘掉这个男人，他是多么优秀的一个男人啊，而她，却并不是他眼里那种纯洁可爱的女孩，他看到了她的青春朝气和自信，却看不到她在他面前竭力掩藏起来的沧桑和自卑。她装着不懂他的心，她强迫自己不要去想这个善良和真诚的男人，他是不可能真正属于她的，他和她之间，只不过是在同一条路上相对行走时，在错过的那一瞬间互相看了一眼，各自给对方留了一个微笑而已。可是现在，她却不能控制自己不去想他，他是在她最初被遗弃的时候出现的，他使她暗淡的生活有了色彩，使她黯然的心变得明亮起来。齐宇凡，这个让她深埋在心里的男人，在他国异邦还好吗？

她爬起来，擦掉脸上的泪水，翻出齐宇凡以前的手机号，这串在她的心里已经变得很陌生的数字，使她对齐宇凡的回忆变得更加具体和形象起来。她在手机上一个一个地摁着这些数字，既然代表了齐宇凡，就让这些数字活动起来，变作铃声吧。

电话长久地没人接听，潘多娜很失望。就在她要挂断的时候，她听到有一个男人的声音："喂，你好！"

她愣怔了一下，没有听清楚这个声音到底是不是齐宇凡的，但只要有人接听了这个电话，她虚空的心灵还是得到了一丝安慰。她似有似无地叹息了一声，轻轻地挂断了电话。

一会儿，有人打过来电话，她一看手机上的电话号码，正是她刚才拨的齐宇凡的手机号，她的心跳一下子加速了，几乎都有些喘不过气来了。她深深地吸了一口气，拿起手机："喂！"

"是潘多娜吗？"电话那头的喘息有些粗重，能感觉出那边的激动。

潘多娜听出来，正是齐宇凡的声音。

"我是。"

"我一直在等你的电话。"齐宇凡说。

"为什么？"

"你没看我的信吗？"齐宇凡问。

"什么信？我没收到过你的信啊。"潘多娜很惊奇地说。

"我给你发的 E－mail。你以前给过我信箱的。"

"天啊，我从来就没有用过那个信箱。我一直就没有看到过你的信。"潘多娜想想真是心酸极了，开始时自己还以为齐宇凡很快就把自己忘了，连电话都没有主动打过，却万万没想到，他居然用的是这样一种方式。而她，虽然天天都上网，却因为从来没有跟什么人写过信，除了刚开始有点新鲜感还隔三岔五地到信箱里看看一些垃圾邮件外，后来压根儿就没有打开过她的信箱。

齐宇凡沉默了好一会儿，才缓缓地说道："刚到日本时，我不敢给你打电话，想到我们是在网上认识的，而你又喜欢上网，就每天都给你写信，我把我想说而不敢跟你说的话全部都在信里面说了，而且我一直在等你的回信，可是你从来没有回过，后来我想你不回信，就是你的答案了。是因为我们之间的差距太大了，你那么年轻，而我，却是个离过婚的老男人……"齐宇凡的声音低沉，有些沙哑。

潘多娜无法想象那个长得气宇轩昂的男人此时的模样，但她，却在齐宇凡的叙述中再一次泪流满面，如果不是她一心想要上电影学院，如果不是她一意孤行地要靠自己闯出一条路来，她怎么会失去面对这个男人的胆量，又怎么会与他失之交臂，又怎么会有如今的遭遇。她握着手机，听着齐宇凡沙哑的声音，伤心欲绝。

"我一直在等你的电话。我一直希望有你的电话。"

"那你为什么不打电话过来？"

"等我鼓起勇气给你打电话的时候，你的手机号码已经变了。"

潘多娜的心里好一阵悲凉，握着电话，什么话也说不来了。

"小娜，你是遇到不开心的事了吗？"

"哦……没有，我只是无事翻电话本看到你的这个电话，想试一试能不能拨通。我其实并没想到能拨通的。"

"我是为你留着这个电话的。"

潘多娜无语。

"你……现在还能给我机会吗？"齐宇凡小心翼翼地问道。

潘多娜的双眼迷离，她能吗？她以前错失了这个男人，现在的她，还能配得上他吗？

“我……我……对不起，我已经有了男朋友了。”潘多娜流着泪说。

齐宇凡沉默了好长一段时间，才涩涩地说道：“我……明白，我真心祝你们快乐！”

“谢谢！也祝你快乐！”

当电话的那端传来忙音时，潘多娜才愁绪百结地挂断了电话。

四十三

潘多娜在怀柔县那个边远的小商场里看见司徒登子的一刹那，心跳都要停止了。那个假司徒登子和一个长得人高马大的女人在一起，看他们两个人的样子，潘多娜猜想那个女人可能就是他的妻子。果然，轻轻跟在他们后面、掩藏着脸的潘多娜听到司徒登子要女人去接他们的孩子。真是皇天不负有心人，潘多娜找了几天，没想到被从天津赶来的陈晨带到怀柔他同学家玩时，却会在这里碰见这个大骗子。

潘多娜当时没有声张，她知道仅仅是依靠自己的力量是对付不了假司徒登子的，她没有证据证明这个男人假冒司徒登子骗了她的身子和钱。

潘多娜很快就等到了去洗手间的陈晨，她拉着陈晨向司徒登子妻子离去的方向追去。他们追上司徒登子的妻子，借口向她问路并一路同行，在搭讪试探中，确认了假司徒登子是她的丈夫。

他们一路跟随到了接孩子的地方，这是一家私人幼儿园，为了照顾一些因为放寒假而无法照料自己孩子的家长，而专门设的寒假班。

在一路跟随时，一个想法在潘多娜的脑子里油然而生，她自信这个办法一定可以让司徒登子吐出他骗走的何健和潘捷胜为她赞助的钱。

潘多娜拉着陈晨到一边，把司徒登子骗她的事情经过大概说了一遍，陈晨惊得老半天目瞪口呆，他没想到眼前这个女孩原来经历了这么重大的一件事。他摩拳擦掌地对潘多娜说："你说，我们要怎样对付他，找几个人把那个假导演揍一顿？还是把他堵在哪块地方，逼他吐出那三十万块钱来？"

潘多娜心里一动，陈晨的想法和她倒有些不谋而合，不过她不是想抓司徒登子，抓住他也弄不回钱来，她想的是把他的孩子想办法弄出来。孩子连着父母的心，她不信这个假司徒登子会为了钱连他的孩子都不要。

她把自己的想法跟陈晨一说，陈晨犹豫了，绑架孩子，这可是犯法的事情。

潘多娜不以为然地说："犯什么法，我们只是拿他孩子作为工具，让他退还那三十万块钱，又不是要杀他孩子。难不成让他白白骗了我三十万不成？"

陈晨想了想，吞吞吐吐地说："其实……你是可以报警的。"

潘多娜瞪了陈晨一眼，说："我说的你怎么就不明白？我没有他诈骗的证据。合同上的字是我签的，他提供的材料他都拿走了，我报案说他是骗子，谁信哪？要传出去，谁不说我是个二百五啊？"

"那上当的又不是你一个人，甭说你没社会经验，就是在商场中混过、有足够丰富的社会经验的、给你赞助的企业不是也乖乖上当了吗？"

"那是因为他们相信我，其实他们连我……"

"他们怎么了？"

"没什么。"潘多娜掩饰着，她本来想说他们连她的真实身份也没搞明白。

“那你是真想这样干了?”

“我一定要试试。我不能就让他这样把我给骗了。”潘多娜咬牙切齿地说。

“那好吧，既然你一定要这样，那我就帮你帮到底。”陈晨显得很仗义地说。

这天，天上飘着零星的雪花。下午快四点钟的时候，陈晨来到那个幼儿园，经过跟幼儿园的阿姨交涉，顺利地带出了睁着一双茫然的大眼睛，小名叫丝丝的小女孩。

潘多娜已经打听清楚了，司徒登子真名叫司徒程，据说早时开了一家什么文化公司，专门买卖一些无名作者的小说改编权，并因此与一些影视公司、导演有过联系，曾经也有过几个钱，风光过一阵子，可后来却不知因为什么原因，公司倒闭了，以后也就不知道司徒程在干什么，但他总是很有钱的样子，而且经常在北京市区里混着。

孩子被人拐骗走了，司徒程一家乱成了一团，他的妻子哭得整个人都站立不稳了。他的父母闻讯也赶了过来，寻死寻活地要出去寻找孙女。

司徒程家的电话是潘多娜从丝丝口中获知的，她拿了一堆零食放在丝丝的跟前说：“丝丝，姐姐要给你们家打电话，让你爸爸妈妈赶快过来接你，你说好吗?”

丝丝一双未干的泪眼怯怯地看了看陈晨，很迅速地点了点头。

“可是姐姐忘了你们家的电话号码是多少了。你知道吗?”

丝丝十分机灵，她脱口而出，说了自己家的电话号码。

潘多娜高兴地拍了拍丝丝的小脑袋，说：“丝丝真聪明，姐姐就喜欢聪明又漂亮的女孩子。”

女孩子都喜欢夸奖，听到这话，丝丝很开心地笑了起来。

给司徒程家打电话的是陈晨，他学着电视里面的口吻说："是司徒程吗，你不要问我是谁，你的女儿在我这里，我们帮你带两天，你把你最近骗的那些钱，什么时候拿出来了，你女儿什么时候就可以回去。我们只是想和你私了，如果你要报警，我们也没办法，不过你可能就永远见不着你女儿了。钱和你女儿，哪个重要，你自己掂量掂量好了。"

司徒程紧张得浑身发着抖："你们是谁？我什么时候骗过你们的钱？"

"你个王八蛋，还装！"

"你是不是潘……"

"你甭管我是谁，我只要你把吞进去的钱如实地吐出来，一个子儿也不能少。否则，有你好看的！"

司徒程想了想，咬了咬牙，说："好，你说多少钱？我给你借去。"

"借？几十万块钱，你千万别告诉我，钱都叫你挥霍一空了。"

"那……好，我拿……你说在哪里交钱？"

"把你的手机号告诉我，我到时会通知你的。你别耍花招，不然真让你吃不了兜着走。"

"那是……当然。我哪里敢拿我女儿的性命开玩笑。"

"知道就好！"

潘多娜和陈晨好不容易把司徒程的女儿哄睡觉后，在另一个房间里商量让司徒程在哪里交钱时，何健的电话又打了过来。

何健说："怎么样？离半个月期限还剩一个礼拜的时间了，你想到办法没有啊？"

潘多娜没好气地说："不是还有一个星期嘛，急什么，大不了我把自己卖了给你还钱。”

何健嘿嘿一笑说：“卖了你？论斤卖能值几个钱呀？”

“你……何健你他妈的王八蛋！”潘多娜一生气，冲着电话狠狠地骂了一句脏话，然后气急败坏地挂断了电话。

陈晨用忧郁的目光望着潘多娜说：“是催债的？”

潘多娜点点头，心里酸涩，眼圈一下子就红了。

“我们会解决好这个问题的。你不用担心。”陈晨安慰道。

潘多娜很牵强地笑笑，忽然她像想起什么事情似的，急急地拉开抽屉，翻出了当初她替司徒程和何健签的合同书的复印件，只见上面签署的甲方代表的名字是郝梦绮，她的心里一下子像卸了块大石头似的，全身都轻松下来。前些天她光顾着着急了，竟然忘记了自己签名用的是一个假名字。

见潘多娜突然间脸色就变得开朗起来了，陈晨有点摸不着头脑，傻傻地看着她。

潘多娜笑着说：“你看过《如此包装》的小品吗？就是赵丽蓉和巩汉林表演的那个？”

陈晨点点头说：“我看过，怎么了，这事跟那小品有什么关系？”

“没有什么关系，我只是突然想起来，觉得那小品很好玩。”潘多娜突然间不想跟陈晨说出实情了。她已经想好了，被司徒程骗去的钱，她还是要追，追回来多少算多少，至于是不是再交还给何健和潘捷胜，那就是全在她的一念之间了。不过，她已经明白自己接下去该怎么做了。她在北京近一年来，用付出自己的代价一步一步走到现在，她感到疲累，不想再这样为了生存而不惜廉价地出卖自己，牺牲自己了，她要把生活提升到一个更高的档次上来，而现在，这样的机会已经到来了。

和陈晨密谋好与司徒程下一步接头的计划后，潘多娜主动脱了衣服，打算把自己献给他。这是陈晨垂涎已久的，他惊愕地看着脱光衣服的潘多娜，激动地全身颤抖起来，在潘多娜的主动迎合下，他一边颤抖着一边剥掉自己的衣服，抱住她移到床上，急不可耐地动作起来。可是，不管他使用多大的劲，事情竟然没做成功，两人在床上折腾了好长时间，最后，还是以失败告终。在潘多娜的安慰下，陈晨穿上衣服，灰溜溜地走了。

潘多娜疲惫地躺在床上，一闭上眼睛，眼前似乎有很多人民币在飞舞着、狂欢着。

还有几天就是春节了，等把司徒程这件事解决好后，她要赶回家，和妈妈共度春节。春节过后，她还要给妈妈和高叔叔把喜事办了，她一定会把喜事办得红红火火，热热闹闹的。

还有，就是返回学校后，要充分利用一下那无形的光盘，一定要让那个反复无常、喜欢耍花招的江伟再吃一次苦头，跌一个大跟头。

等下学期开学，她再也不想自己租房子单独住了，她想住校，像个正规学生似的，和同学们一起住，她要认认真真地学习，开始另外一种人生……

潘多娜这样想着，躺在床上迷迷糊糊地睡着了。

突然，外面响起警车的尖叫声，潘多娜一下从床上蹦起来，光脚冲到窗户跟前，往楼下一看，她一下子傻眼了。

楼下的警车上，跳下几个全副武装的警察，还有那个司徒程，向这个单元楼冲了过来……

图书在版编目(CIP)数据

伪爱情 / 温亚军著. —北京 ：北京十月文艺出版社，2014.6
ISBN 978-7-5302-1372-8

Ⅰ.①伪… Ⅱ.①温… Ⅲ.①长篇小说-中国-当代
Ⅳ.I247.5

中国版本图书馆 CIP 数据核字(2013)第 307503 号

伪爱情

WEI AIQING

温亚军 著

*

北京出版集团公司
北京十月文艺出版社 出版
（北京北三环中路 6 号）
邮政编码：100120
网址：www.bph.com.cn
新经典文化有限公司发行
新华书店经销
三河市三佳印刷装订有限公司印刷

*

890 毫米×1270 毫米 32 开本 8.75 印张 200 千字
2014 年 6 月第 1 版 2014 年 6 月第 1 次印刷
ISBN 978-7-5302-1372-8

定价：25.00 元
质量投诉电话：010-58572393